THE *Wedding* INVITATION

Fake Date mit dem Boss

Coverdesign & Buchsatz: Alannah Kottenstede
unter Nutzung von Motiven von © Adobe Stock
www.coverhexe.de
Lektorat: Julia Friesen
www.lektorat-zeilenkiste.de

Tanja Nickel
St.-Michael-Str. 9
86450 Altenmünster
www.tanja-nickel.com

Dieser Titel ist auch als E-Book erschienen

1. Auflage

Für alle, die Sarkasmus fließend sprechen, oder um es mit den Worten von Granny zu sagen:

»Wer dieses Buch nicht mag, muss eben noch etwas an sich arbeiten.«

Kapitel 1

Leah
Sechs Wochen vor der Hochzeit

Frustriert drehte und wendete ich das feine Papier in meinen Händen, auf dem mit goldenen Lettern ›*Wedding Invitation*‹ stand. Das hatte mir gerade noch gefehlt.

Ich hatte meine beste Freundin Amanda fast ein Jahr nicht mehr gesehen und jetzt lud sie mich überraschend zu ihrer Hochzeit mit Roger ein, den ich noch nicht einmal kannte. An sich wäre das ja kein Problem. Ich freute mich für Amanda und im Normalfall würde ich alles stehen und liegen lassen, um sofort zu ihr zu fahren.

Doch dies war nicht der Normalfall, denn Amanda war die Schwester meines untreuen Ex-Freundes Alex, für den ich ein Drittel meines Lebens verschwendet hatte. Acht Jahre und der Anblick seines nackten Hinterns, wie er auf seinem Schreibtisch Marge Thomson, eine steinreiche Kundin, bumste, hatten zum Ende unserer Beziehung geführt. Wenn ich allein nur daran dachte, diesen Schuft auf Amandas Hochzeit wiederzusehen, drehte sich mir der Magen um.

Ich hatte Alex das erste Mal getroffen, als ich mit Amanda für ein Schulprojekt zusammengearbeitet und sie dafür zu Hause besucht hatte. Er hatte mich nicht einmal bemerkt. Für ihn war ich unsichtbar gewesen, während ich ihn heimlich angeschmachtet hatte.

Schon damals hatte ich bemerkt, dass wir aus zwei vollkommen verschiedenen Welten stammten. Die Familie

Craig war alles, was ich nicht war. Sie war reich, angesehen und erfolgreich. Ich dagegen war Durchschnitt.

Solang ich daran denken konnte, war ich immer nur das hübsche, aber ansonsten recht durchschnittliche Mädchen gewesen. Ich war Kind italienischer Einwanderer, die nach 40 Jahren noch immer mehr schlecht als recht Englisch sprachen, eines von vier Geschwistern und die erste – und vermutlich einzige –, die je auch nur die Chance hatte, ein College von innen zu sehen.

Also kurz gesagt, war ich ein Nichts. Zumindest in Alex Gegenwart.

Durchschnitt zu sein, empfand ich sonst nie als schlimm. Im Gegenteil. Ich wollte gar nicht auffallen oder im Mittelpunkt stehen.

Während meine beste Freundin Amanda sich bei den Cheerleadern einschrieb, die Schulzeitung leitete und dem Debattierclub beitrat, blieb ich unter dem Radar, versuchte, mich von Partys fernzuhalten und mutierte zur Streberin. Ja, ich war die Klassenbeste, und nein, ich kam leider nicht darum herum, die Rede meiner Abschlussfeier zu halten. Manchmal musste man eben über seinen Schatten springen.

Doch für Alex Craig wollte ich mehr als Durchschnitt sein. Ich wollte nicht mehr unsichtbar sein.

Und dann hatte sich alles schlagartig geändert, als ich überraschend an der Harvard University angenommen wurde und sogar ein Stipendium erhielt.

Harvard! Mein Traum wurde wahr, und als ich auf dem Campus dann auch noch auf Alex traf, war mein Glück perfekt. Zumindest dachte ich das im ersten Moment, denn wie sich herausstellte, wusste der nicht einmal mehr, dass ich die beste Freundin seiner Schwester war.

Dennoch half ich ihm und schrieb eine Hausarbeit für ihn. Aus einer wurden viele und irgendwann lud er mich zum Essen ein. Er war der erste Mann, der mich je geküsst hatte, und ich schwebte auf Wolke Sieben.

An der Uni lernte ich, als hinge mein Leben davon ab. In gewisser Weise tat es das auch, denn ich wollte raus. Raus aus dem kleinen italienischen Viertel in Boston. Raus aus der stickigen und viel zu kleinen Wohnung meiner Eltern und raus aus dem Job in der familiären Pizzeria. Ich wollte mehr.

Ja, ich wollte nach ganz oben und bekam stattdessen Alex.

Aus einem flüchtigen Kuss wurde eine Beziehung und mit zarten 19 Jahren war ich plötzlich die Frau an der Seite des steinreichen Alex Craig. Ich durfte sogar in sein luxuriöses Apartment in der Innenstadt Bostons einziehen und ja, er stellte mich auch seinen Eltern vor. Die ließen es sich jedoch nicht nehmen, mich mit Missachtung zu strafen, wie sie es schon zuvor getan hatten, weil sie mich für einen schlechten Umgang ihrer Tochter hielten. Rückblickend wusste ich, dass ich nicht die Frau an seiner Seite gewesen war, sondern nur die Dumme, die seine Hausarbeiten geschrieben hatte, um ihn durchs College zu mogeln.

Selbst als wir beide unseren Abschluss in der Tasche hatten und er mir einen Job in der Firma seines Vaters verschafft hatte, war ich stets bemüht, seine Fehler auszubügeln. Dabei schaffte ich es nicht einmal aus dem Großraumbüro raus, obwohl ich mit meinem tadellosen Abschluss den Laden allein hätte schmeißen können. Na gut, vielleicht nicht allein, aber ohne mich konnte Alex sich nicht einmal die Schuhe zubinden.

Letztlich wartete ich nicht nur im Job vergeblich auf eine Beförderung, auch privat blieben meine Hoffnungen auf einen Antrag unerhört. Er schaffte es, mich acht lange Jahre hinzuhalten, weil ich einfach an der Vorstellung hing, mit der ersten großen Liebe glücklich alt zu werden. Bis Marge Thomson einen Abdruck ihres nackten Hinterns auf Alex Schreibtisch hinterließ.

Innerhalb eines Tages kündigte ich meinen Job und zog verbittert wieder bei meinen Eltern ein. Ich war fertig mit Alex, mit seiner Firma und vor allem mit der Liebe selbst.

Zwei Wochen heulte ich mich durch Tag und Nacht, bis meine Mutter in der Tür stand und ein Machtwort sprach. Entweder sollte ich in der Pizzeria helfen oder mir einen Job suchen. Und wenn eine italienische Mamma ein Machtwort sprach, dann war es besser, nicht zu widersprechen.

Ich entschied mich für Zweiteres, da ich die italienische Küche zwar liebte, mir aber Besseres vorstellen konnte, als mit meinen drei Brüdern zusammenzuarbeiten. Nicht, dass ich sie nicht liebte. Meine Brüder waren eben einfach anstrengend. Als die Jüngste und dann noch als einziges Mädchen hatten sich die drei gewissermaßen vorgenommen, mich zu jeder Zeit beschützen zu müssen. Ich konnte sie nur mit Mühe davon abhalten, Alex einen Besuch abzustatten.

Also suchte ich einen Job, wollte allerdings keinesfalls wieder in einer großen Firma arbeiten. Deshalb entschloss ich prompt, mich bei der Firma Miller Consulting zu bewerben, von der ich vom Fleck weg angestellt wurde. Zwar war nur die Stelle der Empfangsdame frei, doch das war mir egal, denn ich wollte raus aus der engen Wohnung meiner Eltern.

Dass ich innerhalb eines Monats zur Assistentin meines Chefs Dan Miller befördert worden war, hatte nicht nur mit meinen Fähigkeiten zu tun, sondern vor allem damit, dass die vorherige Assistentin mit ihrem Verlobten nach Europa durchgebrannt war.

Und da saß ich nun, in dem Vorzimmer des kleinen 20-Mann-Büros und blickte noch immer auf die Einladungskarte hinunter, als sei sie pures Gift. Gerade als ich sie in den Müll werfen wollte, trat mein Boss aus seinem Büro. Er verabschiedete sich von der fast sabbernden Kundin und atmete tief durch, als diese endlich außer Hörweite war.

»Ich dachte schon, sie geht gar nicht mehr«, murmelte er und drehte sich galant zu mir um.

Dan Miller war der wohl schönste Mann, den ich je gesehen hatte. Das sage ich nicht, weil ich für ihn schwärmte, nein, ich bewunderte seinen Arbeitseifer und die Art, wie er sein Unternehmen führte. Nie hatte ich einen Menschen kennengelernt, der es von ganz unten so weit nach oben geschafft hatte. Dabei war er vollkommen auf dem Boden geblieben. Das spürte man schon an der Art, wie er mit seinen Angestellten umging. Er war großzügig, immer freundlich und lachte gern. Und verdammt, dieses Lächeln stand ihm mehr als gut.

Jetzt stand er da, fuhr sich mit seiner Hand durch die dunklen Haare und sah mich mit seinen ozeanblauen Augen an. Ich blickte zurück und fragte: »Vielleicht sollten wir uns für das nächste Mal ein Safe-Wort überlegen, damit ich weiß, wann ich Sie vor aufdringlichen Kundinnen retten muss.«

Da war es wieder. Dieses schöne Lächeln und die Grübchen. Wenn ich nicht gewusst hätte, dass Mr. Miller kein Privatleben hatte, und ich nicht noch immer an den Nachwirkungen meiner Beziehung mit Alex gelitten hätte, ich hätte vermutlich genauso gesabbert wie die etlichen Damen, die hier Schlange standen, um sich von Dan Miller beraten zu lassen. Doch ich war weder auf der Suche nach einer neuen Liebe noch daran interessiert, die zweite Geige für ein Arbeitstier wie Dan Miller zu spielen. Wenn man sich erst einmal auf ihn einließ, würde man nämlich als genau solche enden. Die Frau, die er seit einer Weile traf, musste das am eigenen Leib erfahren. Wie oft hatte ich sie schon angerufen, um ein Date zu verschieben, weil Mr. Miller sich wieder einmal nicht von der Arbeit losreißen konnte. Darauf war ich sicherlich nicht erpicht.

Er kam auf mich zu und blieb direkt vor meinem Schreibtisch stehen. Neugierig starrte er hinunter auf die Einladungskarte und nahm sie mir aus der Hand. »Oh, eine Einladung zur Hochzeit von …« Er öffnete die Karte und las: »Amanda und Roger. Klingt interessant. Vermont ist zu dieser Jahreszeit wirklich schön.«

»Vermont?«, fragte ich perplex, stand auf und nahm ihm das edle Papier aus der Hand.

»Ja. Da steht, die Hochzeit finde in Vermont statt. Haben Sie das gar nicht gelesen?« Dan beugte sich nach vorn und zeigte mit dem Finger auf die Zeile, die verlauten ließ, dass die Hochzeit in einem kleinen familiären, aber dennoch recht edlen Hotel im Norden stattfinden würde.

»Na, gut, dass ich nicht hingehen werde. Eine Fahrt nach Vermont ist das Letzte, auf das ich gerade Lust habe«, log ich, denn in Wirklichkeit hatte ich nur keine Lust darauf, auf meinem Ex Alex zu treffen.

Eine Weile musterte mich Mr. Miller und stellte fest: »Sie arbeiten jetzt seit einem Jahr für mich und haben sich noch nie einen Tag krankgemeldet oder Urlaub genommen. Warum fahren Sie nicht nach Vermont, erholen sich und kommen dann wieder frisch zurück?«

Skeptisch sah ich ihm in die Augen und verzog den Mund: »Wollen Sie mich loswerden?«

Er hob abwehrend die Hände. »Um Gottes willen, nein. Aber Sie sehen gestresst aus und ich glaube, Sie haben sich diesen Urlaub redlich verdient.«

»Sie kommen ohne mich doch gar nicht klar, Dan«, stellte ich fest und warf die Einladung provokant in den Mülleimer.

Dan Miller bückte sich, fischte sie wieder heraus und legte sie vor mich hin, während er anfing, langsam meinen Schreibtisch zu umrunden. Das tat er immer, wenn er nachdachte. »Ich denke, Sie sollten fahren.«

Abermals nahm ich die Einladungskarte und warf sie zurück in den Eimer. »Und ich denke, dass ich Sie keinesfalls allein lassen kann. Am Ende fackeln Sie mir noch das Büro ab.«

Ein Schmunzeln huschte über seine Lippen. Er hatte mittlerweile wieder den Mülleimer erreicht, bückte sich und holte die Einladungskarte erneut hervor. Ganz langsam und mit provokantem Blick legte er sie wieder vor mich, bestritt die nächste Runde um meinen Schreibtisch und sagte: »Ich werde ein paar Tage schon überleben. Sie können sich danach wieder um mich kümmern. Aber jetzt sollten Sie sich zunächst um sich selbst kümmern.«

Ich wollte gerade die Einladungskarte ein drittes Mal in den Mülleimer werfen, als er mit einem Satz nach vorn preschte und diesen entführte. Lachend rannte er wie ein Schuljunge mitsamt dem Eimer aus meinem Büro, ich hinterher und alle Augen auf uns gerichtet. Nicht, dass man von dem Kindskopf namens Dan Miller anderes erwartete. Er war der wohl lustigste Mann, den ich je kennengelernt hatte, und immer für ein Späßchen zu haben, was die Atmosphäre in unserem Büro wirklich auflockerte.

Mr. Miller rannte vorbei an meinem Kollegen Benny, der ihm anbetungswürdig hinterher schmachtete, umrundete Margrets Schreibtisch und blieb lachend dahinter stehen. »Ich glaube, für heute haben Sie genügend Müll produziert. Sie fahren zur Hochzeit!«

»Welche Hochzeit?«, fragte Benny sofort und sah mich neugierig an. Er war der Einzige in meinem Büro, dem ich meine Geschichte anvertraut hatte und der über meinen Ex Bescheid wusste.

»Unsere Leah hier wurde zu einer Hochzeit nach Vermont eingeladen und möchte nicht hingehen.«

Böse funkelte ich Mr. Miller an, denn ich hatte nicht vor, dass das ganze Büro davon erfuhr.

»Oh, eine Hochzeit. Wie aufregend.« Benny hüpfte von einem Bein aufs andere. »Wer heiratet denn?«

Ich sah Benny an, machte ein trauriges Gesicht und sagte leise: »Alex′ Schwester.«

Sofort wurde mein Boss hellhörig. »Wer ist Alex?«

Auch Margret, die alternde Mutti des Büros sah mich interessiert an. »Ja genau, wer ist Alex?«

Genervt verschränkte ich die Arme vor der Brust und sagte: »Alex ist mein Ex und ich will nicht darüber reden!«

Noch immer starrten meine Kollegen mich gebannt an. Ich wollte mich schon auf den Weg zurück in mein Büro machen, als Dan mir hinterherrief: »Dann müssen Sie erst recht hingehen!«

Fragend sah ich mich um. »Und warum?«

»Na, Du musst ihm zeigen, dass du ohne ihn besser dran bist«, antwortete Margret anstelle meines Bosses.

»Habe ich das recht verstanden?«, fragte ich und sah meine Kollegen skeptisch an. »Ich soll ganz allein nach Vermont fahren, nur um meinem Ex ins Gesicht zu grinsen und ihm zu zeigen, dass ich wirklich glücklich bin? Dass es mir überhaupt nichts ausmacht, in einer Wohnung zu leben, die nicht mal so groß ist wie sein Schlafzimmer, einsam und allein zu sein und …«

Zu spät bemerkte ich, dass ich viel zu viel von meinem Gemütszustand preisgab. Genervt versuchte ich, die bemitleidenswerten Blicke meiner Kollegen zu ignorieren.

»Ich begleite dich und spiele deinen neuen Freund.« Benny stand plötzlich neben mir und grinste mich verschwörerisch an.

Ich blinzelte meine Überraschung weg und betrachtete den bunten Vogel von oben bis unten. Er trug rote Hosen, ein hautenges Seidenhemd mit bunten Blumen und ein Halstuch, farblich abgestimmt. Dann fing ich an zu lachen und sagte: »Du kannst ja nicht mal wie ein Kerl gehen. Wie willst du denn da meinen äußerst maskulinen neuen Freund spielen?«

Entrüstet sah mich Benny mit seinen getuschten Wimpern an. »Ich kann sehr wohl wie ein echter Kerl gehen!« Entschlossen fing er an, vor mir auf und ab zu laufen, und löste dabei einen Lachflash im ganzen Büro aus. Sofort trat Dan Miller neben ihn und zeigte ihm, wie es richtig ging.

»Das üben wir jetzt aber noch mal, Benny.«

Benny, der unseren Boss lasziv auf den Hintern starrte, als dieser an ihm vorbeiging, schien in Gedanken längst woanders zu sein.

»Augen nach oben, Benny!«, befahl Mr. Miller und hatte sofort wieder dessen Aufmerksamkeit.

»Vielleicht sollten Sie mit Leah nach Vermont fahren«, stellte Margret fest und sah zu, wie Benny abermals versuchte, wie ein Cowboy, der zu lang im Sattel gesessen war, zwischen den Schreibtischen entlangzugehen. »Bennys ganze Ausstrahlung schreit regelrecht: *Ich bin nicht an Möpsen interessiert.*«

Schmunzelnd setzte ich mich auf einen Schreibtisch und betrachtete das Spektakel. Ich liebte es, hier zu arbeiten. Nicht nur die fröhliche Stimmung meines Chefs steckte uns alle an, nein, auch mein Kollegium bestand aus einem Haufen interessanter Persönlichkeiten, die es immer wieder schafften, dass man gern zur Arbeit kam.

Schließlich stellte ich mich mit erhobenen Händen auf den imaginären Catwalk und sagte genervt: »Na gut, bevor das hier ausartet, werde ich zur Hochzeit fahren. Aber nicht allein!«

Benny strahlte mich an. »Oh, das wird so toll. Wir werden im Hotelzimmer so laut stöhnen, dass dein Ex glauben wird, du hättest den Sex deines Lebens!«

Ich wollte schon entrüstet protestieren, als Margret den Kopf schüttelte und einwarf: »Du weißt doch gar nicht, ob sie im Bett überhaupt laut ist.«

»Ein guter Liebhaber bringt jeden zum Schreien!«, bestand Benny auf seine These und warf galant den Kopf zurück.

»Ihr seid doch alle nicht ganz sauber«, stellte ich fest und lief zurück in mein Büro, wo ich mich resigniert auf meinen Stuhl setzte. Dan folgte mir, rief den anderen noch einmal zu, dass er diese These gern noch einmal zu einem späteren Zeitpunkt intensiver diskutieren wolle, und schloss die Tür. Eine Weile sah er mich einfach nur an und wirkte dabei so sexy, dass ich Mühe hatte, nicht zurückzustarren.

»Wollen Sie darüber reden?«, brach er sein Schweigen und sah fast schon schüchtern zu Boden.

»Seien Sie mir nicht böse, Mr. Miller, aber ich tendiere eher nicht dazu, mein Liebesleben mit meinem Boss zu besprechen.« Ich versuchte, ihn streng anzusehen, und fragte: »Wo ist eigentlich mein Mülleimer?«

Schmunzelnd sah er mich an, verließ mein Büro und kam mit meinem Mülleimer zurück. Dabei sah er mich fast schon mitleidig an, bis ich die Hände hob und nachgab. »Na gut! Alex und ich waren acht Jahre ein Paar, bevor er mich mit einer reichen Kundin auf dessen Schreibtisch betrogen hat. Ich habe meinen Job in seiner Firma gekündigt, ihn verlassen – und das ist alles, was ich darüber berichten kann.«

Überrascht sah mich Mr. Miller an. »Warten Sie …, Sie haben vorher bei Craigs & Son gearbeitet. Heißt das, dass Alex Craig Ihr …?«

Ich schloss für eine Sekunde die Augen. Als ich sie wieder öffnete, sagte ich bestimmt: »Ja, und jetzt will ich darüber nicht mehr reden. Dank meines Chefs werde ich dem Idioten nämlich schon bald wieder gegenüberstehen.«

Dan Miller umrundete erneut meinen Schreibtisch, während er ein nachdenkliches Gesicht aufsetzte. »Sie tun das Richtige. Zeigen Sie diesem Vollpfosten, dass es der größte Fehler seines Lebens war, eine Frau wie Sie zu betrügen. Sie sind stark, Sie sind unabhängig und sehen verdammt gut aus. Sie brauchen ein solches Arschloch nicht.«

Ein Schmunzeln huschte über meine Lippen und übermäßig aufreizend zwinkerte ich ihm zu. »Sie finden, dass ich verdammt gut aussehe, Mr. Miller? Sie sind mir ja einer. Kein Wunder, dass die Kundinnen Schlange stehen, wenn Sie mit solchen Komplimenten um sich werfen.«

Er hob abwehrend die Arme: »Ich mache keine Komplimente. Ich stelle nur Tatsachen fest.«

Lachend schüttelte ich den Kopf. Mein Chef war wirklich eine Nummer für sich.

Kapitel 2

LEAH
ACHT TAGE BIS ZUR HOCHZEIT

Wenige Wochen später saß ich an einem Freitagnachmittag in meinem Büro und bereitete Hefter und Notizen für meinen Chef vor. Eine Woche ohne mich würde wirklich hart für ihn werden, da ich diejenige war, die sich um die Koordination seiner Termine kümmerte, die ersten Kontakte zu Kunden herstellte und ihm den Rücken stärkte, wenn wieder einmal alles schieflief.

Margret hatte sich entschlossen, meinen Job zu übernehmen. Doch ich kannte meine Kollegin nur zu gut. Nicht nur, dass sie sich gern unterhielt und oftmals stundenlang am Telefon hing, um dabei nicht nur geschäftliche Dinge zu klären, sie war auch die Ruhe selbst. Das hatte zur Folge, dass sie oftmals ihre Arbeit nicht rechtzeitig schaffte und am Ende alle im Büro rotierten – außer sie selbst. Doch konnte man es ihr verdenken? Schließlich stand sie kurz vor dem Ruhestand.

Dan Miller selbst war den ganzen Vormittag außer Haus. Wir würden uns vermutlich nur noch einmal kurz begegnen, bevor ich Feierabend machte und meine siebenstündige Autofahrt nach Vermont antrat. Mir graute vor dem Trip, doch bereits am nächsten Tag war ein Brunch mit den engsten Freunden und Verwandten des Hochzeitpaars geplant, bei dem ich als beste Freundin der Braut notgedrungen dabei sein musste.

Im Anschluss startete die große Hochzeitswoche voller Events und Termine, die mit der Heirat von Amanda und Roger enden würde. Benny dagegen ging mir schon den ganzen Vormittag aus dem Weg und als er sich endlich traute, um die Ecke zu schauen, war mir auch klar warum.

»Schatz, hast du einen Moment?«, fragte er kleinlaut.

Ich sah mich schon allein zur Hochzeit meiner besten Freundin fahren.

»Wenn du mich versetzt, werde ich dich an deinen Eiern aufhängen, Benny!«, drohte ich ihm und sofort sah er schuldbewusst zu Boden.

»Nein, das habe ich … also nicht ganz … eigentlich nur …«, druckste er herum, bevor er schließlich eintrat, die Tür hinter sich schloss und auf mich zukam. »Ich habe dir doch von diesem neuen Nachbarn erzählt? Der Hübsche mit den grünen Augen. Ich habe heute Abend ein Date mit ihm.«

Ungläubig sah ich ihn an. »Heute Abend? Benny, wir fahren heute Nachmittag nach Vermont. Hast du das schon vergessen?«

»Natürlich nicht. Ich werde morgen früh sofort nach Vermont aufbrechen und bin spätestens am Nachmittag da. Versprochen! Aber ich kann mir diese Gelegenheit einfach nicht entgehen lassen. Der Kerl ist einfach zu göttlich.«

Ich lehnte mich frustriert in meinem Stuhl zurück: »Morgen früh ist dieser doofe Brunch, bei dem auch Alex da sein wird. Was soll ich denn sagen? Mein Freund kommt später, weil er ein heißes Date mit seinem Nachbarn hat?«

»Sag einfach, ich hätte ein geschäftliches Meeting. Bitte, Leah. Ich kann dieses Date nicht absagen«, flehte er mit seinem treuen Hundeblick.

»Du bist echt ein Arsch, Benny.« Ich funkelte ihn böse an und fügte hinzu: »Wenn du morgen Nachmittag nicht da bist, wirst du mein italienisches Temperament zu spüren bekommen. Hast du mich verstanden? Ich werde dir so tief in den …«

»Ich habe schon verstanden.« Er nickte grinsend und huschte schneller aus meinem Büro, als ich den Satz beenden konnte.

Ich war frustriert. Nun musste ich den weiten Weg allein nach Vermont fahren.

Gerade einmal zehn Minuten, bevor ich Feierabend hatte, stolperte mein Boss in mein Büro, entschuldigte sich tausendmal für die Verspätung und ließ sich in meinen Bürostuhl plumpsen. Er wirkte gestresst und sofort bekam ich ein schlechtes Gewissen, weil ich wusste, dass die nächste Woche nicht gerade leicht für ihn werden würde.

Ich zeigte auf den Stapel Papiere, den ich für ihn angefertigt hatte und trat dabei hinter ihn. Sofort wollte er aufstehen, um mir Platz zu machen. Doch ich legte meine Hände sanft auf seine verspannten Schultern, die überrascht zusammenzuckten, und drückte ihn sachte zurück in meinen Stuhl.

»Bleiben Sie sitzen, Mr. Miller. Ich sitze gleich noch lang genug auf meiner einsamen Fahrt nach Vermont.«

Mein Boss sah mich verwirrt an. »Wie, einsam?«

»Benny hat heute Abend ein Date und kommt morgen Nachmittag nach. Das heißt, ich darf heute allein fahren.« Genervt setzte ich mich auf die Kante meines Schreibtisches und zeigte auf die Hefter. »Sind Sie bereit? Denn ich bin es nicht.«

»Leah, Sie schaffen das. Sie werden eine tolle Woche in Vermont haben, ihrem Ex zeigen, dass er ein vollkommener Idiot ist, und ich werde das hier schon irgendwie überleben.« Er lächelte mich aufmunternd an, nahm den ersten Hefter zur Hand und blätterte darin herum. Und wieder wurde mir bewusst, dass er eben nicht ohne mich klarkäme.

»Oh, Miller, was mache ich nur mit Ihnen? Sie haben meine Handynummer? Bitte rufen Sie mich an, wenn etwas ist. Ich habe auch meinen Laptop …«

»Nein! Sie werden Urlaub machen und sich erholen. Der Laptop bleibt hier!«, ermahnte mich Dan Miller, erhob sich und nahm die Unterlagen vom Tisch. »Ich schaffe das schon.«

Mit diesen Worten war er verschwunden. Ich blieb zurück und sah schon das Desaster vor mir, wenn ich nach einer Woche wieder im Büro erscheinen würde. Es würde wohl nicht schaden, ihn gelegentlich anzurufen.

Wegen des Verkehrs erreichte ich erst zwölf Stunden später das edle Hotel in den Bergen von Vermont, in dem ich mit den anderen Hochzeitsgästen einquartiert wurde. Und wieder beschlich mich das Gefühl, dass ich für das Leben der Reichen und Schönen nicht gemacht war. Erleichtert stellte ich fest, dass die Rezeption auch um drei Uhr nachts noch besetzt war. Ich war müde und hungrig und wollte nichts mehr, als heiß zu duschen. Meine Koffer wurden mir sogar noch aufs Zimmer getragen, doch etwas stimmte hier nicht. Der Raum war zwar geschmackvoll eingerichtet, verfügte über ein wunderschönes Queensize-Bett, aber nur über eines. Alles wirkte recht beengt und klein und auch im Badezimmer fand ich nur ein Set Handtücher vor. Hatte Amanda etwa vergessen, dass ich mit Begleitung kam?

Genervt nahm ich den Aufzug und fuhr hinunter zur Rezeption. Es musste sich um einen Fehler handeln, denn ich hatte ganz klar ein Einzelzimmer erhalten. Doch die Rezeptionistin zuckte nur mit den Achseln und sah mich verständnislos an. »Tut mir leid, Ms. Greco. Hier steht eindeutig, dass Sie allein kommen und deshalb nur ein Einzelzimmer beziehen.«

»Da muss ein Fehler vorliegen. Meine Begleitung kommt doch morgen früh nach«, versuchte ich zu erklären, doch sie schien gar nicht darauf einzugehen.

»Ich kann leider nichts für Sie tun. Alle Doppelzimmer sind bereits reserviert.«

Ich sah sie schockiert an. »Gibt es denn keine Möglichkeit zu tauschen? Oder zumindest bis die anderen Gäste eintreffen, ein Doppelzimmer zu beziehen?« Nicht, dass ich ein Problem damit hatte, mit Benny in einem Bett zu schlafen, doch ich wollte zumindest noch Raum zum Atmen haben.

Die Rezeptionistin sah mich bedauernd an und schüttelte den Kopf. »Die Zimmer wurden von Mrs. Craig selbst zugeteilt und ich habe nicht die Erlaubnis, etwas zu ändern.«

»Aber die Braut ist meine beste Freundin. Ich bin mir sicher ...«, warf ich ein, doch sie unterbrach mich.

»Nicht die Braut. Die Brautmutter hat das alles arrangiert. Es tut mir wirklich leid, Ms. Greco. Ich kann wirklich nichts für Sie tun.«

Frustriert ließ ich die Schultern hängen. Das hatte diese alte Hexe sicherlich mit Absicht getan. Sie konnte mich noch nie leiden. Mrs. Craig gehörte zu der Art Menschen, die auf andere hinunterblickten, und ich hatte nie in das Bild der perfekten, reichen Familie gepasst. Selbst ein Jahr nach dem Ende meiner Beziehung zu ihrem Sohn ließ sie mich das noch spüren.

Ich wünschte der Rezeptionistin eine gute Nacht und drehte mich zu den Aufzügen um, erstarrte allerdings in meiner Bewegung. Vor mir stand die eine Person, der ich ein Jahr lang erfolgreich aus dem Weg gegangen war: Alex!

»Leah? Bist das du?«

Mir stockte der Atem. Was für eine dämliche Frage. Ich hatte mich seit damals kaum verändert. Als würde er mich nicht mehr erkennen. Doch ich musste zugeben, dass auch er noch immer der gutaussehende Kerl mit Charme und diesem schönen Sunny-Boy-Grinsen war. Ich wollte etwas sagen, doch mir fiel nichts ein, und als Alex näherkam, pochte mir mein Herz bis zum Hals.

»Du siehst fantastisch aus, Leah«, sagte er und ließ seinen Blick über meinen Körper gleiten.

Mein erster Gedanke war: *Nein, ich sehe verdammt noch mal nicht fantastisch aus, denn ich saß gerade zwölf Stunden in meinem Wagen, habe geschwitzt und mich mit Kaffee bekleckert, nur um jetzt herauszufinden, dass deine Mutter mich noch immer hasst!* – doch ich sagte es nicht.

»Alex. Schön dich zu sehen«, hauchte ich ihm entgegen und wollte mir sofort auf die Zunge beißen. Wieso sagte ich, dass es schön war, diesen untreuen Bastard zu sehen?

Alex kratzte sich am Kopf, wirkte auf einmal verlegen und sagte: »Ich habe versucht, dich damals anzurufen, als du so vorschnell ausgezogen bist. Es gab so vieles, was ich dir sagen wollte.«

»Es gab nichts mehr zu bereden, Alex. Und du weißt sehr wohl, warum ich ausgezogen bin.« Ich wusste nicht, woher ich meinen plötzlichen Mut nahm, doch vielleicht war es der Schmerz, den er mir zugefügt hatte.

»Ich weiß, ich habe Fehler gemacht, Leah. Es tut mir wirklich leid. Aber du hättest mir wenigstens die Chance geben können, mich zu erklären, statt einfach abzuhauen. Du hast mich ganz schön in Schwierigkeiten gebracht, mit all der Arbeit, die du zurückgelassen hast.«

Mein Mund öffnete sich und ich schüttelte verwirrt den Kopf. Besaß er wirklich die Dreistigkeit, den Spieß umzudrehen und mich als Schuldige hinzustellen?

Sofort wurde ich mir wieder seiner narzisstischen Ader bewusst und entschloss, nicht darauf einzugehen. Stattdessen grinste ich ihn an und sagte: »Gute Nacht, Alex!«

Kapitel 3

Leah
Samstag vor der Hochzeit

Dank der langen Autofahrt und trotz der unangenehmen Begegnung an der Rezeption konnte ich recht gut schlafen. Dennoch fühlte ich mich vollkommen gerädert, als mein Wecker um acht Uhr klingelte.

In etwa einer Stunde würde der große Brunch beginnen, bei dem ich vollkommen allein auf die Familie Craig treffen würde. Wieder einmal verfluchte ich Benny innerlich, weil er mich versetzt hatte, und hoffte, dass er es rechtzeitig zum Abendessen schaffen würde. Ein Essen mit den Craigs war schon anstrengend. Ein zweites ohne Begleitung würde ich niemals überleben.

Ich hatte noch in der Nacht zuvor geduscht und so widmete ich mich meinen langen schwarzen Haaren und den dunklen Augenringen, die Zeugen des anstrengenden Tages zuvor waren. Mit etwas Make-up beseitigte ich den Makel in meinem Gesicht, warf den Lockenstab an und bändigte meine wilde Mähne. Ich wollte, dass Alex es mit jeder Faser seines mickrigen Herzens bereute, dass er mich betrogen hatte.

Pünktlich um neun Uhr stand ich schließlich in einem cremefarbenen Hosenanzug mit hellblauer Bluse im Speisesaal des Hotels und begrüßte meine beste Freundin Amanda. Es war mir peinlich, dass ich sie fast ein Jahr gemieden hatte, nur weil ihr Bruder seinen Schwanz nicht in der Hose behalten konnte. Doch ich hatte es einfach nicht geschafft, sie zu treffen und dabei die Tatsache zu ignorieren, dass nichts mehr so werden würde, wie es einst gewesen war.

»Leah, du bist gekommen«, rief sie aus, nahm mich in den Arm und flüsterte mir ins Ohr: »Ich hatte bis eben wirklich Angst, du würdest es dir anders überlegen.«

»Wie könnte ich deine Hochzeit verpassen?«, log ich, ohne zu erwähnen, dass ich tatsächlich darüber nachgedacht hatte.

»Ich bin wirklich froh, dass du hier bist. Komm, ich stelle dir Roger vor.«

Sie nahm meine Hand, führte mich zu einem etwas klein geratenen Kerl, der eher unscheinbar zwischen all den anderen wirkte, und präsentierte stolz ihren Fang.

Freundlich schüttelte ich ihm die Hand und fragte mich sogleich, ob Amanda schwanger war, weil sie so vorschnell jemanden heiratete, der so ganz und gar nicht in ihr Beuteschema passte. Und dann schämte ich mich selbst, weil ich genauso dachte wie all die reichen Schnösel um mich herum. Nur weil er nicht hierher passte, hieß es nicht, dass Amanda nicht die Liebe ihres Lebens in ihm gefunden hatte.

Als ich auch den Rest der Familie begrüßt hatte, der mich eher skeptisch beäugte und mir sofort das Gefühl gab, dass sie mir die Schuld am Ende der Beziehung mit Alex gaben, traf ich schließlich auf ebendiesen, der mich anschmachtete, als wäre er frisch verliebt.

»Leah, ich freue mich, dass du da bist«, sagte er, während er meine Hand nahm und diese gar nicht mehr loslassen wollte. Doch anders als damals war mir diese Berührung äußerst unangenehm, weil ich sofort wieder Bilder im Kopf hatte, die ihn in eindeutigen Posen mit einer anderen zeigten.

»Wo ist deine Begleitung?«, fragte Amanda plötzlich und brachte mich damit vollends aus dem Konzept.

»Oh, er hatte gestern Abend noch einen geschäftlichen Termin und wird heute Nachmittag eintreffen.« Gespielt glücklich lächelte ich Amanda an und spürte dabei die enttäuschten Blicke von meinem Ex.

»Er?«, fragte er sogleich und ich sah ihn provokant an.

»Was? Hast du gedacht, ich finde keinen anderen Mann, mit dem ich glücklich werden kann?«

Ich beobachtete, wie er sich auf die Lippe biss, um sich seinen Kommentar zu verkneifen, während Amanda versuchte, die Situation zu retten: »Ich freue mich auf den unbekannten neuen Mann an deiner Seite. Du hast mir gar nicht gesagt, dass du vergeben bist.«

»Es ist noch frisch«, erwähnte ich und strahlte dabei in die Runde. Ich hoffte inständig, niemand würde bemerken, dass ich sie alle belog.

Doch auf einmal erstarrten all meine Gesichtszüge, als ich SIE sah. Alex besaß wirklich die Unverschämtheit, die Frau mit zur Hochzeit zu bringen, mit der er mich einst betrogen hatte. Marge Thomson, reiche Millionärstochter und arrogante Lebefrau, trat hinter Alex, bedachte mich mit einem abfälligen Blick und legte dann ihre manikürten Finger auf dessen Oberarm. »Alex, Schatz, ich habe dich überall gesucht.«

Alex selbst schien die Situation äußerst unangenehm zu sein, denn er sah mich räudig an, bevor er sich entschuldigte und mit Marge aus meinem Blickfeld verschwand.

Böse blickte ich Amanda an, die betreten zu Boden starrte. »Du hättest mir sagen können, dass die beiden zusammen sind.«

»Es tut mir leid, Leah. Aber ich wusste nicht, wie.«

»Egal. Soll er glücklich werden. Ich bin es schließlich auch.«

Lächelnd wandte ich mich den anderen Gästen zu, begrüßte ein paar bekannte Gesichter, die ich aus meiner achtjährigen Beziehung mit Alex noch kannte, und versuchte, den Brunch so gut es ging zu genießen.

Erst als das Essen zu Ende war und ich in meinem Zimmer zurück war, fiel meine ganze Fassade in sich zusammen. Obwohl ich es nicht wollte, kamen mir die Tränen, und ich konnte nicht sagen, ob es daran lag, dass ich acht Jahre mit diesem Schwein verschwendet hatte, oder weil es wehtat, dass er mich nicht nur betrogen, sondern zugleich ersetzt hatte.

Traurig und frustriert trat ich hinaus auf den Balkon und genoss für einen Moment den wunderschönen Ausblick über die Berge Vermonts. Ich war häufig mit Alex zum Skifahren in Vermont gewesen, doch noch nie mitten im Sommer. So genoss ich die warme Luft, die mir entgegenwehte.

Tief atmete ich ein und dachte an Dan Millers Worte, meinen Urlaub zu genießen. Ja, das würde ich tun und mich nicht länger von Alex in die Traurigkeit stürzen lassen.

Als ich gerade neuen Mut geschöpft hatte, klingelte hinter mir das Telefon und ich lief hinein, um den Anruf entgegenzunehmen.

»Benny, bist du schon auf dem Weg?«, fragte ich, als ich seinen Namen auf dem Display las.

Ein Schweigen, dann ein Stöhnen und ich wusste, dass der Grund seines Anrufs nicht der war, auf den ich gehofft hatte.

»Leah, ich bin im Krankenhaus. Es tut mir so furchtbar leid, aber ich werde nicht kommen können.«

»O Gott, Benny, ist alles in Ordnung?«, fragte ich und wusste sogleich, dass der Mut, den ich mir eben noch zugesprochen hatte, mit einem Schlag verschwunden war.

»Ich habe eine Lebensmittelvergiftung. Wir waren gestern in einem Seafood-Restaurant und der Fisch muss schlecht gewesen sein«, ächzte er mir entgegen. »Bitte reiß mir nicht die Eier raus!«

»Mann, Benny, du machst Sachen.« Rückwärts ließ ich mich auf mein Bett fallen und versuchte, mir den Ärger nicht anmerken zu lassen, der in mir schlummerte. »Ich werde das hier schon irgendwie überleben. Gute Besserung!«

»Danke, Süße.« Er wurde plötzlich still und nach einer gefühlten Ewigkeit fragte er: »Bist du ihm schon begegnet?«

»Ja, bin ich. Auch seiner neuen Freundin, mit der ich schon Bekanntschaft machen durfte, als Alex' Schwanz in ihr steckte.« Ich konnte mir die bösen Worte einfach nicht verkneifen.

»NEIN!«, schrie Benny ins Telefon: »Du meinst, er ist mit dieser … das hat er nicht … oder doch?«

»Ja, hat er. Das ist auch egal. Sieh du einfach zu, dass du wieder gesund wirst. Ich werde mich durchbeißen.«

Als ich auflegte, war mein erster Gedanke, hier so schnell wie möglich zu verschwinden. Meine Koffer waren noch nicht ausgepackt und wenn ich über den Balkon kletterte, würde mich auch keiner sehen …

Doch den Gedanken verwarf ich schnell wieder. Nicht nur, dass ich mir den Hals brechen würde, wenn ich aus dem ersten Stock vom Balkon sprang, nein, das würde Alex auch erst recht auf den Gedanken bringen, dass ich ihm noch nachtrauerte und es nicht aushielt, ihn mit dieser arroganten Tussi zu sehen.

Kapitel 4

LEAH

Als ich am Abend in den Speisesaal trat, machte ich gute Miene zum bösen Spiel. Alex, der sich gerade mit seinen Eltern unterhielt, sah mich sofort kommen und winkte mich zu sich. Widerwillig und mit einem falschen Lächeln trat ich an sie heran und grüßte sie.

»Leah, wo ist deine Begleitung? Ich dachte, dein neuer Freund kommt auch?«, fragte Alex, während seine Eltern weniger über diese Tatsache glücklich schienen, was sie mir nicht nur mit dem Einzelzimmer zu zeigen schienen.

»Oh, mein Freund? Ja, der … also eigentlich …«, stotterte ich herum, ohne genau zu wissen, wie ich die Situation klären sollte. Doch plötzlich spürte ich, wie sich eine Hand um meine Taille legte. Die unerwartete Berührung ließ mich erschrocken aufsehen.

Dan Miller stand herausgeputzt, in einem dunkelblauen Anzug und einem Hemd, bei dem er den oberen Knopf lässig geöffnet hatte, neben mir, lächelte mich an und drückte mir einen Kuss auf die Wange. »Leah, Liebes, tut mir leid, dass ich mich verspätet habe. Der Verkehr in Boston war wirklich unglaublich.«

Ich lächelte zurück, ließ mir meine Überraschung nicht anmerken und spielte mit.

»Wie schön, dass du es geschafft hast, Schatz.« Ich wandte mich an die anderen. »Darf ich vorstellen? Das ist Dan Miller, mein Freund.«

Alex Augen gingen fast über, als er Dan Miller an meiner Seite beäugte. Ich konnte den plötzlichen Hass regelrecht spüren und ignorierte ihn gekonnt. Zum Glück rief genau in diesem Moment Amanda dazu auf, Platz zu nehmen, damit das Dinner beginnen konnte. Ich wartete, bis die meisten Gäste auf den Tisch zuströmten, bevor ich Dan zu mir hinunterzog und ihm, noch immer lächelnd, ins Ohr flüsterte: »Was tun Sie denn hier, Mr. Miller?«

»Nennen Sie mich Dan! Sonst fliegt unsere Deckung auf«, tuschelte er mir geheimnisvoll ins Ohr. Kurz sah er mir in die Augen, strich mit seinen Fingern eine Strähne aus meiner Stirn und grinst. Ich war so perplex von dieser Berührung, dass ich für einen Moment vergaß zu lächeln.

»Ich verstehe nicht …«

»Benny hat mich angerufen und weil ich Ihnen das alles hier eingebrockt habe, dachte ich mir, ich muss Sie retten.« Stolz blickte er mich an und für einen Moment musste ich mir verkneifen, laut loszulachen.

»Was ist mit der Arbeit?«, fragte ich ihn leise und er zuckte nur mit den Achseln.

»Ich habe meinen Laptop mitgebracht. Das meiste kann ich hier erledigen. Kundentermine habe ich für die kommende Woche abgesagt.«

Er nahm meine Hand in seine und führte mich über den edlen Marmorboden an den Tisch. Ganz wie ein Gentleman zog er mir den Stuhl heraus und bat mich, Platz zu nehmen.

So viel Aufmerksamkeit war ich nicht gewohnt. Es fühlte sich merkwürdig und dennoch angenehm an, mit meinem Chef Hand in Hand durch den geschäftigen Speisesaal zu gehen.

Kaum saßen wir auf den mit edlem Samt überzogenen Stühlen, wurde auch schon der erste Gang serviert und der

Fokus der anderen lag wieder beim Essen. Ich rührte in meiner Suppe, vollkommen in Gedanken, als mich ein Räuspern aus ebendiesen zurück in die Realität holte. Perplex sah ich auf und blickte direkt in die Augen von Alex Mutter. Ich hatte gar nicht bemerkt, dass sie uns gegenüber Platz genommen hatte, doch da wir nicht mehr als 30 Gäste waren, war es wohl kaum möglich, allen aus dem Weg zu gehen.

»Leah, es hat mich schon ein wenig gewundert, dass du dich nach allem, was passiert ist, noch her traust.«

Ich konnte den spitzen Stachel ihrer Worte deutlich spüren. Mrs. Craig ließ mir nie viel Anerkennung zukommen. Zum einen hielt sie sich, wie ihr Mann, für privilegiert und bessergestellt. Zum anderen hatte sie keine Ahnung, warum ich damals so plötzlich die Beziehung zu ihrem Sohn beendet hatte und einfach verschwunden war. Und ich war mir sicher, dass auch Alex sie nie aufgeklärt hatte, was an diesem Nachmittag geschehen war.

Ich sah Mrs. Craig eine Weile, ohne mit der Wimper zu zucken, an. »Warum sollte ich mich nicht her trauen? Amanda ist meine beste Freundin.«

Sie blinzelte überrascht, dann verlegen. »Alex hat nach deinem Verschwinden so gelitten. Nicht nur, dass er dich mit einem anderen erwischt hat, nein, dann lässt du ihn und die Firma einfach von heute auf morgen hängen.«

Für einen Moment wurde es still am Tisch und ich saß starr da und wusste nicht recht, ob ich mich verhörte oder ob das hier wirklich geschah.

»Moment«, sagte ich mit aufgerissenen Augen. »Nicht ich war es, die fremdgegangen ist, sondern …«

Plötzlich räusperte sich Alex, der am anderen Ende des Tisches saß und schüttelte abwertend den Kopf. »Müssen wir uns hier über unser längst vergangenes Liebesleben unterhalten?«

Mein Appetit war auf einmal verschwunden, als ich meinen Ex böse anfunkelte. Wie konnte er es wagen, solche Lügen zu erzählen, nur um sich selbst in ein besseres Licht zu stellen?

Glücklicherweise schaltete sich auch Amanda in das Gespräch ein und stellte lächelnd fest: »Leah, deine Begleitung ist angekommen?« Sie lächelte Dan freundlich an, während dieser aufstand und ihr zunickte. »Wie lang seid ihr beiden schon zusammen?«

Wie aus einem Mund sagte ich »zwei« und mein Boss »fünf Monate«.

Alle Blicke waren auf uns gerichtet und Dan fing an zu lachen.

»Also näher gekommen sind wir uns vor fünf Monaten, aber offiziell ein Paar sind wir erst seit zwei.«

Erstaunt, wie schnell er die Situation gerettet hatte, sah ich ihn bewundernd an, während er auf dem Tisch nach meiner Hand griff und sie festhielt wie ein frisch verliebter Teenager.

»Wie habt ihr euch denn kennengelernt?«, fragte Amanda weiter und ich schluckte meine Hilflosigkeit hinunter.

Doch mein Boss schien die ganze Fahrt hierher schon fleißig geübt zu haben, denn er fing sogleich an zu schwärmen: »Leah und ich arbeiten in derselben Branche und haben gemeinsam ein Projekt gemeistert. Aber ich hatte schon vorher ein Auge auf sie geworfen.« Verliebt sah er mich an und für eine Sekunde war ich mir nicht mehr sicher, ob er noch schauspielerte oder seine Worte ernst gemeint waren. »In dem Moment, als sie mein Büro betrat, wusste ich, dass sie etwas ganz Besonderes ist. Ich habe mich sofort Hals über Kopf in sie verliebt.«

Strahlend nahm er meine Hand und führte sie an seine Lippen, wo er sanft meinen Handrücken küsste. Ich war so perplex von dieser Zärtlichkeit, dass ich stumm auf seine Lippen starrte und keine Ahnung hatte, wie ich auf all das reagieren sollte.

»Oh, ist das romantisch«, schwärmte Amanda und sah uns glücklich an.

Ich nahm das zum Stichwort und versuchte, weitere Aufmerksamkeit von uns zu lenken.

»Ja, Dan ist das Beste, was mir je passiert ist. Aber nun erzähl du mal, wie du Roger kennengelernt hast.«

Sogleich begannen die beiden zu erzählen, wie sie sich an der Universität kennengelernt hatten. Roger war Professor dort und Amanda einst seine Studentin. Warum die beiden so plötzlich heirateten, wusste ich zwar immer noch nicht, doch man konnte klar erkennen, dass die beiden sich liebten.

Während des ganzen Essens hielt Dan Miller meine Hand, ließ sie keine Sekunde los. Zum Glück war er Linkshänder, sonst hätten wir uns ziemlich verknotet.

Als das Essen zu Ende war, verabschiedeten sich einige Gäste in das hauseigene Spa, während andere noch an der Bar Platz nahmen. Dan und ich dagegen verabschiedeten uns mit der Ausrede, Dan sei müde von der langen Fahrt und müsse noch auspacken. Erst als wir im Aufzug standen und die Türen sich schlossen, atmete ich erleichtert aus. Erstaunt betrachtete ich meinen Boss, der noch immer grinsend dastand und fragte: »Na, wie war ich?«

»Verdammt gut, Miller! Das muss ich Ihnen lassen.«

»Ich habe an der Highschool in der Theatergruppe mitgespielt. Dachte nicht, dass ich meine schauspielerischen Kenntnisse je wieder benötigen würde. Aber Sie waren selbst nicht übel.«

Wir kamen nicht umhin und mussten beide lachen, als die Aufzugtür sich öffnete und uns Amanda und Alex´ Vater entgegenkam. Sofort griff Dan wieder nach meiner Hand und ließ sich von mir in unser Zimmer … Einzelzimmer führen. O Gott. Erst jetzt realisierte ich, dass ich mit meinem Boss in einem Bett … nein, das durfte nicht sein.

Zu meiner Überraschung standen seine Koffer bereits direkt vor dem Bett und prompt wurde mir bewusst, wie eng es hier doch war. Etwas unbeholfen drehte ich mich zu ihm um und fragte: »Mrs. Craig hat dafür gesorgt, dass wir ein Einzelzimmer haben. Wie machen wir das also mit dem Bett?«

Erst sah er mich an, dann das Bett und zu guter Letzt drehte er sich einmal im Kreis, nur um festzustellen, dass das Zimmer so klein war, dass es keine Ausweichmöglichkeiten gab. »Ich kann auf dem Boden …«

»Sie wollen eine Woche lang auf dem Boden schlafen?«, fragte ich mit großen Augen. »Ich habe versucht, ein Doppelzimmer zu bekommen, aber angeblich sind alle reserviert. Wir könnten fragen, ob sie noch ein weiteres Einzelzimmer haben.«

»Dann würde unsere Deckung auffliegen. Ich kann auch gern draußen auf dem Balkon auf der Liege schlafen. Es ist Sommer und warm. Ich bin mir sicher, das geht schon.«

Er zeigte auf den Balkon und ich schüttelte den Kopf.

»Der Balkon hat nur sehr dünne Trennwände. Die anderen würden sofort mitbekommen, wenn Sie da draußen kampieren.« Mein Blick fiel wieder auf das Bett, das kaum Platz für zwei Erwachsene ließ, und ich legte den Kopf schief. »Wenn Sie auf Ihrer Seite bleiben und ich auf meiner …«

»Ja, wir können auch Kissen dazwischen …«, fiel er mir ins Wort.

»Außerdem wird Schlafen ja sowieso überbewertet«, redete ich uns ein.

Er kratzte sich am Kopf. »Ich muss ohnehin arbeiten. Wir werden also nicht lang …«

»… und außerdem ist ja nichts dabei, wenn ein Chef und …«

»Das tun bestimmt viele, die auf Geschäftsreise …«, beendete er meinen Gedanken.

Ich sah ihn an. »Ja, nur weil wir in einem Bett …«

»… muss ja nicht heißen, dass wir auch … Sie wissen schon.« Unbeholfen wedelte er mit seiner Hand zwischen ihm und mir hin und her.

Verdammt, das war eine verzwickte Situation.

Eine Weile sahen wir uns starr an, bis er schließlich auf seine Tasche zeigte. »Ich packe dann mal aus.«

Ich nickte und drehte mich um in Richtung Badezimmer. »Ich wollte ohnehin noch duschen.«

Ich betrat das Badezimmer und schloss für einen Moment die Augen. *Verdammt, mit Benny wäre das einfacher gewesen.* Wobei ich bezweifelte, dass Benny so überzeugend rübergekommen wäre. Er war einfach zu feminin, um meinen Freund zu spielen. Wahrscheinlich wären wir irgendwann aufgeflogen. Dennoch hatte ich nun eine ganze Woche mit meinem Chef, in der ich nicht nur die glückliche Freundin spielen, sondern auch mit ihm das Bett teilen musste.

Letztlich schüttelte ich all die Gedanken ab und zog mich aus. Ich wollte nur noch heiß duschen und mich dann ins Bett … Mist, da war es wieder. Der Gedanke, mit meinem Chef in einem Bett schlafen zu müssen.

Irgendwann hatte ich es endlich unter die Dusche geschafft und genoss den heißen Wasserstrahl, der über meine Haut rann. Es tat gut, nach der ungemütlichen Begegnung mit Alex und seiner Familie endlich all die düsteren Gedanken hinter mir zu lassen. Für heute war es geschafft, die nächsten Tage würde ich auch noch meistern.

Ich ließ mir Zeit mit der Körperpflege, putzte mir die Zähne und bürstete meine dunklen Haare. Erst als ich mich nackt im Spiegel betrachtete, fiel mir auf, dass ich vergessen hatte, Kleidung mit ins Badezimmer zu nehmen. Nicht nur, dass mich mein Chef zum ersten Mal ohne Make-up und mit offenen Haaren sehen würde, nein, ich hatte auch nur ein paar kurze Nachthemden eingepackt, da ich davon ausgegangen war, dass es Benny sowieso nicht interessieren würde. Jetzt allerdings würde ich, nur in einem Handtuch bekleidet, in das kleine Zimmer treten müssen.

Für eine Weile betrachtete ich das Set Handtücher, das im Bad hing. Es handelte sich um ein Duschtuch und ein Handtuch. Wenn ich also das große Duschtuch nehmen würde,

würde Dan mit einem winzigen Stück Stoff vorliebnehmen müssen. *Aber schließlich hatte er auch weniger, das bedeckt werden müsste*, dachte ich so bei mir, als ich meine Brüste im Spiegel anstarrte.

Ich schwang das Duschtuch um meinen Körper und trotzdem wirkte es ziemlich kurz und zeigte weit mehr von meinen Beinen, als ich bereit war zu zeigen. Nicht, dass meine Beine nicht sehenswert waren. Ich war von Natur aus mit einer guten Figur gesegnet, die bisher all meinen Pizza-Eskapaden trotzte. Aber ich war schüchtern und halb nackt vor meinen Chef zu treten, war nicht unbedingt das, was ich geplant hatte.

Leise öffnete ich die Tür und lugte um die Ecke. Dan saß an dem kleinen Schminktisch, hatte mein Make-up zur Seite geräumt und den Laptop aufgebaut, an dem er nun saß und tippte. Dabei trug er seine Brille und sah so verdammt sexy aus. Nein! Ich durfte auf keinen Fall in Verbindung mit meinem Chef an *sexy* denken!

Vorsichtig huschte ich aus dem Badezimmer und auf den kleinen Wandschrank zu, in der Hoffnung, dass Mr. Miller mich nicht bemerken würde. Natürlich war all die Vorsicht umsonst, denn er hatte mich längst erspäht und drehte sich peinlich berührt in eine andere Richtung.

»Keine Sorge, ich werde nicht schauen«, rief er mir über die Schulter zu, doch da war ich auch schon wieder im Badezimmer verschwunden.

Unsicher stand ich in meinem Nachthemd vor dem Spiegel. Ich wollte nicht aufreizend wirken, aber auch nicht kindisch. Das Stück Stoff, das ich mir aber eben über den Kopf gezogen hatte, taugte dazu keinesfalls. Nicht nur, dass es äußerst kurz war und mit den dünnen Trägern und dem Ausschnitt eher sexy wirkte. Ich hatte auch eine Schwäche für Eulen und der Aufdruck auf dem Nachthemd zeugte von diesem Faible. Der Vogel macht aus dem sexy Stück Stoff eine Peinlichkeit. Gott, war das blamabel.

Tief atmete ich ein, bevor ich wieder zurück ins Schlafzimmer trat und auf Zehenspitzen ins Bett huschte. Gerade als ich die Decke über meine Brüste zog, hörte ich das halb erstickte Kichern von Dan Miller, der sich die Hand vor den Mund presste und versuchte, nicht zu lachen.

»Haben Sie einen Clown gefrühstückt, oder was ist in Sie gefahren?«

»Es tut mir leid«, prustete er hervor und konnte sich vor Lachen kaum noch beruhigen, »aber was zur Hölle tragen Sie da?«

»Ich dachte, Sie wollten nicht schauen?«, fragte ich gekränkt und zog die Decke noch ein Stück höher.

Langsam drehte sich Dan in meine Richtung, nahm die Brille ab und wischte sich die Tränen aus dem Gesicht, während er herzhaft lachte. »Ich wollte nicht schauen, aber Sie sind hier gerade hereingehüpft wie eine Eule auf Koks. Und dann … die Augen … die Eule … haben Sie …«

Weiter kam er nicht, denn er hielt sich den Bauch vor Lachen. Ich hatte alle Mühe, streng zu schauen, aber er hatte vollkommen recht. Die Augen der Eule auf meinem Nachthemd waren direkt auf meinen Brüsten platziert und pressten diese buchstäblich hervor, was dem armen Vogel regelrecht Stielaugen verpasste.

Nach einer Weile hatte sich mein Boss beruhigt und hob die Hand. »Es tut mir so leid. Ich wollte mich nicht über Sie lustig machen. Aber es sah einfach urkomisch aus. Also das Shirt und wie sie dazu gelaufen sind. Nicht Sie … Sie sehen bezaubernd … also …« Er hielt inne, sah betreten zu Boden und stand auf. »Ich werde jetzt auch mal ins Badezimmer gehen.«

Mein Boss verschwand im Bad und ich lauschte durch die geschlossene Tür dem Geräusch der Dusche, das auf mich eine hypnotische Wirkung hatte. Bevor ich zum Prasseln des Wassers einschlief, nahm ich mein Buch zur Hand, das ich für die Reise mitgebracht hatte.

Eine ganze Weile später öffnete sich die Tür und Dan Miller trat in Shorts und einem T-Shirt ins Zimmer. Ich versuchte, mich weiter auf die Zeile in meinem Buch zu konzentrieren, kam aber nicht umhin zu beobachten, wie er um das Bett lief und dann unter die Decke huschte. Ich konnte spüren, dass er etwas sagen wollte, schien aber nicht zu wissen wie.

»Was haben Sie denn, Mr. Miller?«, fragte ich, während ich mein Buch zuklappte, weglegte und mich in seine Richtung drehte.

Er druckste herum, ohne mich dabei anzusehen. »Ich schlafe normalerweise nackt, was ich Ihnen keinesfalls zumuten will. Aber es ist hier echt warm. Würde es Ihnen etwas ausmachen, wenn ich mein T-Shirt ablege?«

Meine Augenbrauen schienen ein Eigenleben zu entwickeln, zogen sich zusammen, dann nach oben, dann wieder … egal. Ich war leicht verwirrt. »Natürlich können Sie das. Ist ja nicht so, dass ich über Sie herfallen wollte.«

Er nickte erleichtert und dennoch fast ein wenig enttäuscht, zog die Decke höher und sein Shirt über den Kopf, das er galant auf den Stuhl vor dem Schminktisch warf. Entschuldigend sah er mich an. »Wenn es Ihnen unangenehm ist, kann ich immer noch auf dem Boden …«

»Hören Sie auf, Mr. Miller. Ich kann Sie doch nicht auf dem harten Boden schlafen lassen.«

»Sie sollten mich vielleicht Dan nennen. Damit Sie sich daran gewöhnen«, bot er an und fügte schnell hinzu: »Nicht, dass unsere Tarnung noch auffliegt.«

Kurz überlegte ich, was hier gerade geschah, willigte dann aber ein und reichte ihm schmunzelnd die Hand. »Leah. Freut mich, dich kennenzulernen.«

»Freut mich ebenso, Leah. Ich bin Dan.«

Ich schüttelte seine warme Hand und wusste nicht recht, wie ich mit dieser Situation umgehen sollte, als plötzlich jemand gegen die Wand klopfte. Perplex drehten Dan und ich uns um und betrachteten neugierig die Wand hinter uns.

Wieder ein Klopfen, dann noch eines. Erst jetzt begriff ich, was da im Nebenzimmer geschah.

»Interessant«, sagte Dan und presste die Lippen aufeinander, während er ungläubig den Kopf schüttelte.

»Die Zimmer sind wohl recht hell…« Weiter kam ich nicht, denn eine wohlbekannte Stimme ertönte aus dem Nebenzimmer.

»Oh, Margie …«

Mir blieb der Mund stehen und ich konnte einfach nicht glauben, dass Alex mit seiner neuen Flamme das Zimmer neben uns bewohnte. »Dieser verdammte … das macht er mit Absicht«, presste ich hervor und Dan sah mich überrascht an.

»Du meinst, das ist dein Ex?«

»Er und die Frau, mit der er mich damals betrogen hat«, grummelte ich und kochte vor Wut.

»Wow, mir fehlen die Worte«, merkte Dan schockiert an.

Schulterzuckend sah ich ihn an. Das Klopfen wurde lauter und heftiger, während nun auch Marge laut aufstöhnte.

»Schämen die sich eigentlich nicht?«, fragte ich etwas lauter und schüttelte abfällig den Kopf, als ich das Grinsen auf Dan Millers Lippen erhaschte. »Was …?«

»Er will dich eifersüchtig machen, weil er noch lang nicht über dich hinweg ist. Das konnte ich in seinen Augen sehen.« Wie ein kleiner Junge, der nur Unsinn im Kopf hatte, kicherte er vor sich hin und sah mich dann an. »Ich habe eine Idee!«

Noch bevor ich fragen konnte, was er vorhatte, warf er auch schon die Decke von seinem … Herr im Himmel … sah er gut aus, so ohne Shirt und mit diesen Bauchmuskeln … Ich wollte nicht starren, doch tat genau das, als ich erschrocken feststellte, dass er sich aufs Bett kniete, sich mit den Händen gegen das Kopfteil stemmte und daran herumzog und drückte, bis es ebenfalls gegen die Wand knallte.

»Hör auf!«, flüsterte ich beschämt, als er auch noch anfing, laut zu stöhnen: »Oh, Leah. Das fühlt sich so verdammt gut an!«

Mit offenem Mund starrte ich meinen Boss an, der sich das Kichern verkneifen musste und dabei immer wieder das Kopfteil des Bettes gegen die Wand stieß. Er sah mich an, Tränen in den Augen, weil er sich vor Lachen kaum mehr zusammenreißen konnte, und forderte mich leise auf: »Komm, mach mit. Wir machen die da drüben fertig.«

Irgendetwas in mir löste sich von meinen Prinzipien los und meine Lippen verzogen sich zu einem höhnischen Grinsen. Laut rief ich: »Oh, tiefer Dan!«

Er sah mich perplex an und flüsterte: »Tiefer? Das klingt, als hätte ich einen kurzen …« Gerade besann er sich noch und schüttelte den Kopf, bevor er wieder anfing zu stöhnen: »Genau so, Leah.«

»Und das klingt, als würdest du mir Lehrstunden geben!«, beschwerte ich mich flüsternd und bemerkte erst jetzt, dass das Klopfen und Stöhnen vom Nachbarzimmer verstummt war.

Grinsend sah ich Dan an und fühlte mich plötzlich wie ein Teenager, der Klingelstreiche spielte. Wie auf Kommando fing ich an, auf dem Bett zu hüpfen, und stöhnte mit Dan um die Wette, bis wir schließlich zusammensackten und uns die Kissen ins Gesicht pressten, um nicht laut loszuprusten. Ich hatte selten solch einen Spaß gehabt wie gerade in diesem Moment.

DAN

Obwohl ich den ganzen Tag im Auto verbracht hatte, lag ich nun hellwach da. Der Anruf von Benny am frühen Morgen hatte mir solch ein schlechtes Gewissen bereitet, dass ich gar keine Wahl gehabt hatte, als direkt nach Vermont zu fahren. Schließlich war ich es gewesen, der Leah zu diesem Trip überredet hatte. Dabei hatte sie so deutlich gemacht, dass sie keine Lust hatte, auf ihren Ex zu treffen.

Für mich war es eine Selbstverständlichkeit gewesen, ihr zu helfen. Zu oft schon hatte sie im Büro zu mir gestanden, mir den Hintern gerettet und sich als überaus loyale Mitarbeiterin erwiesen. Was wäre ich für ein Chef gewesen, wenn ich sie jetzt im Stich gelassen hätte?

Doch während ich so dalag und die Silhouette ihres Körpers im Mondlicht bewunderte, war ich mir nicht mehr sicher, ob ich nicht zu weit ging. Nicht, dass ich sie nicht begehrenswert fand. Leah Greco war nicht nur überaus talentiert und intelligent, sie war auch wunderschön, was sie viel zu oft unter der biederen Kleidung versteckte, die sie im Büro trug.

Und genau das war ein Problem.

Ich sollte sie nicht wunderschön finden und bewundern. Auch sollte ich keinesfalls mit meiner Assistentin in einem Bett nächtigen, nein, ich ging hier eindeutig zu weit.

Innerlich zerriss mich dieser Zwiespalt. Ich wollte nicht, dass es nach dieser Woche merkwürdig für uns wurde, wenn wir wieder zurück im Büro waren. Ich war immerhin ihr Chef. Doch irgendetwas sagte mir, dass hier etwas vor sich ging, das ich nicht mehr zu kontrollieren vermochte.

Frustriert drehte ich mich auf den Rücken, starrte an die Decke und dachte über diesen Alex nach. Er war eindeutig noch an ihr interessiert und würde versuchen, sie zu verunsichern. Das durfte ich nicht zulassen, denn Leah hatte etwas Besseres verdient als einen reichen Schnösel, der seinen Schwanz nicht kontrollieren konnte.

Mein Beschützerinstinkt war geweckt und sofort fühlte ich mich wieder in der Rolle des großen Bruders zurückversetzt, nur mit dem Unterschied, dass ich keinesfalls brüderliche Gefühle für Leah hegte. Um ehrlich zu sein, hatte ich keine Ahnung, was da zwischen uns vor sich ging.

Kapitel 5

DAN
SONNTAG VOR DER HOCHZEIT

Der Morgen nach unseren kindischen Spielchen war genauso merkwürdig, als hätten wir wirklich wilden und hemmungslosen Sex gehabt. Leah verzog sich schüchtern ins Badezimmer, während ich mir Jeans und ein Hemd überzog. Wenn die Stimmung so bleiben würde, wenn wir nächste Woche wieder im Büro waren, dann hatte ich das Ganze wirklich verbockt.

Nachdem wir uns fertig gemacht hatten, fuhren wir mit dem Aufzug hinunter ins Erdgeschoss und standen vor der Tür zum Speisesaal. Die Familie der Braut hatte das gesamte Hotel angemietet und so befanden sich nur das Brautpaar und deren engste Familie und Freunde hier.

Fragend sah ich Leah an, reichte ihr meine Hand und war überrascht, als sie tatsächlich danach griff und ihre zarten Finger in meine gleiten ließ. Sie lächelte schüchtern, als wir die Tür aufstießen und hineingingen.

Das Frühstück bestand aus einem riesigen Buffet und all die Gäste schienen gleichzeitig an die lange Tafel zu strömen. Ich entschloss mich, uns Kaffee zu holen und war überrascht, als ich zurückkam und sah, wie Alex mit Leah sprach. Sie wirkte wütend und so schlich ich mich von hinten an den arroganten Schnösel an und hörte noch, wie er sagte: »… bei mir bist du nie so laut gewesen.«

Leah presste hervor: »Das geht dich gar nichts an, Alex!«

Lautlos tauchte ich neben Alex auf, reichte Leah eine Tasse Kaffee und sagte abfällig: »Vielleicht war sie bei Ihnen nicht so laut, weil Sie ihr nicht geben konnten, was sie verdient.«

Der überraschte Blick dieses Idioten war absolut preisverdächtig. Noch bevor er etwas erwidern konnte, legte ich galant meine Hand um Leahs Taille und zog sie an mich.

Zu meiner Überraschung stieg Leah voll mit ein und flüsterte so, dass Alex es hören konnte: »Nein, Schatz, das konnte er nicht. Ganz im Gegensatz zu dir.«

Jetzt war ich es, der rot wurde, als sie ihre Finger über meine Wangen gleiten ließ und mich ansah, als würde sie mich hier und jetzt vernaschen wollen. Zum Glück kam gerade in diesem Moment die künftige Braut auf uns zu und kicherte.

»Ihr Turteltäubchen lasst es aber ganz schön krachen, was? Man hat euch heute Nacht bis in die obere Etage gehört.«

Ich spürte, wie Leah sich neben mir versteifte, und wollte ebenfalls im Erdboden versinken. »Das muss die Bergluft sein.«

Leah sah mich mit hochgezogenen Augenbrauen an, doch was hätte ich sonst sagen sollen?

»Was habt ihr beiden heute Schönes vor?«, fragte Amanda und sah uns erwartungsvoll an.

Schweigen … Leah öffnete den Mund und schloss ihn wieder und so kam ich ihr zu Hilfe: »Wandern!«

»Wandern?« Ihr Blick sprach Bände, als sie mich schockiert ansah. Doch etwas anderes war mir auf die Schnelle nicht eingefallen.

»Leah und Wandern?«, fragte dieser Alex und fing an, abfällig zu lachen.

Daraufhin drehte sie sich zu ihm um und sagte: »Kann ja nicht jeder so langweilig sein wie du.«

Mit diesen Worten zog sie mich mit sich und nuschelte vor sich hin: »Wandern … na toll!«

Ich war ins Fettnäpfchen getreten und das nur, weil ich selbst keine Hobbys besaß und mir nichts anderes in den Sinn gekommen war. Zu arbeitsreich war mein Leben und eigentlich war ich der Langweiler, wenn ich mich mit Alex verglich. Aber ich war auch nicht in eine reiche Familie geboren worden. Alles, was ich besaß, hatte ich mir hart erarbeitet.

Meine Eltern waren Hippies, reisten durch Kommunen, sodass meine Großmutter mich und meine beiden kleinen Schwestern zu sich nahm. Ich ging früh arbeiten, um ihr dabei zu helfen, die Familie zu ernähren. Doch ich war meinen Weg gegangen und hatte mir eine, wenn auch sehr kleine, Firma aufgebaut. Ich war stolz auf das, was ich erreicht hatte, auch wenn es nur ein Häuschen in einem Vorort von Boston war und das nette Büro, das wir am Stadtrand betrieben. Ja, wir betrieben es, meine Mitarbeiter und ich. Wenn es etwas gab, was ich gelernt hatte, dann dass man die Menschen schätzen musste, die mit einem im selben Boot saßen.

Und zu diesen Menschen gehörte auch Leah. Auch wenn sie vielmehr meine Lebensretterin war, die mir tagtäglich viel Arbeit abnahm. Ich schätzte sie und fühlte mich nun schlecht, weil ich ihr diesen Mist eingebrockt hatte. Zu allem Überfluss musste sie jetzt auch noch mit mir wandern gehen.

Wir brachten das Frühstück gezwungen hinter uns und ich überlegte immerzu, wie ich aus der Nummer wieder rauskäme. Doch es war längst zu spät dafür, denn kaum waren wir aufgestanden, kamen auch schon Braut und Bräutigam auf uns zu und verkündeten, dass sie sich uns anschließen wollten.

Gequält lächelte Leah und sagte Dinge wie *»Ich freue mich so«* und *»Das wird sicher ein Spaß«*. Ich bezweifelte, dass sie irgendetwas davon ernst meinte.

Eine Stunde später standen wir in Jeans und Sneakers an der Rezeption und warteten auf das Brautpaar. Leah war noch immer grummelig und würdigte mich keines Blickes mehr.

Irgendwann hielt ich es nicht mehr aus.

»Es tut mir leid. Ich wusste nicht, was ich sagen sollte. Und wer weiß, vielleicht ist Wandern gar nicht so schlecht und wir machen daraus ein lustiges Hobby.«

Der Blick sprach Bände und sie murmelte vor sich hin: »Lustig … So, so … hättest du nicht sagen können, wir gehen ins Spa oder runter in die Stadt?«

Ich wollte eben den Mund öffnen, als Amanda und Roger aus dem Aufzug stiegen und schäkernd auf uns zukamen.

»Lächeln! Wir sind schließlich total verliebt!«, flüsterte ich Leah zu, ohne dabei groß die Lippen zu bewegen. Sie drehte sich ebenfalls um und begrüßte ihre Freundin mit einer innigen Umarmung, während ich Roger die Hand schüttelte. Der schien ein recht netter und anständiger Kerl zu sein.

»Wollen wir?«, fragte ich, als ich hinter uns die Stimme hörte, die ich schon jetzt verabscheute.

»Ah, ich dachte schon, wir kommen zu spät«, rief Alex Craig hinter uns, der den Arm um diese aufgetakelte Schnalle Marge gelegt hatte. »Wir dachten, wir schließen uns euch an.«

Leahs Gesicht verlor jegliche Farbe. Marge machte eine angewiderte Fratze, als hätte man ihr eröffnet, dass sie sich nie wieder die Lippen aufspritzen lassen dürfe. Alex grinste schelmisch vor sich hin und ich … ich wollte nichts mehr, als diesem Trottel die Fresse zu polieren. Aber ich lächelte, während ich vor meinem geistigen Auge schon meinen Fuß in seinem Arschloch stecken sah. Ja, das würde eine interessante Woche werden mit Alex und mir.

Eine Woche, die mir alles abverlangen würde, um ihn nicht umzubringen.

Zum Glück erwies sich Roger als äußerst fachkundig, was das Wandern anging. Er führte uns einen Wanderweg entlang, erklärte stolz, welche Stadt sich in welche Richtung befand, und kannte sich sogar mit den heimischen Pflanzen aus, die am Wegesrand wuchsen. Als er nach einer halben Stunde erzählte, dass er Biologie-Professor und hier in Vermont aufgewachsen war, war mir auch endlich klar, woher er das alles wusste.

Eine Weile gingen wir schweigend nebeneinanderher, bis mich das ewige Gequengel dieser Marge über Mücken und schmerzenden Füßen anfing zu nerven. Nicht nur, dass sie in High Heels hinter uns her watschelte, nein, sie trug auch noch einen Minirock und hatte so viel Make-up aufgelegt, dass sie sich über einen Sonnenbrand in ihrem Gesicht sicherlich keine Sorgen machen musste. Was hatte sie erwartet? Dass wir zur Shoppingmall wandern würden?

Irgendwann sah ich Leah an, die verbissen neben mir herlief, und flüsterte ihr zu: »Wollen wir das Püppchen mal etwas ärgern?«

Sofort erschien ein Grinsen auf ihrem Gesicht und sie sah mich an. »Kann es sein, dass du ein kleiner Lausbub im Körper eines Mannes bist?«

Ich zuckte mit den Achseln. »Das Leben ist zu ernst, um sich zu langweilen.«

Leah schüttelte lächelnd den Kopf. »Egal was du vorhast, wenn du sie zum Schweigen bringst, bin ich dabei!«

Lässig ließ ich mich zurückfallen, bis ich neben Alex und Marge herlief. Irgendwie musste ich es schaffen, dass Alex für einen Moment außer Hörweite trat: »Hey, Alex, kann es sein, dass Ihnen etwas aus der Hosentasche gefallen ist? Ich habe da hinten irgendetwas liegen sehen.«

Sofort blieb er stehen, ohne sich zu wundern, wie ich wissen konnte, was aus seiner Tasche gefallen war, während ich doch vor ihm lief. Der Kerl war wohl wirklich nicht der Hellste.

Leah war mittlerweile ebenfalls neben uns und Marge musterte uns genervt, während sie sich immer wieder nörgelnd Mücken vom Gesicht scheuchte.

»Haben Sie die wilden Himbeeren am Wegrand gesehen, Marge?«, fragte ich höflich und erntete dafür einen bösen Blick.

»Ich habe keinen Hunger!«, schnauzte sie mich an.

»Das wollte ich damit gar nicht sagen«, beschwichtigte ich sie. »Aber wussten Sie, dass der Saft der Himbeeren ein wahrer Mückenschreck ist?«

Jetzt hatte ich ihre volle Aufmerksamkeit und sie hörte mir interessiert zu. »Aber ist der Saft nicht rot?«

»Der ist nur anfänglich rot. Sobald er einzieht, ist er nicht mehr sichtbar und dann haben Sie Ihre Ruhe vor diesen Mistviechern«, machte ich ihr weis und sah, wie Leah ihre Lippen zusammenpresste, um nicht laut loszulachen.

Marge wirkte skeptisch und ließ ihren Blick umherstreifen, bis sie einen kleinen Busch wilder Himbeeren erspähte. »Und Sie sind sicher, dass das funktioniert?«

»Absolut. Meine Großmutter hat daraus immer eine Mückenabwehrlotion gemacht.« Ich sah sie aufrichtig an, obwohl ich alle Mühe hatte, die Ernsthaftigkeit zu wahren.

Bevor ich mich versah, hatte Marge sich gebückt und ein paar Himbeeren gepflückt, die sie in den Händen zerrieb. Sie betrachtete den roten Brei. »Und das soll wirklich durchsichtig werden?«

»Ja, sobald es trocknet, können Sie davon nichts mehr sehen.«

Leah nickte fleißig. »Ja, ich habe es ausprobiert. Es hilft echt wahnsinnig gut.«

Ich sah mich um, während unsere *›Little Miss Perfect‹* den roten Brei im Gesicht, auf dem Hals und auf ihren Beinen und Armen verteilte. Roger war mit Amanda längst weit vorausgewandert und Alex schien noch immer nach dem unsichtbaren Gegenstand zu suchen, den er *NICHT* verloren hatte.

Ich war zufrieden mit meinem Komplott und sah Leah lächelnd an. »Komm, Schatz, wir sollten weitergehen.«

Sie nahm die Hand, die ich ihr entgegenstreckte, und wir liefen weiter, während wir hinter uns nur noch hörten, wie Marge zweifelte. »Und das wird wirklich durchsichtig?«

Ein paar Meter weiter hielt es Leah nicht mehr aus. Sie kicherte leise vor sich hin und es klang so wunderbar herzlich, dass ich sie grinsend fragte: »Wie lang es wohl dauert, bis die Mücken sie auffressen?«

»Du bist ja richtig böse. Ich wusste gar nicht, dass so viel Boshaftigkeit in dir steckt.«

Obwohl wir uns schon ein ganzes Stück von den anderen entfernt hatten, ließ Leah meine Hand nicht los, sondern lief weiter dicht neben mir her. Ich genoss es, obwohl ich es nicht sollte, und dann kam, auf was wir gewartet hatten. Hinter uns hörten wir ein Kreischen von Marge und das Schimpfen von Alex. Doch wir drehten uns nicht um, sondern liefen kichernd weiter. Das Schreien zog auch Roger und Amanda an, die plötzlich vor uns stehen blieben und warteten, bis wir sie eingeholt hatten.

Roger sah uns verwirrt an.

»Was ist da hinten denn los?«

Ich zuckte mit den Schultern. »Keine Ahnung.«

Leah zerriss es schier vor Lachen und sie erntete dafür prompt einen bösen Blick von Amanda.

»Was habt ihr beiden ausgeheckt?«

Kichernd sahen wir uns an und konnten nicht anders, als laut zu lachen. Schlimmer wurde es noch, als wir uns umdrehten und beobachteten, wie Marge mit knallrotem Gesicht umher hüpfte und mit den Händen wild um sich schlug, während Alex neben ihr stand und sie anbrüllte.

Roger lief zur Hilfe, während Amanda uns enttäuscht anfunkelte. »Ihr seid echt kindisch, wisst ihr das?«

Doch wir antworteten nicht, zu heftig war der Lachflash, der uns schüttelte. Irgendwann zog Leah ihr Handy hervor und schoss Fotos von der kreischenden Marge, während ich sie perplex beobachtete.

»Was machst du da?«

»Man weiß nie, wofür man solche Fotos brauchen kann.« Sie schmunzelte und ich schüttelte ungläubig meinen Kopf.

»Das solltest du nicht tun, Leah. Sie ist mit Alex schon gestraft genug.«

Resigniert ließ sie das Handy sinken und sah mich beschämt an. »Du hast recht. Ich weiß nicht, was da in mich gefahren ist. Aber ich bekomme einen solchen Hass, wenn ich sie sehe.«

Ich nahm wieder ihre Hand und zog sie den Wanderweg entlang, während ich sie fragte: »Willst du darüber reden?«

»Nein … Ja … eigentlich … es ärgert mich nur.«

Ich drückte ihre Hand und sah sie an. »Was ärgert dich?«

»Er hat mich nie angesehen. All die Jahre, in denen ich mit Amanda befreundet war, bis wir uns an der Uni durch Zufall über den Weg gelaufen sind … er hat mich vollkommen ignoriert. Erst als er gesehen hat, dass ich ihm hilfreich sein konnte, hat er sich auf mich eingelassen. Und ich, dumme Kuh, hab es als Liebe missverstanden.«

»Na ja, aber wie er dich jetzt ansieht … da scheint sehr wohl noch etwas zu sein«, merkte ich an und wollte mir sofort auf die Zunge beißen. Warum erzählte ich ihr das? Wollte ich sie wieder in seine Arme treiben? Doch sie ging zum Glück nicht darauf ein.

»Wir waren acht lange Jahre ein Paar. In der Zeit hat er nur von mir profitiert. Aber statt Anerkennung hat er einfach Marge flachgelegt. Ich meine …« Leah stockte für einen Moment und drehte sich zu den vier anderen um, die fast schon außer Hörweite waren. »Er hat drei Jahre gebraucht, bis er mich seinen Eltern als seine Freundin vorgestellt hat. Diese … sie bringt er nach einem Jahr mit zur Hochzeit seiner Schwester.«

»Ich kann verstehen, dass das hart ist, aber spielt es noch eine Rolle? Ich meine, schau dir die beiden doch an. Sie haben einander wirklich verdient.« Ich kratzte mich verlegen am Kopf. »Du hast etwas so viel Besseres verdient, Leah. Und du bist so viel besser dran ohne ihn.«

Leah lächelte und es war das Schönste, was ich an diesem Tag gesehen hatte. Mit ihren schönen Rehaugen blinzelte sie mich an und sagte: »Stimmt. Ich habe einen tollen Job, mit netten Kollegen und einem Chef, der jeden Tag zu einem Abenteuer macht. Ich kann mich eigentlich nicht beschweren.«

Ich grinste zustimmend und wir spazierten gemächlich weiter. Plötzlich hörten wir ein lautes Grummeln über uns. Überrascht blickten wir zum Himmel, der vor uns wolkenlos dalag. Langsam drehte ich mich um. Hinter uns wurde es bereits finster und schwarze Wolken drängten sich auf uns zu.

Ich sah Leah besorgt an. »Ich glaube, es ist Zeit, die Wanderung abzubrechen.«

»Du wirst dich doch nicht von ein bisschen Regen einschüchtern lassen, Miller?«

Für eine Sekunde versuchte ich abzuwägen, ob die dunklen Wolken eine Gefahr für uns darstellten, und sagte heldenhaft: »Trotzen wir dem Wetter!«

Ich hatte ja keine Ahnung …

Eine Weile liefen wir schweigend nebeneinanderher, als erste Tröpfchen auf uns fielen. Leah blickte hinauf in den Himmel, der mittlerweile rabenschwarz über uns hing. Von den anderen war längst nichts mehr zu sehen.

Als der Regen stärker wurde, blieb Leah plötzlich stehen und sah mich an. »Vielleicht sollten wir doch zurückgehen.«

Ich wollte kein Hasenfuß sein und grinste spitzbübisch. »Wer lässt sich jetzt vom Wetter einschüchtern?«

In Leahs Kopf begann es zu arbeiten und letztlich schmunzelte sie und sagte: »Na, dann weiter.«

Doch mit jedem Schritt, den wir taten, bemerkten wir selbst, dass es eine äußerst schlechte Idee war, bei Regen durch die Berge zu laufen. Innerhalb von Sekunden war aus den Tröpfchen ein wahrer Wolkenbruch geworden und starker Wind blies uns ins Gesicht. Neben mir fröstelte Leah. Schützend legte ich meinen Arm um ihre Schultern und zog sie näher. Erst jetzt bemerkte ich, dass das helle Shirt, das sie trug, vollkommen durchnässt und durchsichtig war. Ich wollte nicht starren, doch genau das tat ich nun, und als Leah bemerkte, wohin ich sah, verschränkte sie empört die Arme vor der Brust.

»Dan! Augen nach oben!«

Ich drehte meinen Kopf von ihr weg und murmelte eine Entschuldigung, spitzelte aber dennoch immer wieder auf den schwarzen Spitzen-BH, der sich unter ihrem Shirt abzeichnete.

Verdammt, ich benahm mich schon wie dieser Alex.

»Ich glaube, wir sollten jetzt wirklich zurückgehen«, stellte ich fest, als ein Blitz am Himmel zuckte, der wenige Sekunden später mit einem lauten Grummeln beantwortet wurde.

Auch Leah schien meine Meinung zu teilen und nickte. »Dann sollten wir uns aber beeilen.«

Wir drehten um und liefen schnellen Schrittes den Weg zurück zum Hotel hinunter. Mittlerweile waren wir beide vollkommen durchnässt und das Gewitter kam immer näher. Sorgenvoll blickte ich über uns und bereute sogleich meinen Mut, der uns überhaupt erst in diese Lage gebracht hatte. An einem alten Wegweiser blieb ich stehen und zeigte auf die Schilder.

»Leah, warte. Wenn wir hier entlang gehen, kommen wir in dieses Städtchen, von dem Roger gesprochen hatte. Das ist näher als das Hotel. Vielleicht können wir uns dort unterstellen, bis das Unwetter vorbei ist.«

Skeptisch sah Leah erst die Schilder an, dann mich, bevor sie vorsichtig nickte.

Genau in diesem Moment zuckte ein Blitz über uns und aus dem Grummeln wurde ein lauter Knall, der Leah so erschreckte, dass sie mir um den Hals fiel. Für einen Moment hing sie da, klammerte sich an mir fest und sah mit weit aufgerissenen Augen hinauf in die schwarzen Wolken. Dann sah sie mir in die Augen, bemerkte, dass ich sie anstarrte wie ein Teenager seine erste große Liebe, und ließ mich sofort wieder los.

»Tut mir leid«, murmelte sie und wirkte ängstlich und unsicher.

»Komm, wir sollten uns wirklich beeilen.«

Ich nahm ihre Hand und wir rannten der Kleinstadt entgegen, in der Hoffnung, uns dort unterstellen zu können.

Ein Café am Straßenrand lud zu einer heißen Tasse Tee ein. Oder auch nicht, denn anscheinend waren wir nicht die Einzigen, die vom Regen überrascht worden waren. Die Menschen drängten sich um den Eingang.

Entschuldigend sah ich Leah an und zuckte mit den Schultern. Wir hätten doch zum Hotel gehen sollen. Doch nun war es zu spät, denn schon wieder blitzte es über uns.

Plötzlich riss mich Leah mit sich und bevor ich mich versah, standen wir in einer urigen Buchhandlung voller alter Bücher. Es roch modrig und war recht dunkel, doch ich fühlte mich sofort wohl. Allein der Geruch alter Bücher war etwas ganz Besonderes und erinnerte mich an den Nachbarn, der neben uns gewohnt hatte, als ich ein Kind war. Er hatte ein ganzes Zimmer voller Bücher besessen.

»Wow«, stieß Leah aus und schien genauso fasziniert wie ich. Ohne ein Wort zu sagen, ging sie auf eines der Regale zu, schüttelte ihre feuchten Hände und nahm vorsichtig ein Buch von Jane Austen zur Hand. Ich beobachtete sie lächelnd, denn so glücklich hatte ich sie selten gesehen.

Ich nahm ebenfalls ein Buch zur Hand und stellte erstaunt fest. »Verdammt, das ist eine Erstausgabe.«

»Kennst du Jane Austen?«, fragte mich Leah und blätterte durch die alten Seiten.

»Natürlich. Meine Großmutter hat sie geliebt. Ich habe selbst einige ihrer Bücher gelesen.«

Überrascht sah mich Leah an und stellte grinsend fest: »Alter Romantiker.«

Ich lächelte und nahm ein weiteres Buch zur Hand. »Ich bin voller Überraschungen.«

Statt einer Antwort sah mich Leah einfach nur an. Ja, sie sah mich richtig an. Nicht wie ihren Chef oder jemanden,

den man nur flüchtig kannte. Sie sah mich an, als wolle sie herausfinden, wer ich wirklich war.

»Liest du gern?«, fragte ich, um die merkwürdige Stimmung zwischen uns zu kitten.

»Machst du Witze? Ich liebe Bücher. Ich kann an keiner Buchhandlung vorbeigehen.«

In Gedanken fragte ich mich, was sie wohl sagen würde, wenn ich ihr das Büro in meinem Haus zeigen würde, das ich mir eingerichtet hatte. Ich besaß eine ganze Bücherwand voller Klassiker und Erstausgaben. Sie schien meinen Blick deuten zu wollen und fragte: »Und du?«

»Ich kann dir ja mal meine Büchersammlung zeigen.«

Leah blinzelte, sah mich schockiert an und sagte: »Ist das eine Einladung für …«

»Moment mal. So war das gar nicht gemeint!«, stellte ich entrüstet klar, als sie ungläubig den Kopf schüttelte.

Sie wirkte plötzlich überrascht. »Warte, du hast wirklich eine Büchersammlung?«

»Natürlich. Warum müssen Frauen immer glauben, dass wir Kerle sie flachlegen wollen, wenn wir ihnen unsere Sammlungen zeigen wollen?«

Gespielt entrüstet sah ich sie an und musste zugeben, dass ich ihr nicht nur meine Bücher zeigen würde, wenn sie … Mein Gedankengang machte sich selbstständig und erneut wanderte mein Blick hinunter über ihre …

»Ernsthaft?«, rief Leah aus und drehte sich von mir weg.

»Ich kann nichts dafür! Wer trägt denn bitte einen schwarzen BH unter einem weißen Shirt?«, fragte ich ungläubig.

»Das ist nicht weiß. Das ist Creme!«, stellte Leah entrüstet klar.

Verwirrt sah ich sie an. »Das spielt doch gar keine …«

»Wie würdest du dich denn fühlen, wenn ich dir auf die halb nackte Brust starren würde?«

Ohne es zu wollen, machten sich meine Mundwinkel selbstständig und zogen sich in die Höhe. Den Gedanken, wie sie mich mit ihren Blicken auszog, fand ich gar nicht so übel.

»Es hat aufgehört zu regnen. Vielleicht sollten wir uns auf den Weg machen.«

Verträumt blinzelte ich und fragte: »Was?«

Leah schüttelte den Kopf. »Warum habe ich das Gefühl, dass gerade ziemlich wirre Dinge in deinem Kopf vor sich gehen?«

»Du täuschst dich. Ich habe an gar nichts gedacht«, versicherte ich ihr.

»Warum grinst du dann so dämlich vor dich hin?«, fragte sie mich, bevor sie das Buch zurückstellte und auf den Ausgang zuging.

»Ich grinse nicht dämlich«, gab ich beleidigt zurück und wusste, dass ich sehr wohl dämlich grinste.

Kapitel 6

Leah

Es dauerte noch eine ganze Weile, bis Dan und ich endlich das Hotel erreicht hatten, und obwohl wir nass bis auf die Knochen waren, hatte ich wirklich Spaß.

Dan überraschte mich immer wieder aufs Neue und ich fragte mich, was unter der Tarnung des Büroclowns und Workaholics noch für ungeahnte Geheimnisse steckten.

Wir betraten den Eingangsbereich und lachten herzhaft über einen Witz, den Dan zum Besten gab, als uns eine wütende Marge entgegentrat. Sie hatte sich mittlerweile umgezogen und gewaschen, doch der hartnäckige rote Saft der Himbeeren schien sich nicht mehr recht abwaschen zu lassen. Sie sah aus wie eine Tomate.

»Mückenschreck … tssss!«, zischte sie uns an, bevor sie wutschnaubend an uns vorbeiging.

Dan, der sich neben mir versteifte und seine Lippen aufeinanderpresste, platzte schier vor Lachen. Ich selbst zog die Augenbrauen hoch, sah Miss Tomato nach und bemerkte: »Sie hat endlich eine natürliche Gesichtsfarbe, meinst du nicht auch?«

Neben mir brach Gelächter aus und mein Boss hatte sich nicht mehr unter Kontrolle. Geschüttelt vom Lachen steuerte er auf den Aufzug zu und zog mich mit sich.

Selbst im Aufzug kicherte Dan und gab Tomaten-Witze zum Besten: »Wie nennt man wehleidige Tomaten?«

»Ich habe keine Ahnung, Dan. Aber ich bin mir sicher, du wirst es mir gleich verraten.«

Mein Boss hatte Mühe zu sprechen, weil er sich vor Lachen den Bauch hielt. »Au-Tomaten!«

Jetzt konnte auch ich nicht mehr an mir halten und lachte laut mit.

»Okay, okay … ich habe noch einen.« Vom vielen Lachen hatte Dan schon Tränen in den Augen, doch er versuchte, ernst zu bleiben. »Warum läuft Alex nackt durchs Zimmer?«

»Alex?«, fragte ich schockiert.

»Damit Tomate Marge rot wird.« Dan kicherte.

»Der war echt flach«, stellte ich fest und überlegte angestrengt, bis mir ebenfalls ein Witz einfiel. »Wie verhindert man, dass eine faulende Tomate riecht?«

Wir lachten noch immer, als wir unser Stockwerk erreichten und die Aufzugtür aufging. Zu unserer Überraschung stand Alex vor uns und sah uns abfällig an.

»Wie ich sehe, habt ihr richtig gute Laune.«

Dan zuckte mit den Achseln und grinste. »Mit einer Frau wie Leah ist das nicht schwer.«

Um weitere Eskalation zu vermeiden, nahm ich Dans Hand und zog ihn aus dem Aufzug. Ohne Alex noch eines weiteren Blickes zu würdigen, hielt ich auf unser Zimmer zu, als Dan mich fragte: »Und wie verhindert man nun, dass eine faulende Tomate riecht?«

Überrascht sah ich ihn an, bis mir wieder einfiel, dass wir gerade unterbrochen worden waren. »Man hält ihr die Nase zu.«

Dass mein Boss nicht lachend auf dem Boden zusammenbrach, war ein Wunder, denn er fing so laut zu prusten an, dass er sich vornüberbeugte und auf den Knien abstützte. »Verdammt, der war genial.«

»So, Schluss jetzt mit den Sparwitzen. Ich will aus diesen nassen Klamotten raus.«

Dan fiel lachend aufs Bett und ich wusste, das konnte noch eine Weile dauern, bis er sich beruhigt hatte. Ich holte mir frische Kleidung aus dem Schrank und sah ihn fragend an.

»Geh du zuerst«, wies er mich grinsend an und hielt sich gleichzeitig die Hände vor die Augen, um sich wieder zu sammeln.

Das ließ ich mir kein zweites Mal sagen und betrat das kleine Badezimmer. Eigentlich war die Dusche groß genug für … Gott, was war nur mit mir los? Er war mein Boss, zum Teufel.

Also duschte ich allein, verdrängte die merkwürdigen Gedanken, die sich in meinen Kopf schlichen. Aufgewärmt und trocken ging ich zurück ins Schlafzimmer, wo mich ein ungewohnter Anblick überraschte.

Normalerweise kannte ich meinen Boss in schicken Anzügen, höchstens vielleicht einmal in Jeans und Hemd. Doch halb nackt hatte ich ihn nur letzte Nacht im Halbdunkeln gesehen. Wobei gesehen wohl übertrieben war.

Jetzt stand er da, nur in Boxershorts bekleidet, während er auf dem Balkon seine nassen Sachen aufhing. Er telefonierte und hatte sein Handy zwischen Kopf und Schulter einklemmt.

Ich wollte nicht starren. Doch genau das tat ich, denn dieser Körper war äußerst bemerkenswert. Nicht nur der Hintern war recht ansehnlich, sondern auch der muskulöse Oberkörper zeugte von sportlicher Betätigung, die ich ihm niemals zugetraut hätte. Als er mich bemerkte und sah, wie ich ihn regelrecht mit meinem Blick verschlang, beendete er den Anruf. »Hör zu, Lilly, ich muss aufhören. Die Arbeit ruft.«

Beschämt und auch ein wenig enttäuscht sah ich zu Boden. Lilly war die Frau, mit der er sich gelegentlich traf. Ich wusste nicht, wie ernst es zwischen den beiden war, doch die Tatsache, dass er sie anrief und mich als Arbeit betitelte, schmerzte mehr, als ich zugeben wollte. Vielleicht war es aber auch ein wenig Eifersucht, die mitschwang.

Als wollte Dan die Stimmung kitten, sah er mich an und fragte: »Was ist der Unterschied zwischen einer Tomate und Alex?«

Perplex sah ich ihn an. War das wirklich sein Ernst?

»Die Tomate ist kein Lauch«, antwortete Dan und zog seine Lippen zu einem Grinsen, doch wirklich lachen konnte keiner mehr von uns. Als wüsste er, dass mich etwas beschäftigte, fragte er: »Ist alles in Ordnung?«

Für eine Sekunde überlegte ich, was ich darauf sagen sollte. Er war mein Boss und hatte mir gegenüber keinerlei Verpflichtungen. Im Gegenteil. Was er hier tat, tat er vollkommen selbstlos und freiwillig, um mir zu helfen.

Dennoch konnte ich mir einen Kommentar nicht verkneifen: »Du kannst ins Badezimmer. Lass dich von der Arbeit nicht aufhalten.«

Das Grinsen erstarb in Dans Gesicht und er hob abwehrend die Hände. »Das habe ich so nicht gemeint.«

»Ach ja? Du musst jetzt aufhören, weil die Arbeit ruft? Bin ich für dich Arbeit? Ist das hier ein Job für dich?«

Zu spät realisierte ich, dass ich genau das war. Ich war seine Mitarbeiterin, er mein Boss. Warum nur reagierte ich auf einmal so empfindlich?

»Nein, das bist du nicht, Leah. Du bist so viel mehr als …«, er stockte und obwohl ich so gern wissen wollte, was ich für ihn war, hakte ich nicht nach. Schließlich sah er betreten zu Boden. »Ich sollte dann mal duschen gehen.«

Kaum war er im Badezimmer verschwunden, ließ ich mich frustriert aufs Bett fallen und schloss die Augen. Das hier ging in eine vollkommen falsche Richtung.

Um mich abzulenken, nahm ich mein Handy vom Nachttisch und sah die vielen Nachrichten, die ich verpasst hatte. Benny hatte mir in 39 Nachrichten mitgeteilt, dass er jedes Detail meines Trips hören wollte und mir viel Spaß mit unserem Boss wünschte.

Ich wollte eben antworten, als die Tür zum Badezimmer aufging und Dan ins Zimmer trat … mit nichts bekleidet außer dem Handtuch um seine Hüften. Einem äußerst knappen Handtuch, wenn ich das so anmerken darf.

Er schien meinem Blick auszuweichen, als er an den Schrank trat und sich frische Kleidung suchte. Irgendwie fragte ich mich, ob es Absicht war, dass er halb nackt vor mir stand.

»Was steht heute noch an?«, fragte er beiläufig, als er sich ein T-Shirt über den Kopf zog. Vorsichtig versuchte er, sich frische Boxershorts anzuziehen, ohne dabei das Handtuch fallen zu lassen. In dem Moment wünschte ich mir, es würde ihm aus der Hand rutschen, und wurde rot, wie Marge.

»Nur noch das Abendessen«, sagte ich und versuchte, meinen Blick von ihm zu lösen.

»Hast du wirklich Lust, mit den anderen zu essen?«, fragte Dan, als er das Handtuch von den Hüften nahm und zu meinem Bedauern bereits Boxershorts trug.

»Nicht wirklich«, antwortete ich und starrte ihm dabei ungewollt aufs Gemächt.

Er schien meinen Blick zu spüren, denn er drehte sich abrupt um und fragte: »Lust auf einen Ausflug?«

Überrascht sah ich auf, während er sich die Jeans über den Hintern zog.

»Ausflug? Es ist fast 6 Uhr.«

»Unten in diesem Kleinstädtchen habe ich einen Italiener gesehen. Lust auf Spaghetti mit TOMATENsauce?« Er betonte das Wort Tomate, als sei es ein geheimer Code und zwinkerte mir zu. »Oder lieber TOMATE-Mozzarella?«

»Alles, nur keine Tomaten, bitte«, stellte ich grinsend fest und stand auf.

»Na dann. Lass uns aufbrechen. Ich muss nur noch schnell zu einem GeldauTOMATEN.«

Und da war es wieder. Das herzhafte Lachen meines humorvollen Chefs, der so verdammt gut aussah, wenn sich kleine Grübchen auf seinen Wangen bildeten.

Wir schafften es noch nicht einmal bis zum Ausgang des Hotels, als ich hinter uns eine Stimme vernahm.

»Wo geht ihr beiden denn hin?«

Wie auf Kommando nahm Dan meine Hand und drehte sich galant mit mir um. Roger sah uns fragend an und ich setzte mein schönstes Lächeln auf. »Wir dachten, wir verbringen ein wenig Zeit allein.«

Nun grinste auch Roger und nickte. »Viel Spaß euch beiden.«

Ja, den wollten wir haben, weshalb wir uns von den anderen absetzten. Die Familie Craig war mir bis heute suspekt und obwohl ich meine beste Freundin liebte, wollte ich nicht länger mit ihren Eltern und Alex in einem Raum sein als irgendwie notwendig.

Auch die anderen Gäste waren eher von der Fraktion *›Stock-im-Hintern‹* und zählten nicht unbedingt zu den Leuten, mit denen ich gern verkehrte. Doch das war nun egal, denn ich würde einen ruhigen Abend mit Dan verbringen … allein … mein Chef und ich … wie bei einem Date.

Eilig wischte ich den konfusen Gedanken beiseite und ließ mich von meinem Boss zu seinem Auto führen, wo er mir ganz gentlemanlike die Tür öffnete. Ganz ungewohnt für einen Mann seiner Stellung fuhr er einen alten Toyota Prius, der so gar nicht zu dem hochgewachsenen Kerl passte, der er war.

»Ist dieses Auto überhaupt verkehrstauglich?«, fragte ich skeptisch, als ich mich angeschnallt hatte und er den stotternden Motor anließ.

»Klar, einfach die Rücksitzbank umklappen«, kam zur Antwort und ich sah ihn mit großen Augen an.

»Dan!«

»Was denn?«, fragte er und grinste spitzbübisch, als wüsste er nicht, warum ich so entrüstet schaute. »Es kommt nicht immer auf die Größe an. Eher auf die …«

Ich unterbrach ihn, bevor dieses Gespräch zu zweideutig wurde: »Da spricht wohl jemand aus Erfahrung?«

Jetzt war er es, der mich bedeppert ansah und eine beleidigte Schnute zog. »Dieses Auto passt in jede Parklücke, ist äußerst sparsam und umweltfreundlich. Ganz anders als …« Er zeigte auf seinen Schritt und machte ein unschuldiges Gesicht.

»Genug! Hast du heute Nacht einen Clown gefrühstückt oder wo kommen all die Sparwitze heute her?«

Ich sah ihn fragend an und er legte den Kopf schief, was ihn unglaublich heiß aussehen ließ.

»Gib es zu, du stehst auf meine Sparwitze!«

»Nein, Dan. Das tue ich sicher nicht. Wobei ein paar der Tomaten-Witze nicht schlecht waren«, gab ich zu.

»Ich glaube, wir sollten jetzt GEN ITALIEN fahren. Ich habe Hunger.« Er schmunzelte in sich hinein und mir blieb nur noch das Kopfschütteln.

Als wir das nette kleine Restaurant erreichten, führte mich Dan zum Eingang, wo uns ein Tisch direkt am Fenster zugewiesen wurde. Italienische Musik spielte leise im Hintergrund und der äußerst düstere Raum war nur mit Kerzenlicht und gedimmtem Licht beleuchtet. Es wirkte heimelig und fast schon zu romantisch für ein Essen zwischen Chef und Angestellter. Auch unser Aufzug war nicht geschäftlich. Ich trug ein leichtes und äußerst kurzes Sommerkleid, das ich niemals im Büro tragen würde, und Dan hatte sich für Jeans und Hemd entschlossen. Alles in allem konnte dies wirklich als waschechtes Date durchgehen.

Als der Kellner vor uns stand, um unsere Bestellung aufzunehmen, bestellte Dan eine Flasche Wein für uns beide und studierte noch einmal die Speisekarte. »Ich hätte gern die Spaghetti mit Meatballs und für die Dame …«

»Du gehst wirklich zum Italiener und bestellst das typischste Pseudo-italienische-Gericht, das in den Staaten angeboten wird?«, fragte ich und sah ihn mit hochgezogenen Augenbrauen an.

»Ich mag das aber am liebsten«, schmollte er, während der Kellner sichtlich genervt wirkte.

»Na gut, dann nehme ich *Mac & Cheese*!«

Ich konnte regelrecht spüren, wie der Kellner innerlich das Kruzifix zückte, um uns flegelhafte Amerikaner zu exorzieren. Doch als er ging, konnte ich mir das Grinsen nicht mehr verkneifen.

Dan sah mich an, lächelte ebenfalls und sagte: »Er hasst uns. Wahrscheinlich spuckt er uns in die Teller, bevor er sie uns serviert.«

Langsam lehnte ich mich zurück und seufzte. »Wenn ich mit Alex Essen war, dann immer nur in teuren und äußerst noblen Restaurants. Die Gerichte auf der Karte konnte man meistens gar nicht aussprechen und dann kam entweder eine solch kleine Portion, dass man nachts den Kühlschrank plünderte, oder aber es war angerichtet wie ein Kunstwerk. Ich hätte mich nie getraut, etwas so Einfaches wie *Mac & Cheese* zu bestellen.«

»Oft sind die einfachen Dinge die Besten. Alex ist schon mit dem goldenen Löffel geboren worden. Der wird sich auch nicht mehr ändern.«

Ich sah Dan an und zum ersten Mal fragte ich mich, wer mein Chef eigentlich war.

»Was ist mit dir? Bist du auch mit dem goldenen Löffel geboren worden?«

Für einen Moment hielt er inne, überlegte und sagte: »Silber …«

»Wie bitte?«, fragte ich, weil ich keine Ahnung hatte, was er meinte.

»Ich wurde mit echten Silberlöffeln gefüttert. Gut, sie waren schon angelaufen und womöglich das Wertvollste, das meine Familie besaß, aber immerhin war es Silber.«

»Erzähl mir von deiner Familie«, forderte ich ihn auf und sah, wie er auf seinem Stuhl hin und her rutschte.

»Da gibts nicht viel zu sagen. Meine Eltern sind Anhänger der Hippiebewegung und ziehen bis heute von Kommune zu Kommune. Meine Schwestern und ich sind bei meiner

Großmutter aufgewachsen, weil diese meinte, Kinder bräuchten ein geregeltes Umfeld.«

»O nein, das glaube ich dir nicht. Du warst mal ein Hippiekind?« In meiner Vorstellung sah ich einen kiffenden Jugendlichen mit langen Haaren, oberkörperfrei und bunten Hosen. Bei dem Gedanken musste ich sofort kichern und Dan tat es ebenfalls.

»Doch. Ich sah, bis ich zehn Jahre alt war, sogar aus wie ein Mädchen. Das war in der Kommune jetzt nichts Ungewöhnliches, aber meine Großmutter war schockiert, als wir bei ihr einzogen.«

»Ich will ein Foto sehen!«, forderte ich und grinste, als er seine Geldbörse zückte und irgendwo aus der Tiefe der Fächer eine vergilbte alte Aufnahme hervorzog.

Ich nahm das Bild zur Hand und studierte es genau. Darauf zu sehen war ein Mann mit schulterlangem Haar, einem viel zu großen Schnauzer und Stirnband, eine Frau, die vollkommen high wirkte, und drei kleine Mädchen mit dunklen Haaren, schmutzigen Gesichtern und selbstgenähten Kleidern. Und dennoch wirkten alle glücklich.

Dan zeigte auf das größte der Mädchen und sagte: »Das bin ich.«

Perplex sah ich ihn an. »Hast du früher mal Danielle geheißen?«

»Ha ha …«, äffte Dan beleidigt. »Ich sagte doch, ich sah aus wie ein Mädchen.«

Unser Essen wurde serviert und ich kam nicht umhin zu bemerken: »Meine Eltern würden mir hierfür lebenslangen Hausarrest geben.«

»Warum?«, fragte Dan, bis er realisierte, dass ich italienische Wurzeln hatte. »Ah, du meinst wegen des *Pseudo-Italienischen-Gerichts*?«

»Ich habe einmal Ketchup auf meine Pasta gegeben. Meine Mutter hat mich mit dem Kochlöffel durchs ganze Haus gejagt. Italienische Eltern nehmen den kulinarischen Aspekt ihrer

Erziehung sehr ernst. Leider ist der bei mir verloren gegangen. Ich falte Pizza, esse Spaghetti mit Gabel und Löffel und werde nervös vom Espresso.«

»Vielleicht bist du adoptiert?«, warf Dan in den Raum und ich schüttelte den Kopf.

Jetzt war ich es, die ihre Geldbörse zückte und Dan ein Foto meiner Familie hinlegte. Es war allerdings nur wenige Jahre alt und er betrachtete es mit offenem Mund.

»Na los, sag es«, forderte ich und sah, wie er die Brille aus der Brusttasche seines Hemdes hervorzog.

»Wer bist du und wer deine Mutter?«

Er sah mich an, dann noch einmal das Foto, bis ich grinsend mit meinem Finger darauf zeigte.

»Das hier bin ich. Das ist meine Mutter. Sie ist stolze 56 Jahre alt und ich würde behaupten, ich sehe ihr sehr ähnlich.«

»56 Jahre alt?«, fragte Dan perplex und sah mich wieder an. »Verdammt, ihr könntet als Zwillinge durchgehen. Deine Brüder allerdings sehen furchteinflößend aus.«

»Keine Sorge. Kläffende Hunde beißen nicht. Alle drei haben ein riesiges Herz, aber zusammen den Verstand eines Orang-Utans.«

»Nicht nur das Herz scheint riesig zu sein. Die Hände … verdammt.«

Ich musste kichern und sagte: »Als Alex mich betrogen hatte, wollten die drei ihn besuchen. Ich konnte sie gerade noch davon abhalten.«

»Warum? Ich hätte gern zugesehen, wie sie Alex den Hintern versohlen.«

Als wir aufgegessen hatten, nahmen wir uns noch Dessert für später mit und fuhren zurück. Dieses Abendessen war spaßiger, als es wohl mit Alex und den anderen gewesen wäre, und gerade deshalb fühlte ich mich vollkommen beschwingt, als wir die Lobby betraten.

Dieses Gefühl verflog allerdings sofort, als wir vor dem Aufzug warteten und jemand meinen Namen rief: »Leah, warte! Wir müssen reden!«

Es war Alex, der nach unserem Streich mit Marge noch immer wütend zu sein schien. Ich hatte so gar keine Lust, mich mit ihm zu unterhalten.

Mein Seufzen musste so laut gewesen sein, dass es jeder hören konnte, denn blitzschnell reagierte auch Dan darauf.

Ohne mit der Wimper zu zucken, zog er mich an sich, legte seine Hand auf meine Wange und drückte seine Lippen auf meine. Das Rufen meines lästigen Ex-Freundes verstummte, meine Muskeln schienen zu versagen und in meinem Bauch machte sich ein Schwarm Schmetterlinge auf den Weg um zu randalieren. Mein Herz dagegen fühlte nur noch ihn … Dan, meinen Boss, der mich so liebevoll küsste, wie es noch nie ein Mann getan hatte.

Ich weiß nicht, wie wir in den Aufzug kamen, ich spürte nur das kalte Metall an meinem Rücken und dann löste sich Dan von mir und ich war völlig sprachlos. Er dagegen atmete aus, streifte sich das Hemd glatt und lehnte sich neben mich gegen die Aufzugwand.

Wie, als wäre nichts passiert, stand er da, summte ›*Summer of 69*‹ von Brian Adams und fuhr sich dann durchs Haar.

Ich war so perplex, dass ich ihn anstarrte und fragte: »Was war das bitte gerade eben?«

Dan sah mich an, als wüsste er nicht, wovon ich sprach. »Wieso? Ich habe nur dafür gesorgt, dass der Kerl dich in Ruhe lässt. Hat doch geklappt.«

Ungläubig betrachtete ich sein Gesicht, wie er dastand, als sei er vollkommen unschuldig.

»Dan! Du hast mich gerade geküsst!«

Er grinste. »Ich weiß. Ich war dabei.«

»Du bist mein Boss. Und ich deine Angestellte. Ich meine …«, ich schüttelte wie wild den Kopf, »… das verliebte Pärchen zu spielen, ist eine Sache. Aber in echt herumzuknutschen eine vollkommen andere!«

Der Aufzug öffnete sich und wir traten hinaus in den Flur und auf unser Zimmer zu. Erst als wir es betraten und die Tür hinter uns ins Schloss fiel, drehte sich Dan zu mir um und sagte:

»Wir haben hier in der ersten Nacht eine filmreife Show abgeliefert, ein Geknatter zur Schau gestellt, als wären wir total heiß aufeinander. Was also ist da schon ein Kuss?«

»Dan, das war nicht nur irgendein Kuss, das war …« Mir fehlten die Worte.

»Verdammt heiß!«

Er stand vor mir, sah mich an und grinste. Hatte er unseren Kuss gerade wirklich als heiß bezeichnet?

»Das sollte es aber nicht sein, verdammt. Du bist mein Boss!«

Ich war fassungslos, völlig aufgelöst und irgendwie auch verwirrt. Es müsste sich falsch anfühlen, meinen Boss zu küssen, doch das tat es nicht. Im Gegenteil, jetzt starrte ich auf seine Lippen und wünschte, er würde mich noch einmal küssen. Er schien meinen Blick zu bemerken und für einen Moment war die Spannung zwischen uns so groß, dass ich das Gefühl hatte, es würde auch jeden Moment passieren. Doch stattdessen rüttelte ich mich selbst wach und ließ ihn einfach stehen.

»Ich muss ins Bett.«

Diese Nacht war anders als die Nacht zuvor – unangenehm. Ich lag am Rande des Bettes, peinlichst darauf bedacht, Dan nicht nahezukommen, während dieser sich von mir wegdrehte und tat, als würde er schlafen. Doch an seiner unregelmäßigen Atmung konnte ich hören, dass er genauso wach lag wie ich.

Irgendwann hatte ich genug und setzte mich auf. Dan tat es mir gleich und so saßen wir da, stumm, in der Dunkelheit und schwiegen uns an. Ich spürte, wie er den Kopf zu mir drehte und etwas sagen wollte, als aus dem Nachbarzimmer erregtes Stöhnen drang. Schon wieder …

»Das darf doch nicht wahr sein!« Dan warf den Kopf zurück. Dann, ohne Vorwarnung schrie er laut: »Verdammt, Leah, das ist so verdammt gut.«

»Wollen wir jetzt wirklich dasselbe Spiel noch mal spielen?«, fragte ich kopfschüttelnd, bevor ich laut rief: »Ja, Dan. Ohhhhhhh, Gott.«

Mein Boss sah mich bewundernd an und stellte fest: »Als Gott wurde ich noch nie bezeichnet.«

Egal wie böse ich auf ihn sein wollte, ich konnte einfach nicht anders und musste lachen. »Du bist echt unverbesserlich.«

»Du bist so verdammt perfekt«, schrie Dan auf und für eine Sekunde wünschte ich mir, er würde das auch wirklich meinen. Dann sah er mich an und forderte: »Du bist dran. Zeig es ihnen, Tiger.«

»Tiger?«, fragte ich und hielt ihn am Unterarm fest. »Jetzt pass auf.«

Bedächtig schloss ich die Augen und gab mein Bestes. Ich stöhnte so laut, dass es sicherlich das ganze Hotel mitbekam. Als ich die Augen wieder öffnete, sah mich Dan schockiert an.

»Verdammt, jetzt habe ich Angst.«

Ich zog die Augenbrauen in die Höhe. »Wie war ich?«

»Das war so gut, dass ich für einen Moment geglaubt habe, dass du echt einen Orgasmus hast.«

Ich wurde rot und starrte auf meine Hände. »Sicherlich nicht.«

Dan öffnete den Mund und ich konnte erkennen, dass gleich irgendein dummer Spruch folgte.

»Sag jetzt nichts, Dan Miller. Sonst wirst du es bereuen.«

Er schmachtete mich an. »Es ist heiß, wenn du Befehle gibst.«

Und genau in dem Moment schienen Alex und Marge nebenan in die Vollen zu gehen. Das Stöhnen wurde lauter, das Klopfen an der Wand heftiger und für eine Sekunde hatte ich wirklich Angst, es würde ein Mord im Nachbarzimmer geschehen.

»Das ist echt abstoßend.«

Mein Boss schwieg … Und das war auch besser so, denn ich wusste, dass er nur Dummheiten im Kopf hatte. Sollten unsere Kollegen jemals erfahren, was wir hier trieben, sie würden denken, wir hätten den Verstand verloren.

Kapitel 7

Leah
Montag vor der Hochzeit

Der nächste Morgen kam – und mit ihm Kopfschmerzen und Augenringe. Mein Ex hatte es die halbe Nacht krachen lassen und wir hatten vergeblich nach dem Schlaf gesucht.

Als Dan sich aufrichtete, schien er für eine Sekunde vollkommen vergessen zu haben, dass er nicht allein war. Gut, er dachte wohl auch, ich schlafe noch, als er zum Badezimmer schlurfte, während ich halb verdeckt unter meiner Decke lag und ihn beobachtete.

Ja, ich starrte ihm nach, denn die beachtliche Morgenlatte in seinen Boxershorts war nicht zu übersehen. Das waren Dinge, die ich nicht sehen sollte, … nein, ich durfte das nicht sehen … und vor allem durfte es mir nicht gefallen. Doch während er im Badezimmer verschwand, presste ich mir die Hand vor den Mund und verfluchte mich selbst. Das war eine äußerst verzwickte Lage, in der wir uns hier befanden. Ich hatte meinen Boss bisher immer nur als Ulknudel im Büro kennengelernt. Ein Mann, der zwar extrem viel arbeitete, aber dennoch immer Spaß dabei hatte. Mit Dan Miller zu arbeiten war ein Geschenk, eines, das man nicht so leicht wegwerfen sollte. Und dennoch lag ich nun da, starrte meinem äußerst steifen … ähm … langen … ich meine, ich starrte meinem äußerst professionellen Boss vollkommen professionell hinterher.

Nein, das tat ich nicht. Nichts war mehr professionell an dieser Beziehung und während ich starrte, träumte und fragte ich mich, wie es wohl wäre, in Wirklichkeit mit ihm intim zu werden. Der Kuss am Vortag hatte mir den Boden unter den Füßen weggezogen. Und jetzt das! Eine Morgenlatte! Wie hatte ich das nur verdient.

Zu allem Überfluss blieb Dan sehr lang im Badezimmer zum Duschen. Ich stellte mir vor, was er dort drin gerade tat, an wen er dachte und ob er sich dabei …

Ein Klopfen riss mich aus meinen wirren Tagträumen und ich quälte mich aus dem Bett. Verschlafen öffnete ich die Tür und lugte um die Ecke.

Amanda stand grinsend davor und fragte: »Bereit?«

»Bereit wofür?« Ich öffnete die Tür und lehnte mich dagegen. »Habe ich etwas verpasst?«

»Die Anprobe! Du musst dein Kleid für die Hochzeit noch anprobieren.«

»Oh«, sagte ich gequält und kratzte mich am Kopf. Genau in diesem Moment ging hinter mir die Badezimmertür auf und Dan trat, nur in einem Handtuch bekleidet, ins Schlafzimmer. Amanda gingen die Augen fast über, als er ihr zuwinkte. Kaum war er außer Hörweite, flüsterte sie mir aufgeregt zu: »Ahhhhh, er ist heiß. Er ist perfekt. Kein Wunder, dass du deine Finger nicht von ihm lassen kannst.«

Ich lächelte, nickte und dachte nur:

Wenn du bloß wüsstest …

»Ich will jedes schmutzige Detail wissen«, beschwor mich Amanda, während ich auf dem Podest des Brautmodengeschäfts stand und den Traum aus lavendelfarbenem Satin anprobierte. Die Schneiderin schlich derweilen um mich herum, steckte hier und da ein paar Zentimeter ab und schien gar nicht auf uns zu achten.

»Schmutzig?«, stellte ich mich dumm, obwohl ich genau wusste, was Amanda meinte.

In der Vergangenheit gab es bei uns keinen Sex-Talk, da weder Amanda darauf erpicht war zu erfahren, wie ihr Bruder im Bett war, noch ich wirklich über Alex´ durchschnittliche Leistung sprechen wollte. Doch jetzt war da augenscheinlich ein neuer Mann in meinem Leben und endlich stellte dieses Thema kein Tabu mehr für Amanda dar. Zu meinem Bedauern.

»Ich habe euch gehört! Verdammt, Leah, das ganze Hotel hat euch gehört. Wie ist er so im Bett?«

Nun spitzte auch die Schneiderin die Ohren und sah mich erwartungsvoll an. Ich dagegen fühlte mich in die Ecke getrieben wie ein völlig verängstigtes Reh von einem oder in diesem Fall von zwei Jägern.

Was sollte ich ihr nur erzählen?

Meine einzigen sexuellen Erfahrungen waren die mit Kevin auf der Highschool und meinem Ex Alex. Na gut, und vielleicht auch dem kleinen One-Night-Stand, auf den ich mich aus lauter Frust vor ein paar Monaten volltrunken eingelassen hatte. Doch ich konnte mich nicht einmal mehr an den Namen des Kerls erinnern.

Um es mit anderen Worten zu sagen: In Bezug auf Sex war ich nicht gerade erfahren. Auch hatte es noch nie ein Mann geschafft, mir die Sache so richtig schmackhaft zu machen. Entweder sie kamen zu früh, oder gehörten – wie Alex – zur Fraktion ›*Rammel-um-dein-Leben*‹.

Nein, sexuell war bei mir nicht viel los und daher hatte ich nun auch alle Mühe, mein imaginäres Sexleben mit meinem Boss zu beschreiben: »Er ist toll …«

Amandas Augenbrauen schossen in die Höhe, die Schneiderin wirkte enttäuscht und ich hatte das Gefühl, dass es mit dieser Aussage nicht getan war.

»Toll? Toll wie Hackbraten? Oder toll wie der neue Streifen im Kino? Leah, verkauf mich nicht für dumm. Ihr beiden habt gestöhnt, als gebe es kein Morgen mehr.«

Ich blinzelte, die Schneiderin grinste und Amanda legte wartend den Kopf schief.

»Er ist ein wahnsinnig guter Liebhaber, der mir multiple Orgasmen beschert und genau weiß, wie man eine Frau auf Händen trägt.«

Nanu, wo kam das denn auf einmal her?

Amanda grinste, die Schneiderin versenkte ihre Nadel aus lauter Aufregung fast in meiner Wade und ich fühlte mich so bestärkt, dass ich anfing, völlig zu übertreiben:

»Er weiß genau, wie er mich anfassen muss, sodass ich alles um mich herum vergesse.«

»Hat er denn … du weißt schon … wie groß ist er?« Amanda zwinkerte mir völlig aus dem Häuschen zu.

»Oh, er hat einen …« Ich zeigte ihr mit meinen Händen die Größe von Dans Penis, ohne ihn je gesehen zu haben. Aber was tut man nicht alles für etwas Unterhaltung.

»Also er kommt definitiv in alle Ecken.«

Amandas Augen wurden immer größer, während sie meine Hände betrachtete. Die Schneiderin kicherte und ich grinste, weil ich mir gar nicht über mein schauspielerisches Talent im Klaren war.

»Versteh mich nicht falsch, dein Bruder war … durchschnitt«, fing ich an zu erzählen, ohne dabei auf das angewiderte Gesicht von Amanda zu achten. »Er hatte nur nicht wirklich Ahnung, mit seinem *Ding* umzugehen. Dan dagegen … aber Hallo. Wenn er seine 30 Zentimeter versenkt, dann …«

»Oh, jetzt wird es interessant!«

Fast wäre ich vom Podest gefallen, als ich die Stimme meines Bosses hörte. Ich wirbelte erschrocken herum, während er lässig an der Tür des Brautmodengeschäfts lehnte und bis über beide Ohren grinste. Amanda grinste ebenfalls und konnte ihren Blick nicht mehr von Dans Hose abwenden. Der Schneiderin schien es nicht anders zu gehen und ich wünschte mir ein Loch im Boden, in dem ich versinken konnte.

»Schatz, was tust du denn hier?«, fragte ich gespielt glücklich, während ich mich zu einem Lächeln zwang.

»Ich dachte, ich hole dich ab und führe dich ein wenig aus. Aber wenn du lieber mit mir zurück in unser Zimmer willst, um 30 Zentimeter zu genießen, bin ich dabei.«

Mein Mund stand offen, Amanda schmolz dahin und die Schneiderin stolperte fast über ihre eigenen Beine. Ich war vollkommen verloren und Dan nutzte die Situation schamlos aus.

Er trat auf uns zu, setzte sich auf das weiße Ledersofa, das vor dem Fenster stand, und rückte seinen Schritt zurecht, sodass die Mädchen sabbernd neben mir standen und ihre Augen gar nicht mehr davon abwenden konnten.

Das würde er mir büßen!

Es dauerte noch eine ganze Stunde, bis die Schneiderin mein Kleid fertig abgesteckt hatte, da ihre Augen immer wieder zu Dan wanderten, der in sein Handy tippte und uns gar nicht beachtete. Zumindest wirkte es so, denn ich war mir sicher, dass er die bewundernden Blicke sehr wohl genoss.

Irgendwann verabschiedeten wir uns und traten hinaus in die Sonne. Dan rieb sich die Hände und wandte sich Amanda und mir zu: »Darf ich die Damen zum Mittagessen einladen?«

Amanda schmachtete Dan an und hauchte traurig: »Ich muss leider zurück. Roger wartet auf mich.«

»Dürfen wir dich denn noch zurückbegleiten?«

Überfordert von dem Gentleman nickte Amanda entzückt und ich verdrehte die Augen. Und so liefen wir zurück zum Hotel, das nicht weit vom Brautmodengeschäft lag, brachten Amanda zu ihrem wartenden Verlobten und verzogen uns selbst in unser Zimmer. Ich hatte noch nicht einmal die Tür geschlossen, als Dan sich zu mir umdrehte und mich grinsend fragte:

»30 Zentimeter? Hat dir schon mal jemand gesagt, dass du ganz schön übertreibst? Ich bin doch kein Pornostar.«

»Es tut mir leid. Sie hat mich ausgequetscht und ich wusste nicht, was ich sagen sollte«, flüsterte ich ihm zu, aus Angst, uns könnte jemand hören.

»Dir ist schon klar, dass sie das jedem erzählen und jede Frau in diesem Hotel von jetzt an auf meinen Schritt starren wird?«

Dan wirkte weniger entrüstet, als vielmehr belustigt, und ich schämte mich in Grund und Boden.

Eilig drehte ich mich von ihm weg und murmelte: »Als ob euch Kerlen das nicht gefällt.«

»Wie bitte?«, fragte Dan und stand plötzlich neben mir.

»Ich habe nichts gesagt«, log ich und wollte mich an ihm vorbeidrängen.

Doch mein Boss stellte sich mir in den Weg und grinste. »Oh doch, das hast du!«

»Lass uns was vom Zimmerservice bestellen. Ich habe keine Lust mehr, auszugehen«, sagte ich, um das Thema von Dans Schritt auf meinen hungrigen Magen zu lenken.

Das taten wir dann auch. Doch kaum hatten wir unsere Bestellung durchgegeben, sah mich Dan wieder schmunzelnd an. »30 Zentimeter. Endlich jemand, der meine wahre Größe erkennt.«

Ich wollte es nicht, doch konnte nicht anders und brach in schallendes Gelächter aus. »Nächstes Mal mache ich acht Zentimeter daraus!«

Mein Boss sah mich entrüstet an. »Du willst mich mit Worten entmannen?«

»Bei dem Ego ist das gar nicht möglich«, stellte ich fest und wich Dan aus, der kichernd auf mich zustürzte.

Ich versuchte auszuweichen, während er seine Arme von hinten um mich schlang und anfing, mich zu kitzeln. Warum auch immer, ich fühlte mich wie auf der Highschool.

Kichernd ging ich zu Boden, während Dan lachend drohte: »Dein freches Mundwerk treibe ich dir schon noch aus.«

Ich lachte mit Dan um die Wette, während er versuchte, mich zu kitzeln und dabei meinen Tritten auswich. Wir benahmen uns wie Teenager und obwohl es kindisch war, hatte ich mehr Spaß als je zu vor. Bis … ja, bis Dan plötzlich auf mir lag, meine Hände festhielt und mich mit seinen wunderschönen blauen Augen einfach nur anstarrte. Und genau in diesem Augenblick war ich mir sicher, dass dieser Moment alles verändern würde.

Kapitel 8

DAN

O verdammt, was tat ich hier gerade?
Leah war meine Angestellte und obwohl wir in den letzten zwei Tagen schon mehr Tabus gebrochen hatten, als gut für unsere zukünftige Arbeitsbeziehung war, wusste ich, dass das Hier und Jetzt furchtbar falsch war.

In meinem Kopf ratterte es wie verrückt. Wie sollte ich nach dieser Woche je wieder zurück ins Büro gehen und diese Frau wie eine Angestellte behandeln, wenn ich jetzt dem Drang nachgab und sie küsste?

Doch mein Blick wanderte von ihren wunderschönen braunen Augen hinunter über ihre rosigen Lippen. Ich konnte und wollte ihr einfach nicht widerstehen. Mein Mund näherte sich dem ihren. Langsam und bedächtig schloss ich die Augen …

Plötzlich klopfte es an der Tür und eine Stimme verkündete: »Zimmerservice!«

Noch nie in meinem Leben hatte ich den Drang verspürt, jemandem so sehr in die Fresse zu schlagen wie in diesem Moment.

Als würde Leahs Magen mich in die Realität zurückholen wollen, knurrte er laut los und ich stand schwerfällig auf.

Ich öffnete die Tür. Ein pickeliger junger Mann stand vor mir und grinste mich an, während er einen Servierwagen vor sich herschob. Meine Gedanken machten sich selbstständig und für einen Moment war ich froh, dass der Servierwagen uns trennte. Vermutlich wäre ich dem Störenfried sonst an den Kragen gegangen. Dabei konnte er gar nicht wissen, wobei er uns gerade gestört hatte.

Eilig schob ich ihm ein paar Dollar zu, nahm unser Mittagessen in Empfang und schloss die Tür. Als ich mich umdrehte, saß Leah betreten auf der Bettkante und starrte ins Leere. Das würde eine endlos lange Woche werden.

Schweigend aßen wir zu Mittag, peinlichst darauf bedacht, den innigen Moment nicht anzusprechen oder uns ein weiteres Mal zu berühren. Doch das war leichter gesagt als getan, denn immer wieder griffen wir gleichzeitig in den Brotkorb und zogen peinlich berührt unsere Finger zurück. So ging das nicht weiter! Irgendwann räusperte ich mich und setzte ein breites Grinsen auf.

Während ich das Brot betrachtete, fragte ich Leah: »Was isst der Dalai Lama zum Frühstück?«

Überrascht sah sie auf und verzog die Augenbrauen. »Nicht schon wieder, Dan!«

Ich schmunzelte und sagte: »Buddhabrot.«

Im Gegensatz zu mir lachte Leah nicht, sondern sah mich müde an. »Du musst wirklich an deinen Witzen arbeiten. Die werden immer schlechter.«

Etwas enttäuscht zuckte ich mit den Schultern und wir aßen weiter. Doch das Schweigen nervte mich so sehr und ich sah Leah an und versuchte es schmutzig: »Was ist der Unterschied zwischen einem Kondom und einem Sarg?«

Leah schüttelte den Kopf und beschwerte sich: »Ich esse gerade!«

Ich achtete nicht darauf, sondern teilte ihr kichernd die Antwort mit: »In beiden liegt ein Steifer drin, mit dem Unterschied, dass der eine geht, und der andere kommt.«

Leah prustete los, verschluckte sich und hustete panisch, während sie aufsprang. Ich sah sie an und hastete auf sie zu, während sie fast erstickte.

»Leah, ist alles in Ordnung?«

Mehr als Husten und einen Schlag in meine Weichteile bekam ich nicht zur Antwort. Während ich also zu Boden ging, mit schützendem Griff auf meine … 30 Zentimeter, röchelte Leah.

»Du hast sie doch nicht alle!«

Leah hustete, ich stöhnte und von draußen rief jemand: »Du sollst nicht alles auf einmal schlucken!«, gefolgt von einem dreckigen Lachen. Es war Amanda, die ihr Zimmer schräg über uns hatte und uns wohl über die offene Balkontür hören konnte.

»Amanda!«, rief eine weitere entrüstete Stimme von einem anderen Balkon. Mir wurde plötzlich bewusst, wie wenig Privatsphäre wir hier eigentlich hatten.

»Leah schluckt nicht!«, hörte ich nun auch Alex rufen, der sich wohl ebenfalls auf dem Balkon neben uns befand.

Und Leahs Kopf wurde hochrot … nicht vom Husten, sondern eher vor Scham und Wut. Wie ein aufgebrachter Hooligan nach dem verlorenen Spiel seiner Lieblingsmannschaft stapft sie zum Balkon und rief hinaus:

»Weil dein Schwanz stinkt, Alex!«

Jetzt war ich es, dem das Brot schier im Hals steckenblieb, und todesmutig stürzte ich mich auf Leah, die schon zur nächsten Attacke ansetzen wollte.

Doch Alex kam mir zuvor: »Und du bist trockener als eine Pflaume!«

Irgendwo von oben schrie jemand, der sich stark nach Alex′ und Amandas Vater anhörte: »Hört ihr wohl auf, euch zu benehmen wie Kinder?«

»Vielleicht war sie nur trocken, weil du sie nicht richtig heißgemacht hast!«, schrie Amanda wieder kichernd von oben.

Ich hatte das Gefühl, mich auf einem Schulhof zu befinden, auf dem sich pubertierende Teenager mit ihren sexuellen Erfahrungen brüsteten.

»… oder einfach nur, weil sie schlecht im Bett ist!«, kam es von Alex zurück und jetzt war ich es, der sich nicht mehr zurückhalten konnte.

»Da gehören immer zwei dazu!«, schrie ich hinaus und hörte nebenan Alex mit Marge tuscheln, die scheinbar wütend war, weil ihr Freund über den Sex mit der Ex plauderte.

»Halten Sie doch die Klappe, Sie … Sie … Rammelbock!« Alex war nun ebenfalls wütend und ich sah über die Trennwand des Balkons seinen Finger wild umher fuchteln.

»Von einer Frau wie Leah kann man die Finger nun mal nicht lassen!«

Leah hielt mich am Arm zurück, bevor ich auf den Balkon stürmen und Alex über die Trennwand hervorzerren konnte.

»Dan, hör auf!«

»Ich habe keine Angst vor diesem Kerl, Leah!«, schrie Alex, der sie gehört haben musste.

»Das solltest du aber! Denn Dan ist alles, was du nicht bist.«

Jetzt war es Leah, die auf den Finger losging, der über die Balkontrennwand durch die Luft stocherte.

Ich fühlte mich geehrt von den wundervollen Worten meiner Sekretärin, obwohl ich wusste, dass sie nur Eindruck schinden wollte – man bedenke die 30 Zentimeter. Dennoch wollte ich nicht, dass sie sich in Schwierigkeiten brachte und die Situation am Ende eskalierte. Deshalb schlang ich meinen Arm um ihre Taille und zog sie zurück, während sie wild umher fuchtelte. Mit Müh und Not schaffte ich es, die Balkontür zu schließen, ohne dabei einen Schlag von Leah abzubekommen. Sie schimpfte unterdessen wie ein Rohrspatz und ließ sich gar nicht mehr beruhigen.

»Dieser überhebliche Idiot mit seinem Mikropenis!«

»Leah, es ist genug.« Ich versuchte, sie zu beschwichtigen, doch sie hörte mir gar nicht zu.

»Der hat doch gar keine Ahnung vom Bumsen!«

Solche Worte hätte ich Leah gar nicht zugetraut und schmunzelte, während sie weiter ausholte und Wörter wie *»Rudelbumser«*, *»Rammelkönig«* und *»Zwergenschwanz«* fielen.

Eine Weile sah ich einfach nur zu, wie sie mit hochrotem Kopf vom Englischen zum Italienischen wechselte. Dass sie dabei nicht nur unheimlich süß aussah, sondern ihre Stimme mich absolut heiß machte, schien sie dabei nicht zu bemerken.

Verdammt, was war nur mit mir los, dachte ich noch, als ich einen Schritt auf sie zumachte, sie an mich zog und sie mit einem leidenschaftlichen Kuss zum Schweigen brachte.

Leah sträubt sich anfänglich noch, doch irgendwann erschlaffte ihr ganzer Körper und sie ließ sich regelrecht in meine Arme fallen. Und dann küsste sie mich zurück. Unsere Münder pressten sich gierig aufeinander. Die Zungen vollführten Kunststücke, dass ich Angst hatte, wir würden uns ineinander verknoten, und unser Atem ging nur noch stoßweise.

Doch so wundervoll sich dieser Kuss anfühlte, so falsch war er auch. Was zum Teufel tat ich da nur? Ich küsste meine Angestellte. Ich küsste sie, obwohl uns niemand zusah. *Verdammt, wie kam ich aus der Nummer je wieder raus?*

Zeitgleich schien sich Leah dasselbe zu fragen, denn abrupt löste sie sich von mir und sah mich entgeistert an.

»Was war das gerade?«

Auch wenn ich weiche Knie hatte und mein Herz schneller schlug, als gut für mich war, zuckte ich lässig die Schultern und sagte: »Ich habe dich zum Schweigen gebracht, damit die Sache nicht eskaliert.«

Autsch, das ging daneben, denn Leah empfand die Sache als weniger lustig. Sie löste sich von mir, ging einen Schritt zurück und fragte: »Willst du das im Büro demnächst auch so lösen? Wenn dir nicht gefällt, was ich sage, dann küsst du mich einfach?«

»Ich hätte nichts dagegen.« Ich grinste, während ich mich schnell duckte, um dem Schuh auszuweichen, den Leah auszog und nach mir warf. »Das war ein Scherz, Leah!«

»Ach ja? Hast du mich lachen sehen?« Sie stricht sich eine Strähne hinters Ohr und sah dabei so verdammt sexy aus, während sie mit dem Finger auf mich zeigte und schimpfte: »Wie wäre es, wenn wir das im Büro direkt einführen? Wenn du einen Mitarbeiter zum Schweigen bringen willst, dann küsst du ihn einfach. Benny würde das sicher gefallen!«

»Du hast mich doch zurückgeküsst«, warf ich ein, weil ich nicht verstand, warum sie auf einmal so wütend war.

Sie stand da, starrte mich an, als hätte ich sie bei etwas Verbotenem ertappt. Dann warf sie die Hände in die Höhe und stellte fest: »Ich brauche einen Drink!«

Wehmütig sah ich ihr nach. Was hatte ich nur getan?

Doch genau in diesem Moment klingelte mein Handy und ich seufzte, als ich Lillys Namen auf dem Display las. Ich drückte auf den grünen Hörer und sagte: »Jetzt nicht, Lilly!«

»Wehe, du legst jetzt auf«, knurrte sie ins Telefon und ich verdrehte die Augen.

»Was gibts denn?«

»Ich ertrinke in Arbeit, weil mein Unternehmensberater einen romantischen Urlaub in den Bergen macht!« Lilly war sauer.

»Das ist kein romantischer Urlaub. Ich helfe nur meiner Angestellten«, versuchte ich mich herauszureden, wobei ich mir selbst nicht mehr sicher war, was ich hier eigentlich für eine Funktion hatte.

»Hilfst du all deinen Angestellten auf diese Weise?«, fragte Lilly und ich konnte den sarkastischen Unterton regelrecht heraushören.

»Nein, nur den Besonderen. Also was gibts?« Es war ein Themenwechsel angesagt, bevor Lilly noch jedes Detail aus mir herausquetschte.

»Die Renovierung geht nicht voran. Der Maurer ist krank und konnte die Wände nicht verputzen und somit musste ich den Maler verschieben, der jetzt erst im Dezember Zeit hat. Ich drehe hier echt bald durch!«

Lilly wirkte gestresst, doch ich war es auch. Ich wollte Leah nachlaufen und dieser Anruf kam mir gerade vollkommen ungelegen.

»Findest du denn keinen anderen Maler?«, fragte ich genervt.

»Keinen, der die angefangene Arbeit des aktuellen Malers beendet. Am Ende müssen wir den Laden selbst streichen.«

Ich schloss die Augen, spürte die aufkommenden Kopfschmerzen in meinem Schädel pochen und stöhnte. »Dann streichen wir zu Not eben selbst. Wir schaffen das, Lilly. Versprochen!«

Eilig würgte ich Lilly ab und beendete den Anruf. Jetzt gab es Wichtigeres zu erledigen, als mich um das Geschäft zu kümmern. Ich ging hinunter zur Bar, die sich in einem Nebenraum zum Speisesaal befand. Doch ich fand nicht nur Leah vor, sondern die halbe Familie Craig, die sich lautstark stritt.

Vom Balkon zur Bar … die Eskalation bewegte sich langsam durchs Haus.

Ich schnappte Sätze auf wie *»Ihr seid hier nicht zu Hause!«* oder *»Was sollen nur die Leute denken?«*, genauso wie *»… kein Platz für private Streitereien«*. Dann fiel Alex' Blick auf mich, als ich langsam auf die Meute zuschlenderte.

»Na, wen haben wir denn da?«, begrüßte er mich mit grimmigem Gesicht.

Plötzlich waren alle Augen auf mich gerichtet und Mr. Craig Senior kam mit erhobenem Zeigefinger auf mich zu. »Das gilt auch für Sie, Mr. Miller!«

»Was gilt für mich?«, fragte ich ahnungslos, obwohl ich genau wusste, um was es hier ging. Der Balkon-Streit hatte für Aufsehen gesorgt.

»Ich möchte, dass Sie sich hier benehmen. Hier geht es um die Hochzeit meiner Tochter Amanda und nicht um Ihre Liebelei mit …«

Abfällig zeigte er auf Leah.

»Bei allem Respekt, Mr. Craig. Hier geht es darum, dass Ihr Sohn scheinbar nicht akzeptieren kann, dass Leah ihn nicht mehr haben will.«

»Das ist doch gar nicht …«, fing Alex an und sah seine Marge erschrocken an, die ihn mit einem abfälligen Blick bedachte.

»Ich habe gesehen, wie Sie Leah anschmachten, Alex. Sie kommen einfach nicht darüber hinweg, dass sie nichts mehr mit Ihnen zu tun haben will.«

»Mein Sohn ist nicht angewiesen auf eine Frau, die sich munter durch die Betten schläft«, keifte Mr. Craig.

Ich lächelte. »Ist es das, was er Ihnen erzählt hat?«

Nun meldete sich Leah zu Wort. »Ich war Alex immer treu. Er dagegen hat sein Büro zu einer kleinen Bumshöhle für sich und Marge verwandelt!«

Sie war so wütend, dass ich sie zurückhalten musste. »So ist es! Alex hat nämlich Leah mit Marge betrogen.«

Leah plusterte sich unterdessen auf und stellte sich schützend vor mich. »Alex ist nicht nur untreu gewesen, sondern auch ein Betrüger!«

»Jetzt reicht es aber«, schimpfte Alex, der von Marge ebenfalls zurückgehalten werden musste.

»Halt die Klappe, Alex«, schnauzte Leah ihn an. »Du hättest es ohne mich doch gar nicht durchs College geschafft.« Dann wandte sie sich seinem Vater zu. »Ist es Ihnen nie merkwürdig vorgekommen, dass er fast jeden Kurs wiederholen musste, bevor er mich kennengelernt hat? Und plötzlich bekommt er gute Noten auf all seine Hausarbeiten. Vielleicht liegt es daran, weil ich sie für ihn geschrieben habe!«

Mr. Craig Senior sah verwirrt zwischen seinem Sohn und Leah hin und her. Es schien, als würde er tatsächlich darüber nachdenken, wie merkwürdig all das war.

Alex dagegen schimpfte munter vor sich, während Leah ihn anschrie: »Und dann verschaffst du mir einen Job in deiner Firma, in der du mich deine Arbeit machen lässt, damit du deinem Vater beweisen kannst, wie super du bist, du armseliges Würstchen!«

»Das ist eine Lüge!« Alex′ Kopf war so rot, dass ich für einen Moment Angst hatte, er würde platzen.

»Ist es nicht! Ich habe die Universität mit Bestnote bestanden. Ich hatte so viel mehr verdient. Du dagegen hast die Lorbeeren für meine Arbeit eingeheimst und ich habe vergeblich auf eine Beförderung gewartet. Genauso wie auf einen Heiratsantrag! Stattdessen hast du dich munter durch die Kundschaft gevögelt!«

Leah war aufgebracht, den Tränen nahe und zitterte am ganzen Leib. Alex sah sie fast schon traurig an, während Mr. Craig Senior verwirrt dastand und nicht recht wusste, was er da eben alles gehört hatte.

Als Leah sich umdrehte und aus dem Raum rannte, zögerte ich keine Sekunde, sondern lief ihr nach.

»Leah, warte!«, forderte ich sie auf.

»Geh weg, Dan!«, kam es von ihr, doch ich dachte gar nicht daran. Mit einem Satz hüpfte ich mit ihr in den Aufzug, wartete, bis sich die Türen schlossen, und sah sie dann besorgt an.

Sie wirkte auf einmal so zerbrechlich und klein. Ohne darüber nachzudenken, zog ich sie an mich und hielt sie in meinem Arm, bis sie schließlich losschluchzte und all der Kummer aus ihr herausbrach.

Kapitel 9

Leah
Dienstag vor der Hochzeit

Diese ganze Hochzeit ging mir langsam ordentlich auf den Keks. Ich hatte kaum geschlafen nach der Streitigkeit mit der Familie Craig am Vortag. Doch ich konnte diese Lügen, die Alex ihnen aufgetischt hatte, einfach nicht länger ignorieren. Vielleicht war ich einfach nur zu passiv und dadurch das perfekte Opfer für diesen Mistkerl. Dennoch konnte man acht Jahre Beziehung nicht einfach ungeschehen machen.

Und dann war da noch die Sache mit meinem Boss. Nicht nur, dass Dan der perfekte Gentleman war, nein, er sah auch noch zum Anbeißen aus. Bisher hatte ich darauf nicht geachtet, weil mir meine Arbeit wichtig war und ich das perfekte Verhältnis zwischen Chef und Angestellter wahren wollte. Doch jetzt waren Dinge geschehen, die dieses Verhältnis auf die Probe stellten. Gefühle waren aufgeflammt, für die vorher kein Platz gewesen war.

Seufzend streckte ich mich und sah hinüber zu Dan, der friedlich schlief. Allein die Tatsache, dass wir im selben Bett schliefen, war vollkommen unprofessionell.

Vorsichtig setzte ich mich auf und schob die Decke von mir, bevor ich sie wieder hochzog. Mein Nachthemdträger hatte sich verabschiedet und meine halbe Brust begrüßte mich. Das war ein Anblick, den mein Chef nun wirklich nicht sehen musste.

Ich rückte alles wieder an den rechten Ort, stand auf, streckte und kratzte mich gedankenverloren an der Pobacke, als ein verschlafenes »Guten Morgen« zu mir vordrang.

Erschrocken fuhr ich herum. Dan blinzelte mich mit halb geschlossenen Augen an. »Wie spät ist es?«

»Ich habe keine Ahnung, aber es ist hell draußen.«

Eilig lief ich zum Schrank, um mir meinen Bademantel überzuziehen. Ich hatte nur einen Hauch von Satin am Körper und zeigte mehr Haut, als für unsere Chef-Angestellten-Beziehung gut war, … wenn wir schon bei professionell waren.

»Ich will nicht aufstehen«, nuschelte Dan in sein Kissen und strampelte dabei die Decke von sich.

Ich wollte nicht starren, tat es aber dennoch. Sein Oberkörper war gebaut wie der eines griechischen Gottes und stöhnend wandte ich mich ab. *Wie konnte mich ein solcher Anblick nur so erregen?*

»Du kannst ja liegen bleiben, aber ich brauche noch ein Geschenk für Amanda und Roger.« Ich wollte mich gerade ins Badezimmer begeben, als Dan mir fragend nachsah.

»Warte mal, du hast noch gar kein Geschenk?«

»Nein, Mr. Miller. Ich arbeite nämlich sehr viel und hatte bisher keine Zeit.« Ich sah ihn gespielt genervt an, betonte bewusst das *›Mr. Miller‹* und wollte schon die Tür hinter mir schließen.

»Sie sind ein fleißiges Bienchen, *Ms. Greco*«, schmunzelte Dan und erhob sich. »Darf ich dir zur Hand gehen?«

Schockiert sah ich ihn an. »Zur Hand gehen?«

Für einen Moment wirkte Dan etwas verwirrt und schüttelte dann den Kopf. »Nicht beim Duschen! Ich meinte bei der Suche nach einem Geschenk.«

Erleichtert atmete ich aus. Auch wenn mir die Vorstellung, mit Dan die Dusche zu teilen, gefiel, war es falsch. Also nickte ich und schloss die Tür. Müde lehnte ich dagegen und fragte mich, wie ich diese Woche nur überstehen würde.

Etwa eine Stunde später standen wir gemeinsam vor dem Hotel im wunderschönen Vermont. Das Frühstück mit der Familie von Braut und Bräutigam ließen wir sausen. Der Vorabend war nicht optimal gelaufen und ich wollte weder Alex noch Amanda begegnen. Es war schon genug, dass ich Amanda mit dem Streit die Hochzeit versaute.

Gemütlich spazierten wir hinunter zu dem Kleinstädtchen und genossen dabei die wärmenden Sonnenstrahlen. Irgendwann griff Dan nach meiner Hand und ich wollte schon protestieren, als ich sah, dass ein Pärchen, das ebenfalls zu den Hochzeitsgästen zählte, uns entgegenkam. Sie schienen ebenfalls der angespannten Stimmung im Hotel entfliehen zu wollen, denn sie wirkten so viel gelassener als noch am Vortag.

Wir grüßten die beiden, während sich unsere Finger ineinander verhakten und wir uns verliebte Blicke zuwarfen.

Verdammt, wir waren wirklich gut.

Noch besser wurde es, als Dan meine Hand losließ, um seinen Arm um meine Schultern zu legen. Säuselnd fragte er: »Hast du Lust auf ein Croissant, Liebling?«

Während ich ihm tief in die Augen sah und versuchte, die perfekte Frau an seiner Seite zu spielen, verlor ich mich allerdings vollkommen in meiner Rolle.

»Du bist echt gut. Für einen Moment habe ich echt geglaubt, du wärst total verknallt in mich«, zerstörte Dan den Moment und ich sah betreten zu Boden.

»Das gebe ich gern zurück. Das Schauspielern kannst du!«

Jetzt sah auch er etwas beschämt in die andere Richtung. Dennoch ließ er seinen Arm nicht wieder sinken, obwohl die Hochzeitsgäste längst außer Sichtweite waren. Er hielt mich an sich gedrückt, als hätte er ganz vergessen, dass ich eigentlich seine Assistentin war. Und obwohl es unangebracht war, fühlte es sich so verdammt gut an.

Kaum hatten wir die Stadt erreicht, blieb er stehen und zeigte auf ein kleines Geschäft, in dem Wohnaccessoires zum Verkauf angeboten wurden. »Hast du schon eine Idee wegen des Geschenkes oder wollen wir uns da mal umsehen?«

»Ehrlich? Amanda ist ein wirklich schwieriger Fall. Sie hat alles, was sie benötigt, und noch vieles mehr. Kann nicht schaden, wenn wir uns da drin mal umschauen.«

Dan führte mich, noch immer mit seinem Arm auf meiner Schulter, in das Geschäft und wir sahen uns orientierungslos um.

Irgendwann blieb er vor einer Wanduhr mit Hirschgeweih stehen und grinste. »Das wäre was für Roger. Er ist ein echter Naturbursche.«

»Dann reicht Amanda direkt die Scheidung ein.« Ich sah ihn kopfschüttelnd an und ging auf eine elektrische Sauciere zu. »Was hältst du davon?«

»Das ist so ziemlich das langweiligste Geschenk, das man einem Brautpaar schenken kann. Davon werden sie mindestens drei bekommen und sie später wieder auf Ebay verkaufen.«

»Was schenkt man nur jemandem, der schon alles hat?« Ich ließ meine Hand über versilberte Serviettenringe gleiten, nahm sie in die Hand und sah das Logo auf der Unterseite. »Oh, die wären schön. Die sind von L. Anderson. Das ist Amandas absolute Lieblingsdesignerin.«

Dan schmunzelte. »Warum hast du das nicht gleich gesagt?«

Er zückte das Handy, wählte eine Nummer und wartete, während ich ihn perplex ansah. Was hatte er denn nun schon wieder vor? Doch als er den Angerufenen am anderen Ende begrüßte, fiel mir das Grinsen aus dem Gesicht.

»Hey, Lilly. Ich brauche deine Hilfe.«

Warum zum Teufel rief er nun diese Frau an?

Wütend wandte ich mich von ihm ab, wissend, dass ich vollkommen überreagierte. *Dan war mein verdammter Boss!*

Er war nicht mein Freund, auch wenn er diesen wirklich gut spielte. Warum nur fühlte es sich wie Verrat an, dass er gerade jetzt mit dieser Lilly telefonierte, mit der er schon eine ganze Weile ausging.

»Mir gehts gut, danke der Nachfrage«, plapperte Dan ins Telefon und verdrehte grinsend die Augen. »Ich brauche ein Hochzeitsgeschenk!«

Ich lief einfach weiter in das Geschäft hinein, ohne weiter auf Dan zu achten. Ich wollte nicht hören, wie er mit ihr flirtete. Bisher war ich dieser Lilly nur ein einziges Mal begegnet und musste sagen, dass ich ihr bei Weitem nicht das Wasser reichen konnte. Sie war sportlich schlank, hatte blondiertes Haar und Brüste, die zu perfekt aussahen, als dass sie echt sein konnten. Wie konnte ich da nur mithalten? Wollte ich das überhaupt?

Ein paar Minuten später tippte mir mein Pseudo-Freund auf die Schultern und lächelte mich an, dass ich schier zerfloss. »Amanda und Roger bekommen eine Spezialanfertigung eines Bilderrahmens von L. Anderson.«

»Ernsthaft? Wie hast du das denn hinbekommen?«

Gott, ich könnte ihn küssen!

»Na, ich habe gerade mit ihr telefoniert.« Dan grinste mich bis über beide Ohren an und schien stolz auf seinen Einfall zu sein. Als erwarte er ein Lob, legte er den Kopf schief.

»Warte mal. Lilly ist …?«

»L. Anderson! Hast du das gar nicht gewusst?« Mit hochgezogenen Augenbrauen sah er mich an.

»Nein, woher auch?«

Verdammt. Dan und L. Anderson waren ein Paar. Jetzt war ich vollkommen aus dem Rennen …, also … falls ich interessiert wäre …, was ich nicht war … absolut nicht!

»Was sagt Lilly eigentlich dazu, dass du hier den Freund deiner Mitarbeiterin spielst?«

Mein Boss zuckte mit den Schultern. »Was soll sie schon sagen. Sie war nicht besonders glücklich, dass ich jetzt, kurz vor der Eröffnung ihres ersten Geschäfts wegmusste, aber …«

Auf einmal zogen sich Dans Mundwinkel in die Höhe und er zeigte mit dem Finger auf mich. »Hast du etwa … bist du etwa … du bist eifersüchtig!«

Mit großen Augen starrte ich ihn an. Ja, das war ich.

»Nein, natürlich nicht! Solch ein Unsinn.«

Schnell wandte ich mich von ihm ab, um ihm nicht zu zeigen, wie eifersüchtig ich wirklich war.

»Du weißt schon, dass Lilly die Lebenspartnerin meiner Schwester ist, oder?«

Wie vom Blitz getroffen drehte ich mich um. »Aber ihr geht doch miteinander aus.«

Mein Boss lachte auf. »Ja, weil ich ihr Unternehmensberater bin. Lilly hat bisher ihre Designs über Dritte verkauft. Jetzt möchte sie selbst ein Geschäft in Boston eröffnen und ich helfe ihr dabei.«

O Mann. Wie konnte ich nur so dämlich sein? Wie konnte ich das nicht sehen?

»Dann bist du eigentlich single?«, fragte ich und wollte mir dafür sofort auf die Zunge beißen.

Der Blick, mit dem mich Dan ansah, ging mir durch und durch. Seine Augen leuchteten und sein Mund verzog sich zu einem wunderschönen Lächeln.

Was passierte hier gerade zwischen uns?

Statt einer Antwort schien es ihm die Sprache verschlagen zu haben, denn er nickte nur.

Der Weg zurück zum Hotel verlief schweigsam. Als hätte sich eine unsichtbare Mauer zwischen uns aufgetan, wagten wir es nicht einmal uns anzusehen. Dennoch glitten Dans Finger immer wieder über meinen Handrücken und ein leichter Schauer durchfuhr mich. Ob es Absicht war oder rein zufällig, wusste ich nicht.

Als wir gerade den Eingangsbereich zur Lobby erreicht hatte, liefen wir regelrecht Amanda in die Arme und Dan nahm wie automatisch meine Hand in seine.

»Hey, Süße. Dich habe ich gesucht.« Amanda zwinkerte mir schelmisch zu und ich ahnte, dass es um den Vorfall vom Vortag ging.

»Ja, also wegen gestern …«, fing ich an und sah betreten zu Boden.

»Oh, hör mir auf. Meine Familie hat sich dermaßen danebenbenommen. Das tut mir wirklich leid.«

Überrascht sah ich meine Freundin an. Ich hatte erwartet, dass sie zu ihrer Familie hält.

»Wie wäre es, wenn ich dich für heute Mittag zum Essen entführe? Natürlich nur, wenn Dan damit einverstanden ist.«

Ich blinzelte, sah Amanda an, dann Dan, der mir lächelnd zunickte und sagte: »Ich muss sowieso noch arbeiten.«

»Na dann«, ich zuckte mit den Schultern und grinste, »Lunch, ganz wie früher. Nur wir beide!«

Amanda strahlte bis über beide Ohren und fing an, aufgeregt zu hüpfen. »Dann lass uns abhauen, bevor meine Mutter wieder ankommt und noch etwas wegen der Hochzeit besprechen will.«

Dan drückte mir den Hauch eines Kusses auf die Wange, der mich fast erzittern ließ, und wünschte uns viel Spaß.

Wir hatten gerade Amandas Auto erreicht, als schon der spitze Schrei ihrer Mutter hinter uns erklang: »Amanda Elisabeth Craig. Was glaubst du, wo du hingehst?«

Amandas Stirn kräuselte sich und sie flüsterte mir zu: »Schnell ins Auto. Ich ertrage meine Mutter keine Sekunde länger!«

Ich hatte mich noch nicht einmal angeschnallt, da raste Amanda auch schon los und drehte die Reggae-Musik auf, die aus dem Autoradio dröhnte. Aus dem Seitenspiegel könnte ich noch sehen, wie ihre Mutter mit erhobenen Händen dastand und vor sich hin schimpfte.

Amanda sah mich an, grinste und fing an, zu Bob Marleys ›*No women, no cry*‹ zu singen … und es fühlte sich an wie in alten Zeiten, als wir in Amandas Cabrio durch die Nachbarschaft fuhren und glücklich waren.

Kapitel 10

LEAH

Glück ist etwas, das nicht jeder erlangt.

Ich war sicher gewesen, dass ich meines gefunden hatte. Es hatte mich aber längst wieder verlassen.

Jetzt saßen wir an dem kleinen Bistrotisch eines Straßencafés und aßen Sandwiches zum Mittag, während wir uns an die guten alten Zeiten erinnerten.

Amanda kicherte, während sie in ihren Wrap biss, und ich lachte Tränen. Es war genau die Abwechslung, die ich so dringend benötigt hatte. Doch plötzlich wurde Amanda still und sah mich über den Rand ihrer Kaffeetasse hinweg an.

»Das gestern tut mir wirklich leid. Ich habe nie geglaubt, dass du Alex betrogen hast. Auch wenn er mein Bruder ist und ich ihn liebe, weiß ich, dass er ein Arsch ist, wenn es um Frauen geht. Er hatte dich nie verdient. Ich war zwar traurig, als ihr euch getrennt habt, aber auch irgendwie froh, weil ich wusste, dass du niemals mit ihm glücklich geworden wärst.«

Ich zwang mich zu einem Lächeln. So offen hatte Amanda nie über meine Beziehung zu Alex gesprochen. Sie hatte immer gewirkt, als wäre sie total glücklich über diese Verbindung gewesen.

Ich atmete durch und gestand: »Ich habe ihn wirklich geliebt, weißt du. Ich habe geglaubt, er ist der Mann, mit dem ich alt werde. Als ich ihn dann mit Marge auf seinem Schreibtisch … das war kein schöner Anblick.«

»Die beiden sind kein Paar, falls es dich beruhigt.« Amanda zwinkerte mir zu und mir blieb der Mund offen stehen.

»Was?«

»Mein Bruder ist single. Er trauert dir noch immer nach. Marge hat er erst eingeladen, als er erfuhr, dass du mit Partner kommen würdest. Ich habe nein gesagt, aber mein Vater hielt es für eine gute Idee und meine Mutter … Ich meine, du hast sie ja erlebt. Sie hat die ganzen Hochzeitsvorbereitungen an sich gerissen.«

Für eine Sekunde überlegte ich, ob ich ehrlich mit Amanda sein sollte, wischte den Gedanken aber schnell wieder hinfort. Schließlich sollte unsere Tarnung perfekt bleiben. Vielleicht würde ich ihr nach der Hochzeit davon erzählen, wenn die Gefahr nicht mehr bestand, dass sie sich verplapperte.

Sie sah mich verträumt an. »Aber hey, du hast ja jetzt Dan, und ich muss sagen, ihr beide passt so verdammt gut zusammen. Ihr wirkt so richtig glücklich, auch wenn ich dir die 30 Zentimeter nicht abkaufe.«

Ich fing an zu kichern, sah beschämt auf mein halb gegessenes Sandwich und seufzte. »Dan ist mein Boss.«

Amanda grinste. »Dann hast du also deinen Boss abgeschleppt? Du böses Mädchen!«

Ich sah sie an und schämte mich. Amanda war meine beste Freundin seit Kindheitstagen und ich hatte sie einfach belogen.

»Nein, ich habe ihn nicht abgeschleppt. Er ist nur mein Boss. Als ich deine Einladung bekommen habe, wollte ich wegen Alex nicht kommen, aber Dan meinte, es täte mir gut, wenn ich mir mal ein paar freie Tage gönnen würde.« Ich nahm die Serviette zur Hand und wischte mir die Finger ab, während ich weitersprach: »Er meinte auch, ich solle Alex zeigen, dass ich über ihn hinweg bin.«

Für eine Sekunde sah mich Amanda schweigend an und dann verzog sich ihr Gesicht zu einem schelmischen Grinsen. »Nur Boss? Das kannst du jemandem anderen erzählen.«

»Wirklich! Wir haben nichts miteinander.«

Die Hand meiner besten Freundin griff über den Tisch hinweg nach meiner. »Ich habe gesehen, wie ihr euch anseht. Das wird schon noch.«

Ich blinzelte meine Überraschung hinfort: »Meinst du … ich meine, wie kommst du darauf?«

»Du hast Alex ganz am Anfang auch so angesehen. Damals, als noch alles frisch war. Du hast dich Hals über Kopf in deinen Boss verliebt!«

»Du wirst es doch niemandem erzählen? Also, die Sache, dass er mein Boss ist?«, fragte ich und ließ die Anmerkung über meine verliebten Blicke links liegen.

»Natürlich nicht! Aber dann …«, Amanda zog die Augenbraue hoch, »… dann habe ich wohl … also wegen morgen …«

Ich sah sie an und fragte: »Was hast du getan, Amanda?«

Sie räusperte sich. »Ich habe euch für den Couple-Spa-Day für morgen eintragen lassen, weil ich dachte, das würde eurer jungen Liebe guttun.«

»Was ist ein Couple-Spa-Day?«, fragte ich verwirrt.

»Na, ihr werdet gemeinsam im selben Raum massiert. Danach habt ihr etwas Zeit zum Entspannen in der Sauna und zu guter Letzt haben die hier diese süßen Badewannen, in denen ihr gemeinsam in Honig und Milch badet.«

Meine Augen wurden immer größer. Nicht, dass mir die Vorstellung nicht gefiel, neben einem nackten Dan zu liegen und massiert zu werden. Doch die Tatsache, dass ich dabei ebenfalls nackt sein würde, ließ mir den Atem stocken. Wie sollte ich das nur Dan erklären?

»Aber ich kann doch nicht …«, fing ich an zu protestieren.

»Oh doch, das kannst du. Und danach will ich wissen, ob es wirklich 30 Zentimeter sind. Falls du es nicht schon erkundet hast.« Grinsend strahlte sie mich an.

Eine Weile saßen wir da, genossen die stressfreie Zeit, bis ich Amanda ansah und bemerkte, dass da ebenfalls etwas war, dass sie auffraß. »Bist du glücklich, Amanda?«

Sie sah überrascht auf. »Natürlich, warum sollte ich nicht glücklich sein?«

»Du wirkst so gestresst, als würde dir jeden Moment alles über den Kopf wachsen.«

Plötzlich wirkte meine Freundin ganz traurig und sie starrte in die Ferne. »Roger wollte keine große Hochzeit. Wir wollten irgendwo in den Bergen heiraten, mit einer Handvoll Leute. Aber kaum hatte meine Mutter von der Verlobung erfahren, hat sie die ganze Hochzeitsplanung an sich gerissen.«

»Das heißt, du wolltest das hier alles gar nicht?«, fragte ich.

»Doch schon. Nur eben nicht so groß. Dazu kommt, dass meine Mutter die Blumen und den Kuchen ausgesucht hat und selbst beim Kleid hat sie mich nicht allein entscheiden lassen. Wenigstens konnten wir hier in den Bergen heiraten.«

Ich tätschelte ihre Hand. »Es tut mir so leid, Amanda. Wie hast du es dir denn vorgestellt?«

»Ich wollte bunte Blumen und nicht langweilige weiße. Auch die fünfstöckige Hochzeitstorte war nicht meine Idee. Ich wollte Cupcakes, fruchtige Obstkuchen und Törtchen. Mein Kleid ist ein Traum in Weiß … hochgeschlossen und viel zu pompös. Ich wollte etwas anderes. Etwas Schlichtes. Kein Kleid, bei dem ich nicht durch die Tür passe.«

»Hast du mit deiner Mutter darüber gesprochen?«, fragte ich vorsichtig, obwohl ich wusste, dass man gegen Mrs. Craig nicht wirklich ankam, wenn sie sich erst einmal etwas in den Kopf gesetzt hatte.

»Sie hört nicht zu. Ich hatte deshalb schon so oft Streit mit Roger. Bevor wir nach Vermont fuhren, hatte ich sogar das Gefühl, er wolle gleich die ganze Hochzeit absagen.«

»Das tut mir so leid, Amanda. Wenn ich irgendetwas für dich tun kann, dann sag es mir.«

Amanda zuckte traurig mit den Schultern. »Der Zug ist abgefahren.« Doch nach einer Weile zog sie ihre Oberlippe spitzbübisch nach oben und frage: »Aber eines musst du mir jetzt mal verraten.«

»Und das wäre?« Ich sah sie schief an.

»Was hat es mit dem wilden Stöhnen auf sich, das aus eurem Zimmer kommt?«

»O Gott. Das willst du nicht wirklich wissen.«

Und dann erzählte ich ihr von Dans Schauspielkünsten und brachte damit Amanda so sehr zum Lachen, dass wir die Aufmerksamkeit aller Bistrogäste auf uns zogen.

Ganze zwei Stunden später erreichte ich das Hotelzimmer und trat lautlos ein. Dan stand in Jeans und ohne Shirt an der Balkontür und telefonierte mit einem Kunden, während ich den muskulösen Rücken und die breiten Schultern bewunderte.

Ich versuchte, die Tür ganz leise zu schließen, doch da drehte er sich schon um und strahlte mich an, während er weiter ins Handy sprach.

Verdammt, diese Grübchen. Ich sollte kalt duschen.

Eilig schnappte ich mir das Buch vom Nachttisch und drückte mich an dem halb nackten Körper meines Schein-Freundes vorbei. Auf dem Balkon nahm ich Platz, legte die Füße auf den anderen Stuhl und schlug das Buch auf. Doch egal, was ich las, es kam nie bei mir an. Immer wieder lachte Dan auf und seine warme tiefe Stimme ging mir durch Mark und Bein. *Verdammt, was wenn Amanda recht hatte und ich anfing, mich in meinen Boss zu verlieben?*

Als Dan den Anruf beendet hatte, trat er ebenfalls auf den Balkon und grinste mich an. »Kaffee?«

»Da sage ich nicht nein.« Ich schenkte ihm ein Lächeln und sah zu, wie er sich ein Hemd überzog und das Zimmer verließ.

Der perfekte Gentleman – verdammt, aus dieser Nummer kam ich unmöglich wieder raus.

Verträumt sah ich über die Bergkette hinweg, die sich vor mir erstreckte. Ich genoss die wärmenden Sonnenstrahlen, als

Dan plötzlich neben mir auftauchte und ich erschrak. Ich hatte ihn nicht kommen hören und hätte ihm fast den Kaffeebecher aus der Hand geschlagen.

Grinsend sah er auf den Stuhl, auf dem ich meine Füße abgelegt hatte, und wartete, bis ich ihm Platz machte. Kaum saß er neben mir, griff er nach meinen Füßen und legte sie sich auf den Schoß. Genau solche Gesten hatte ich bei Alex immer vermisst.

Seine Finger streichelten sanft über meine Beine. Mein ganzer Körper kribbelte. Er hatte die Augen geschlossen und genoss ebenfalls die Sonne auf seiner gebräunten Haut. Er schien keine Ahnung zu haben, was seine Berührung da anrichtete.

Ich räusperte mich, sah betreten in meinen Kaffeebecher und hörte Dan kichern. Neugierig sah ich ihn an. »Lachst du über mich?«

Er schenkte mir ein Lächeln, das mich dahinschmelzen ließ und schüttelte den Kopf. »Ich würde niemals über dich lachen. Nur mit dir!«

»Und warum kicherst du dann so?«

Dan überblickte wieder die Berge und grinste. »Ich habe noch einen.«

Ich wusste sofort, was er meinte. Es war wieder Zeit für einen von Dans Sparwitzen und sofort legte ich die Hand über meine Augen und stöhnte. »Oh nein, nicht schon wieder, Dan.«

»Was haben ein Dildo und Tofu gemeinsam?« Dan lachte bereits über seinen eigenen Witz und ich kam nicht umhin, ebenfalls zu schmunzeln.

»Wo hast du nur diese billigen Witze her?« Leicht stupste ich ihn mit meinen Füßen an. »Sag schon, was haben sie gemeinsam?«

Dan, der nun so laut lachen musste, dass er kaum noch ein Wort über die Lippen brachte, hielt sich den Bauch und wischte sich die Tränen aus den Augenwinkeln. Laut prustete er los: »Beides ist Fleischersatz.«

Nun lachte auch ich und schüttelte den Kopf. »Jetzt werde ich immer an Dildos denken müssen, wenn ich Tofu esse.«

»Solang du nicht an Tofu denkst, wenn du …« Schnell stoppte Dan sich selbst und mit einer leichten Röte im Gesicht sagte er: »Nicht, dass ich sagen will, dass du … also du weißt schon.«

»Was, Dan?« Ich sah ihn grinsend an, weil ich es genoss, dass zur Abwechslung mal er derjenige war, der beschämt zu Boden sah.

»Ich wollte nicht … also …«, stotterte er und sah weg.

Meine Mundwinkel schnellten in die Höhe und ich sagte vollkommen selbstsicher: »Ich habe gehört, der Höhepunkt einer Dildoparty ist, wenn die ersten Gäste kommen.«

Dan sah mich fast schon schockiert an, bevor er sich vor Lachen schüttelte. »Der war verdammt gut. Ich wusste gar nicht, dass du so dreckige Witze auf Lager hast.«

»Warum? Weil ich sonst so brav aussehe?«, fragte ich schmunzelnd und zerfloss schier, als er mich mit dem schönsten Lächeln bedachte.

»Nein, weil du sonst so ruhig bist.«

»Weil ich viel arbeite«, gab ich zurück, »und weil ich damit beschäftigt bin, brav auszusehen.«

Dan schwieg einen Moment und seine Zunge glitt über seine Unterlippe. *Verdammt, das war zu heiß.*

»Brav ist Hornbrille und Blümchenkleid mit selbst gestrickter Weste. Du bist fantastisch, Leah.«

Ich musste reagieren. Wir befanden uns auf extrem gefährlichem Terrain und wenn ich ihn weiterhin so verliebt anstarren würde, dann würde das definitiv mit mehr als einer Berührung enden.

Ohne darüber nachzudenken, blinzelte ich und sagte: »Amanda hat uns für morgen zum Couple-Spa-Day eingetragen.«

Es dauerte fast eine Minute, bis Dan sich wieder gefangen hatte und mich überrascht ansah. »Was ist ein Couple-Spa-Day?«

»Wir werden in Milch und Honig baden.«

Überrascht sah Dan auf meine Füße. »Ihhh, das klebt doch sicherlich.«

»Ist das deine einzige Sorge?«, flüsterte ich und fügte hinzu: »Wir werden gemeinsam in einer Wanne sitzen. Und wir werden im selben Raum massiert.«

Mein Boss lehnte sich zurück und dachte einen Augenblick nach. »Also eine Dildoparty wäre mir lieber, aber zu einer Massage sage ich nicht nein.«

Ich riss die Augen auf und sah ihn an. »Wir werden nackt sein, Dan!«

»Dann sollte ich mich noch rasieren, sonst wirken meine 30 Zentimeter so viel kleiner.«

Ich kickte ihn mit meinen Füßen in die Seite und sah ihn ungläubig an. »Ernsthaft, Dan?«

Er grinste und flüsterte: »Wir schlafen nebeneinander in einem Bett. Ich habe dich schon halb nackt gesehen und ich darf dich daran erinnern, dass wir da drin laut rumgestöhnt haben. Ich glaube, da kommt es auf ein wenig nackte Haut auch nicht mehr an.«

Ich sah hinaus über den Horizont und alles, an das ich denken konnte, waren die warmen Hände meines Chefs auf meinen Beinen. Wie gern wollte ich diese auf meinem ganzen Körper spüren.

Ich seufzte. »Eine Frau kauft in einem Sexshop einen Dildo. Fragt die Verkäuferin: ›*Brauchen Sie eine Tüte?*‹, antwortet die: ›*Nein, den stecke ich so ein.*‹«

Und da war es wieder: Dans wunderbares Lachen! Und schon war die Welt wieder in Ordnung.

Kapitel 11

DAN

Leah wirkte nachdenklich, als wir uns zu einem kleinen Spaziergang vor dem Abendessen aufmachten. Was sich da allmählich zwischen uns entwickelte, gefiel mir. Für den Bruchteil einer Sekunde stellte ich mir vor, wie es wohl wäre, wenn das, was wir hier allen vormachten, Wirklichkeit wäre. Doch der Gedanke, wie es sein würde, wenn wir am Montag nach der Hochzeit wieder im Büro saßen, trübten diese Vorstellung.

Hier draußen waren wir ohne Beobachtung und so verzichteten wir darauf, Händchen zu halten. Obgleich ich so gern nach der weichen zierlichen Hand dieser unglaublich tollen Frau gegriffen hätte. Ich überschritt bereits mehr Grenzen, als mir lieb war.

Irgendwann hielt ich das Schweigen nicht mehr aus und fragte: »Ist alles in Ordnung?«

Blinzelnd sah sie auf und sah mich mit ihren rehbraunen Augen an.

»Ja, es ist nur … Amanda … sie ist so …« Leah suchte nach Worten und schließlich sagte sie: »Diese Hochzeit hier ist nicht ganz das, was sie sich vorgestellt hatte. Ihre Mutter hat die Führung übernommen und spielt sich auf wie ein Diktator.«

Ich zuckte mit den Schultern und sagte: »Na ja, sie ist eine erwachsene Frau. Warum lässt sie sich überhaupt etwas vorschreiben?«

»Du hast doch ihre Eltern erlebt.«

»Dann müssen wir eben die Hochzeit sabotieren.« Ich grinste und sah Leah von der Seite an.

»Und wie wollen wir das tun, *Mr. Geheimagent*?«

»Wir verschaffen ihr die Hochzeit, die sie wollte.« Ohne darüber nachzudenken, griff ich nun doch nach Leahs Hand und lief weiter. Wie dafür gemacht schlangen sich ihre zarten Finger um meine, während mein Daumen immer wieder über ihre Haut streichelte. Nur einen kurzen Augenblick nahm ich mir vor, sie einfach zu küssen, als ich ein merkwürdiges Geräusch vernahm, das mich sofort anhalten ließ.

Leah sah zu mir hinauf und fragte: »Was ist los?«

»Hast du das gehört?«

Sie wollte gerade antworten, als ich meinen Finger auf ihre Lippen legte und zu dem Wald zu unserer Linken blickte. Da war es wieder! Auch Leah hatte es dieses Mal gehört und bekam ganz große Augen. Sie nahm meinen Finger von ihrem Mund und flüsterte: »Was war das?«

Als wäre das Vogelgezwitscher um uns herum verstummt, war nur noch unser Atem hörbar, als erneut ein Geräusch aus dem Wald hervordrang. Ein Fauchen – und sofort hatte ich ein äußerst unangenehmes Gefühl in der Magengegend. Ich sah Leah an. Für einen Moment war es still und dann hörten wir es wieder.

»Shit!«

»Was war das, Dan?«, fragte Leah und schlang ihre Arme ängstlich um meinen Körper.

So leise ich konnte, flüsterte ich Leah zu: »Wir drehen uns jetzt langsam um und laufen so schnell wir können zurück zum Hotel, okay?«

»Ist das ein Bär?«, fragte sie mich ungläubig und ich konnte sehen, wie Panik in ihr aufkam.

»Nein, keine Sorge. Das ist nur ein Bergpuma.«

»Ein Berg …«, schrie sie auf und ich presste sofort meine Hand auf ihren Mund.

»Shhhh!«

Erneut hörten wir das Fauchen und Leah sprang mich regelrecht an. Sie zitterte am ganzen Körper, während ihre Arme um meinen Nacken lagen und sie mich fest an sich zog. Ich sah sie an, vergaß für einen Augenblick die Wildkatze, die sich irgendwo in den Wäldern vor uns befand. *Verdammt, so nah war sie mir noch nie gewesen.*

Sie schien meine Blicke zu spüren, denn perplex sah sie mich ebenfalls an und ich konnte nicht sagen, ob es Angst oder Faszination war, die ich in ihren Augen erahnte.

»Können Bergpumas klettern?«, flüsterte sie mir zu und ruinierte damit den wunderbaren Moment.

»Ich denke schon«, sagte ich, ohne sie aus den Augen zu lassen.

»Dann sollten wir …«, fing Leah an, doch ein weiteres Fauchen ließ sie zusammenzucken. Wie von der Tarantel gestochen fing sie an zu laufen.

Als sie bemerkte, dass sie mich vergessen hatte, blieb sie stehen, kam auf mich zu und packte mich am Arm. »Na los, *Alex*!«

Ich wollte eben loslaufen, doch die Tatsache, dass sie mich gerade Alex genannt hatte, stach mir ins Herz. Sie dachte noch immer an ihn. Vielleicht liebte sie ihn ja sogar noch.

Ohne Eile lief ich ihr nach, während sie den Wanderweg hinuntersprintete. Jetzt war es mir auch egal, ob mich ein Puma fressen würde. Ich wusste, dass es mich nicht kümmern sollte und die plötzlich aufkommende Eifersucht nicht gerechtfertigt war, doch es schmerzte zutiefst, als ich realisierte, dass ich hier nur einen Zweck erfüllte: Ich war Leahs Scheinfreund, um ihrem Ex eins auszuwischen. Nicht mehr und nicht weniger. Zu allem Überfluss war das auch noch meine Idee gewesen.

Grummelig kam ich bei Leah an, die mich mit großen Augen ansah. »Hast du keine Angst?«

»Wovor?«, fragte ich knapp und ließ sie einfach stehen. *Verdammt, ich war so kindisch.* Was hatte ich denn erwartet?

»Na, vor dem Bergpuma?«, fragte sie und hakte sich bei mir unter. Doch sie spürte, wie ich mich versteifte, und ließ sofort wieder von mir ab. »Was ist denn los, Dan?«

Meine Augenbrauen schnellten in die Höhe und obwohl ich wusste, dass ich mich vollkommen danebenbenahm, keifte ich: »Ach, bin ich jetzt wieder Dan und nicht Alex?«

Verwirrt sah Leah mich an. »Wie bitte?«

»Du hast mich da oben gerade Alex genannt.«

»Echt?«, fragte sie verwirrt und versuchte, mit mir mitzuhalten. »Tut mir leid. Das war mir nicht bewusst.«

Ich blieb abrupt stehen, was zur Folge hatte, dass sie direkt in meine Brust krachte und dann benommen zu mir aufsah, während ich bemerkte: »Ja, das stimmt. Es war dir nicht bewusst. Weil du ihn noch immer liebst, oder?«

Mit offenem Mund stand Leah da und blinzelte. »Nein! Wie … was soll das denn jetzt, Dan?«

»Du willst ihn zurück, oder?« Ich sah sie an, spürte das Stechen in meinem Herzen und realisierte, dass sie mich schon lang nicht mehr kaltließ.

Für eine Sekunde schwieg sie, was ich als Antwort nahm. Doch statt mich weiterlaufen zu lassen, stellte sie sich mir in den Weg.

»Alex war der erste Mann in meinem Leben. Wir waren acht lange Jahre ein Paar und wir hatten nicht nur schlechte Zeiten. Das vergisst man nicht einfach so. Aber nein, ich liebe ihn nicht mehr und will ihn erst recht nicht zurück. Was mich allerdings viel mehr interessiert ist, warum du so betroffen reagierst.«

Sie sah mich an und ich warf die Hände in die Luft, versuchte in Worte zu fassen, was in mir vorging: »Ich … das alles … es ist … ach, verdammt noch mal!«

Mit einem Satz ging ich auf sie zu, nahm ihr Gesicht in meine beiden Hände und küsste sie, als würde mein Leben davon abhängen. Ihre weichen Lippen öffneten sich wie von selbst und als sie den Kuss erwiderte, huschte mir ein Lächeln über die Lippen.

Vorsichtig spürte ich ihre zarten Hände, die sich an meine Brust legten, während ich meine Arme um sie legte und sie an mich zog. Dieser Moment war so perfekt und mein ganzer Körper fühlte sich an, als stünde er unter Strom. Ein Feuer brannte in mir, das ich so schon lang nicht mehr gefühlt hatte. Doch es wurde unterbrochen von einem Fauchen aus der Ferne. Und bevor ich mich versah, unterbrach Leah den Kuss, schnappte sich meine Hand und rannte kreischend den Wanderweg hinunter und in Richtung Hotel.

Weder vor noch nach dem Abendessen verloren Leah oder ich ein Wort über den Kuss. Die Spannung zwischen uns allerdings war so klar fühlbar, dass wir es nicht wagten, uns in die Augen zu sehen.

Ich hatte mir dennoch vorgenommen, die Zeit nach der Hochzeit anzusprechen, doch nach dem Abendessen fanden wir uns noch mit ein paar anderen in der hauseigenen Bar wieder. Leah hatte sich mit Braut und Brautjungfern in eine Ecke verzogen, während wir Männer wie echte Kerle an der Bar standen und bei einem Glas Whiskey über das Leben philosophierten.

Roger erwies sich als ausgezeichneter Gesprächspartner und eigentlich hätte der Abend wirklich schön werden können. Eigentlich – denn irgendwann tauchte Alex neben mir auf und versuchte sich ins Gespräch einzuklinken.

Bevor ich mich versah, standen wir nebeneinander an der Bar und schwiegen uns an. Mir wäre es auch lieber gewesen, wenn er weiterhin geschwiegen hätte, doch er schien den Drang zu haben, sich mitzuteilen.

»Na, Miller. Noch ganz frisch verliebt, wie ich sehe?«, fragte er und ich hatte Mühe, mich zurückzuhalten. Zu sehr hätte meine Faust in seine hässliche Fresse gepasst.

»Was wollen Sie, Alex?«, fragte ich und nippte an meinem Glas.

Alex lachte auf und sah mich an. »Warum denn gleich so feindselig?«

Ich drehte meinen Kopf ... ganz langsam. Dann sah ich ihn an und sagte: »Finden Sie keinen anderen, den Sie langweilen können?«

Er zuckte mit den Schultern und antwortete: »Ich fühle mich hier ganz wohl. Sie aber anscheinend nicht. Stehen Sie schon unter ihrem Pantoffel? Ich sage Ihnen, das italienische Temperament ist nicht ohne.«

Ich antwortete nicht, denn sonst hätte ich vermutlich Dinge gesagt, die in einer Schlägerei geendet hätten. Alex dagegen schien das nicht zu kümmern. Er grinste und fuhr fort: »Leah ist keine Frau fürs Leben. Für einen schnellen Fick sicherlich nicht ohne, aber eine Beziehung mit ihr artet in Arbeit aus. Sie werden schon sehen, das kommt bei Ihnen auch noch so.«

Böse funkelte ich ihn an. »Wenn Sie nur noch ein einziges Mal so über Leah sprechen, poliere ich ihnen die Fresse und danach wische ich die Theke mit ihrer widerlichen Fratze auf.«

»Oh, da habe ich wohl einen wunden Punkt angesprochen.« Alex grinste böse vor sich hin. »Machen Sie sich keine Sorgen, es gibt haufenweise andere Frauen ...«

Weiter kam er nicht, denn bevor Alex reagieren konnte, hatte ich ihm einen ordentlichen Hieb verpasst. Er taumelte rückwärts und fiel zu Boden. Blut drang aus seiner Nase und um mich herum brach das Getümmel aus ...

»Hey, Dan, noch einen?«, hörte ich Roger wie durch einen Nebel zu mir hindurchdringen und ich blinzelte überrascht auf. Roger stand vor mir und zeigte auf mein leeres Glas. Ich nickte, sah mich um und sah Alex noch immer neben mir sitzen. Schade, es war nur ein Tagtraum gewesen. Mit blutiger

Nase sah er wesentlich besser aus als mit seinem dämlichen Grinsen.

Ich prostete Roger zu und sofort klinkte sich Alex wieder ein: »… oder was sagst du, Roger? Verliebt sein ist so schön, aber wenn das Gefühl einmal verflogen ist, dann ist es eher langweilig.«

Roger sah Alex an, dann mich und zog die Augenbrauen in die Höhe. »Wie kommst du denn darauf, Alex?«

Touché – dachte ich so bei mir und feierte Roger heimlich dafür.

»Ich habe Miller hier gerade erzählt, was ihn so erwartet mit Leah.« Alex kicherte und langsam wurde mir klar, dass er schon leicht angetrunken war.

Roger kniff die Augen zusammen und bedachte seinen Schwager mit einem bösen Blick. »Ich glaube, du solltest jetzt langsam ins Bett gehen. Du hast definitiv genug Alkohol für heute.«

»Ach komm schon. Ich sage doch nur die Wahrheit.« Alex hob die Hand und winkte den Barkeeper heran, um noch einen Drink zu bestellen.

Roger gab dem Barkeeper wiederum ein Zeichen, dass Alex genug hatte, und sofort fing dieser an zu pöbeln.

»Was habt ihr alle? Ich versuche, den guten Miller hier doch nur vor einer Dummheit zu bewahren. Er muss doch wissen, auf was er sich einlässt. Am Ende ist er sexuell frustriert und weint sich dann bei uns aus.«

Und dann sah ich ihn an, mit dem bloßen Wunsch, meinen Tagtraum Wirklichkeit werden zu lassen, hob die Faust und donnerte sie gegen Alex krumme Nase. Dieser fiel um wie ein nasser Sack, bevor er sich aufrappelte und sich auf mich warf. Ich bekam selbst eine harte Rechte ab, schüttelte mich und packte Alex am Kragen, während Roger und ein paar andere versuchten uns zu trennen. In dem ganzen Handgemenge hörte ich allerdings eine Stimme laut und deutlich: Leahs!

Wir rangelten wie Teenager auf dem Fußboden, bis Leah zwischen uns auftauchte und mit einem Kerzenleuchter wild umherfuchtelte.

»Schluss ihr kindischen Idioten! Was ist nur in euch gefahren!«

Sofort wichen wir voneinander ab und versuchten, dem Kerzenleuchter zu entgehen, der nur knapp an meinem Gesicht und Alex Brust vorbeischlitterte. Roger sprang zur Hilfe und duckte sich gerade noch rechtzeitig, bevor ihm eine Kerze um die Ohren flog. Zu allem Überfluss schaltete sich nun auch noch Marge ein, die wie eine Wilde auf Leah zustürmte und sie zu Fall brach. Amanda dagegen zog Marge an den Haaren von Leah herunter und irgendwann verlor ich den Überblick.

Bevor ich mich versah, prügelte jeder mit jedem. Gläser flogen, Stühle krachten und Nasen brachen.

Erst die laute Stimme des alten Mr. Craig brachte die Schlacht zu einem Ende. Dieser war auf die Kriegsszene aufmerksam geworden und als alter Veteran brüllte er irgendwelche Kommandos, die keiner verstand.

Langsam lösten sich die letzten Finger aus irgendwelchen Haaren, Fäuste sanken nieder und Augen richteten sich auf den Big Boss der Gesellschaft.

»Was zum Teufel geht hier vor sich?«, stieß der alte Mann mit hochrotem Gesicht hervor und sofort trat Alex nach vorn.

»Er hat angefangen.« Sein Finger zeigte auf mich und ich kam mir vor wie in der Vorschule.

Roger sah ihn ungläubig an und stieß hervor: »Du hast ihn regelrecht dazu provoziert, Alex!«

»Mir ist vollkommen egal, wer angefangen hat. Ihr räumt das hier alle wieder auf!«

Der Häuptling hatte gesprochen und zog von dannen, während der Rest von uns dastand und sich das Chaos ansah, das wir angerichtet hatten. Irgendwie wirkte es auf mich wie eine aus dem Ruder gelaufene Collegeparty.

Schließlich nahm ich einen Stuhl, stellte ihn zurück an seinen Ort und fing an, die Scherben vom Boden aufzulesen. Die anderen taten es mir gleich und nach einer Weile war das Gröbste aufgeräumt. Ich sah mich um, entdeckte Leah hinter der Bar, wie sie sich eine Flasche Whiskey vom Regal stibitze und dann in ihren Ausschnitt wandern ließ.

Wie unauffällig …

Sie sah auf und bemerkte, wie ich sie beobachtete, bevor sie mich mit einer Kopfbewegung aufforderte, von hier zu verschwinden.

Am Aufzug trafen wir uns und ich kam nicht umhin, die Kratzer auf ihren Unterarmen zu bemerken. »Es tut mir echt leid, Leah.«

Ihr Kopf schnellte zu mir und zu meiner Überraschung lächelte sie. »Ich habe gehört, Dan Miller ist der Held des Abends.«

Perplex starrte ich sie an. »Wie bitte?«

»Roger hat mir erzählt, was Alex gesagt hat. Danke, dass du meine Ehre verteidigt hast, Dan.«

Da war es wieder, dieses wunderschöne Lächeln, das mich dahinschmelzen ließ, und um ein Haar hätte ich sie geküsst, wenn die Aufzugtür nicht aufgegangen wäre. Wir traten ein und grinsend zog sie die auffallend unauffällig versteckte Flasche Whiskey hervor.

Grinsend schraubte sie die Flasche auf, nahm einen großen Schluck und prostete mir zu. »Das müssen wir feiern!«

Ich nahm die Flasche entgegen, nahm ebenfalls einen Schluck und spürte das Brennen in meinem Körper. Das war keine gute Idee. Gefühle und Alkohol waren alles andere als eine gute Kombi.

Wir betraten unser Zimmer und Leah schleuderte ihre Schuhe in die Ecke, bevor sie auf den Stuhl zeigte, der vor dem kleinen Schminktisch stand. »Setzen, Boss!«

»Uh, ich mag, wie du mich Boss nennst.« Grinsend setzte ich mich und beobachtete, wie sie an den Schrank lief und etwas suchte. »Bitte ohne Fesseln. Ich übernehme lieber den dominanten Part.«

Leahs Kopf schoss hinter der Schranktür hervor und sie funkelte mich böse an. »Wirst du jetzt endlich ruhig sein?«

»Knebelst du mich sonst auch noch?« O Mann, warum konnte ich nicht einfach die Klappe halten?

Ohne auf meine Worte zu achten, trat sie vor mich, ein kleines Erste-Hilfe-Kit in den Händen. Sie nahm die Whiskyflasche zur Hand und reichte sie mir. »Hier, großer starker Held. Nimm einen Schluck, bevor ich dich wieder zusammenflicke.«

Perplex starrte ich auf die Flasche, bis sie an meine Stirn fasste, die dank ihrer Berührung brannte wie Feuer. Ich zuckte unmerklich zurück, als sie etwas Desinfektionsmittel auf einen Tupfer träufelte und vorsichtig auf die Wunde presste.

Anscheinend hatte ich doch mehr abbekommen, als ich erst gedacht hatte. Meine Augen wanderten über ihr schönes Gesicht, die strahlenden Augen und die vollen Lippen.

Ich wusste nicht, wie lang ich der Vernunft noch standhalten würde, und schon legten sich meine Hände wie automatisch auf ihre Taille und zogen sie auf meinen Schoß. Statt sich zu sträuben, setzte sich Leah rittlings auf mich und platzierte ein Pflaster auf den kleinen Schnitt über meiner Augenbraue.

In dem Moment als sich unsere Blicke trafen, spürte ich, wie machtlos ich gegen meine Gefühle war. Wie in Zeitlupe sanken ihre weichen Lippen auf meine und ihre Hand griff in mein Haar. Meine Arme umschlangen ihren Körper und ich hoffte, dass sie nicht spürte, wie sehr mich dieser Kuss erregte. Es gab nichts Schlimmeres als schwanzgesteuerte Kerle, die ganz offensichtlich mehr wollten als nur einen Kuss.

Verdammt, ich schien zu diesen Kerlen zu gehören.

Wenn Leah die Beule in meiner Hose spürte, dann sagte sie nichts. Stattdessen wanderten ihre Küsse über meine Wange und hinunter zu meinem Hals. Ich sog ihren unglaublich wunderbaren Duft ein und hoffte einfach nur, dass dieser Moment niemals enden würde.

Auf einmal war es vollkommen egal, dass ich ihr Boss war und sie meine Angestellte. Alles, was zählte, war der Moment selbst.

Meine Beine machten sich selbstständig und ich hob sie an. *Verdammt, was tat ich da eigentlich?* Doch als gäbe sie mir damit die Erlaubnis, schlang sie ihre Beine um meine Hüften, ohne dabei ihre Lippen von meinem Körper zu nehmen. Diese Frau war mein Untergang.

Ich trug sie zum Bett, legte sie vorsichtig darauf ab und löste mich für eine Sekunde von ihr.

»Du weißt, dass wenn wir das jetzt tun, sich alles zwischen uns verändert, Leah?«

»Hat es das nicht schon längst?«, hauche sie mir entgegen und zog mich wieder auf ihre Lippen.

Verdammt, wie recht sie doch hatte.

Der Moment, als ich mich entschlossen hatte, für Benny einzuspringen, hatte genau zu dieser Situation hier geführt. Und wenn ich ehrlich mit mir selbst war, dann hatte ich mir das die ganze Zeit schon gewünscht.

Meine Küsse wurden fordernder, während meine Hände vorsichtig tiefer glitten. Knopf für Knopf öffnete ich ihre Bluse, bis sie nur noch im weißen Spitzen-BH vor mir lag. Jeden Millimeter ihres schönen Körpers speicherte ich tief in meinem Kopf ab, während mein Mund in tiefere Regionen hinabglitt. Leahs Atem ging schneller, als ich den Knopf ihrer Hose erreicht hatte und diesen langsam öffnete und sie auszog.

Ich ließ mir Zeit, ihren Körper zu erkunden, und spürte, wie ihre Hände sich in meinen Haaren vergruben und mich zärtlich tiefer drückten. Mit einem Grinsen auf den Lippen hob ich ihr Bein an und legte es mir über die Schulter, während ich die Innenseiten ihrer Schenkel küsste.

Sie stöhnte auf und forderte: »O Gott, Dan, hör auf mich zu foltern!«

Ich sah auf und spürte, wie sie sich allein unter meinen Blicken bereits aufbäumte, bevor ich meine Finger sanft über das Spitzenhöschen gleiten ließ.

Doch genau in dem Moment, als ich es zur Seite schieben wollte, um sie dort zu küssen, wo sie es so sehr wollte, klopfte es an der Tür.

Ich ignorierte es und auch Leah schien nicht darauf reagieren zu wollen. Gerade als ich mich wieder ihrer Mitte zuwenden wollte, klopfte es erneut und ich stieß ein Fluchen aus.

»Ignoriere es, Dan. Hör jetzt nicht auf!«, flehte sie mich an und mein Mund wollte gerade wieder tiefer sinken, als es erneut klopfte und ich dumpf Amandas Stimme von draußen hörte.

»Leah, verdammt, mach auf! Alex ist verschwunden!«, drang es durch die Tür und Leah schlug frustriert auf die Bettdecke.

»Miserabler Zeitpunkt, Amanda!«, schrie sie ihrer Freundin durch die Tür hindurch zu.

»Ich würde dich nicht stören, wenn es nicht so dringend wäre. Aber wir müssen ihn suchen!«, forderte Amanda und Leah setzte sich auf.

Ich ließ sie aufstehen, während sie sich die Bluse über ihre Brüste zusammenzog und an die Tür trat, um diese zu öffnen. »Er wird schon wiederkommen.«

Doch Amanda schien sich wirklich Sorgen zu machen. »Er ist total betrunken und ist einfach in den Wald hineingelaufen. Bitte, du musst mir helfen ihn zu suchen.«

Ich trat hinter Leah und sagte zu Amanda: »Wir sind gleich unten in der Lobby.«

Innerlich verfluchte ich Alex, dass er mir den Abend vermasselt hatte, doch mit Bergpumas und anderen Wildtieren war es da draußen äußerst gefährlich.

Und obwohl mir die Vorstellung, wie Alex von einem Bären gefressen wurde, gefiel, brachte ich es nicht übers Herz, Amanda die Hochzeit zu versauen.

Kapitel 12

LEAH

Frustriert stand ich in der Lobby, verschränkte die Arme vor der Brust und machte ein Gesicht wie Sieben-Tage-Regenwetter. Dieser verdammte Idiot Alex hatte mich gerade um Sex mit meinem Boss gebracht und obwohl ich froh sein sollte, dass wir vor einer Dummheit bewahrt worden waren, fühlte es sich mies an.

Dan stand neben mir, sah sich um und schien – anders als die anderen Hochzeitsgäste – sogar ein klein wenig glücklich über die Tatsache, dass mein Ex verschwunden war. Ich konnte es ihm nicht verdenken. Alex war einfach ein Arsch.

Ich lehnte mich gegen die Wand und betrachtete die aufgescheuchte Hochzeitsgesellschaft. Ein schöner Haufen waren wir. Man konnte genau erkennen, wer an der Schlacht in der Bar beteiligt gewesen war. Ein Cousin von Alex und Amanda hatte ein blaues Auge, während eine der Brautjungfern die Nase bandagiert hatte.

»Leah?« Eine Stimme riss mich aus meinen Gedanken und ich blinzelte müde Amanda an, die mit sorgenvollem Blick auf mich zutrat. »Wir haben eben alle in Grüppchen aufgeteilt. Dan wird mit ein paar anderen den Waldweg hinaufgehen. Wir beide bleiben hier im Hotel und durchsuchen die Räume und den Parkplatz.«

Ich nickte, zu erschöpft und grummelig um zu protestieren. Dan tauchte neben mir auf und legte seine warme Hand auf meinen Rücken, während er sich von mir verabschiedete: »Pass auf dich auf, Leah!«

Er hauchte mir einen leichten Kuss auf die Lippen und sah mich traurig an. Es schien, als wäre er jetzt auch viel lieber mit mir im Bett, als nach meinem untreuen Ex zu suchen.

»Pass du auf, dass du dem Bergpuma nicht wieder begegnest«, flüsterte ich ihm zu, bevor ich ihm ein das Haar aus dem Gesicht strich.

Er ächzte kurz auf, als ich dem kleinen Schnitt an seiner Stirn zu nahe kam, lächelte aber und ging mit den anderen Männern hinaus. Die Frauen der Gesellschaft waren bereits in die umliegenden Dörfer gefahren. Zurück blieben nur noch Amanda und ich. Unruhig stand sie da und sah mich an. »Denkst du, ihm ist etwas passiert?«

»So viel Glück haben wir nicht.« Ich schmunzelte und Amanda konnte sich ein Grinsen nicht verkneifen.

»Du bist echt unmöglich.«

»Deshalb magst du mich so gern«, antwortete ich und machte eine Bewegung mit dem Kopf in Richtung Aufzug. »Übernimm du den ersten Stock, ich den zweiten. Danach treffen wir uns im dritten und suchen dort gemeinsam.«

Amanda nickte und wir teilten uns auf, um den betrunkenen Alex zu finden. Jeder Winkel wurde durchkämmt und in keinem der Stockwerke war er auffindbar. Selbst als wir die Lobby und sämtliche Räume der untersten Etage durchsucht hatten, hatten wir keinen Hinweis darauf, wo Alex abgeblieben war. Meine Freundin wurde unterdessen immer unruhiger und irgendwann legte ich ihr den Arm um die Schulter und munterte sie auf: »Er ist sicherlich nur …«

Da kam es mir. In den acht Jahren unserer Beziehung hatte Alex den einen oder anderen Absturz gehabt. Jedes Mal war er davongelaufen und hatte sich in sein Auto gesetzt, bis sich die Lage beruhigt hatte.

»Ich glaube, ich weiß, wo Alex ist!«

Eilig griff ich nach Amandas Hand und führte sie hinaus ins Freie. Der Parkplatz des Hotels lag auf der gegenüberliegenden Straßenseite und war mit wenigen Schritten erreichbar. »Fährt Alex immer noch den roten BMW?«, fragte ich meine Freundin und zog sie hinter mir her.

»Ja, warum?«

Statt zu antworten, suchte ich das Gelände nach Alex' Wagen ab und als ich fündig wurde, konnte ich bereits von Weitem erkennen, dass er am Steuer saß.

»Ruf alle an und sag ihnen, wir haben den Idioten gefunden.«

Mit verschränkten Armen schlenderte ich auf den Wagen zu und klopfte an die Scheibe. Alex, der die Augen geschlossen hatte, zuckte regelrecht in sich zusammen, bevor er aufsah und mich entdeckte. Sofort öffnete er die Tür und trat torkelnd hinaus.

»Leah, du bis' surückge … surück … Aso wieda da.«

Ich sah ihn verwirrt an. »Zurückgekommen?«

»Na suuu mir? Du bis' wieda da«, lallte er grinsend und fiel mir um den Hals.

Ich hatte große Mühe, stehenzubleiben. Alex war zwar kein Riese, aber dennoch erdrückte er mich fast mit seinem Gewicht.

»Ich hab dich sooooooo ver…« Er stieß auf und für eine Sekunde hatte ich Angst, er würde sich auf mir übergeben. »Ich hab dich vermisst!«

Ohne mich loszulassen, sah mich Alex mit einem treudoofen Blick an. Ich war mir nicht mehr sicher, wie ich darauf reagieren sollte. Hatte ich ihn ebenfalls vermisst? Es wäre eine Lüge, wenn ich nein sagen würde. Doch hatte ich vor, zu ihm zurückzugehen, nach allem, was er mir angetan hatte? Eindeutig nein!

»Du bist betrunken, Alex!«, sagte ich genervt und lehnte ihn zurück ans Auto.

Doch er sah mich an wie ein geschlagener Hund, streckte die Hand nach mir aus und legte sie mir auf die Wange. »Du bissss sooooo schön, Liebes!«

»Alex, ich ...«, fing ich an, doch da hatte er mich schon an sich gezogen und drückte seine Lippen auf meine.

Wirre Gefühle machten sich in mir breit. Auf einer Seite war es Ekel, weil er nach Whiskey schmeckte. Auf der anderen Seite waren da die alten Gefühle, die ich irgendwo unter meinem Hass auf ihn vergraben hatte.

Ohne etwas dagegen tun zu können, schloss ich die Augen und ließ es einfach geschehen. Erst ein Räuspern brachte mich wieder in die Wirklichkeit zurück und ich stieß Alex erschrocken von mir. Dan stand ganz in der Nähe und sah erst mich, dann Alex an. Ich konnte den Schmerz in seinem Blick regelrecht fühlen.

Warum verdammt noch mal ließ ich mich auch von diesem Kerl küssen?

»Ich liebe dich, Leah!«, brach es schließlich aus Alex hervor und ich sah ihn mit offenem Mund an.

»Aber ich liebe dich nicht!« Kopfschüttelnd ließ ich Alex stehen und ging auf Dan zu.

»Du has... du hast mich auch geküsst, Baby!«, rief mir Alex hinterher, als ich Dan am Arm packte und ihn mit mir zog.

»Nein, habe ich nicht«, nuschelte ich zur Antwort, mehr um mich selbst zu überzeugen als Alex.

»Doch, hast du schon!«, kam es von meinem Boss und ich sah ihn verwirrt an.

Ja, ich hatte einen schwachen Moment, und ja, es war dumm von mir gewesen, ... aber das hatte nichts zu bedeuten! Doch als ich Dan in die Augen sah, wusste ich, dass es für ihn mehr bedeutete.

Der Zauber zwischen uns war mit einem Mal erloschen.

Kapitel 13

Leah
Mittwoch vor der Hochzeit

Nicht eine Sekunde hatte ich geschlafen, so schlecht fühlte ich mich wegen des Kusses mit Alex. *Verdammt, wie hatte ich es nur zulassen können, dass dieser schmierige Arsch mir so nahekommt?*

Wie Dan geschlafen hatte, wusste ich nicht. Wenn er wie ich wach gelegen hatte, dann hatte er dies gut versteckt.

Direkt nach dem Vorfall war er an die Bar verschwunden und erst Stunden später in unser Zimmer geschlichen.

Jetzt lag ich mit offenen Augen im Bett und starrte an die Decke. Dan war längst aufgestanden und wieder verschwunden und ich fragte mich, wie ich das je wiedergutmachen konnte.

Ich quälte mich unter meiner Decke hervor und schleppte mich ins Badezimmer, nur um direkt in eine breite nackte Brust zu rennen. Blinzelnd sah ich auf und blickte in die wunderschönen Augen meines Chefs. Er blickte traurig zurück.

»Ich bin gleich fertig«, sagte er kalt und wollte die Tür wieder schließen.

»Warte, Dan!« Ich stellte meinen Fuß zwischen Tür und Rahmen, um ihn daran zu hindern, diese zu schließen. Dabei hatte ich ganz vergessen, dass ich keine Schuhe trug. Schmerzerfüllt zuckte ich zusammen, als die Tür meinen Fuß einklemmte, und Dan riss erschrocken die Augen auf.

»O verdammt, Leah. Das tut mir leid.«

Stützend kam er mir zu Hilfe, legte den Arm um mich und führte mich zum Bett. Als er vor mir auf die Knie ging, nur in einem Handtuch bekleidet, vergaß ich für einen Moment den Schmerz und verspürte das Verlangen, meine Finger durch sein dunkles Haar gleiten zu lassen. Doch ich tat es nicht.

Dan inspizierte meinen Fuß, streichelte mehrfach darüber und sah mich dann sorgenvoll an. »Was hast du dir nur dabei gedacht, deinen Fuß einfach in die Tür zu stellen?«

»Es tut mir leid. Ich hab nicht nachgedacht«, stieß ich hervor und war mir nicht mehr sicher, ob ich wirklich noch von meinem Fuß sprach. »Ich war dumm und hab mich hinreißen lassen. Aber es hatte nichts zu bedeuten.«

Verwirrt sah Dan mich an. »Wovon reden wir eigentlich gerade?«

Traurig sah ich ihn an, schüttelte den Kopf und griff mir ins wirre Haar. »Es tut mir leid, Dan. Wirklich!«

Er atmete tief ein, ließ mich dabei nicht aus den Augen, bevor er seine Hände auf meine Oberschenkel legte und näher an mich heranrückte.

»Ich weiß, was gestern zwischen uns passiert ist, war alles andere, als wie es zwischen Boss und Angestellten laufen sollte. Und offen gesagt habe ich keine Ahnung, wie das wird, wenn wir zurück in Boston sind. Aber weißt du was? Es ist mir egal, denn … du bist etwas ganz Besonderes, Leah. Ich will nicht, dass es wieder so wird, wie es war, sobald wir am Montag im Büro sitzen. Ich möchte nicht an deinem Schreibtisch vorbeilaufen und fragen, was es Neues gibt. Ich will an deinen Schreibtisch treten und dich küssen und fragen, ob du mit mir ausgehen willst. Und weißt du, warum?«

Für einen Moment schwieg er und sah mich an, während ich wie gebannt seinen Worten lauschte. Er sprach weiter: »Weil ich das schon längst hätte tun sollen!«

Ich beugte mich vor, wollte sein Gesicht in meine Hände nehmen und an mich ziehen, doch er hielt mich zurück. »Es tat so verdammt weh, als du mich gestern Alex genannt hast.

Von dem Kuss will ich gar nicht erst reden. Aber es hat mir auch gezeigt, dass du noch nicht soweit bist. Ich möchte nicht mit dir ausgehen in dem Wissen, dass du noch immer an ihn denkst. Du musst dir erst über deine Gefühle klar werden.«

»Aber Dan. Ich weiß …«, wollte ich protestieren, doch er fiel mir ins Wort.

»Ich will dich, Leah. Ich will dich schon seit dem Moment, als du zum Bewerbungsgespräch in mein Büro gekommen bist. Ich habe es verdrängt und nicht wahrhaben wollen. Jetzt weiß ich es. Aber ich will dich nur, wenn du mit deinem ganzen Herzen bei mir bist.«

Worte formten sich in meinem Mund, die diesen nicht verließen, denn Dan stand auf, küsste meine Stirn und ging zurück ins Badezimmer. *Verdammt, ich war so dämlich.*

Als wir etwa eine Stunde später beim Frühstück saßen, gab es von Alex und Marge keine Spur zu sehen. Mir konnte das nur recht sein, denn mein Ex war der Letzte, dem ich im Moment begegnen wollte. Dennoch war die trübe Stimmung zwischen Dan und mir deutlich spürbar.

Nach dem Frühstück wollten wir uns gerade zurückziehen, als Amanda auf uns zukam und grinste. Sie hatte am Vorabend alles mitbekommen und wirkte fast zu fröhlich.

»Na, ihr Turteltäubchen? Bereit für euren Couple-Spa-Day?«

Ich sah erst sie an, dann Dan und schüttelte den Kopf. »Ich glaube nicht …«

»Also eigentlich …«, fiel mir Dan ebenfalls ins Wort, »wollten wir was anderes …«

»Blödsinn!«, wies uns Amanda zurück. »Die Anwendungen sind bezahlt. Ihr geht da jetzt hin und genießt euren Tag!«

Dan nickte und gab mir ein Zeichen. »Ich muss noch kurz ein paar Anrufe erledigen. Wir treffen uns dann auf dem Zimmer, bevor wir zum Spa gehen.«

Damit schlich er von dannen und ich blieb mit meiner Freundin zurück. »Amanda, das ist keine gute Idee!«

»Und ob das eine gute Idee ist!« Sie sah mich böse an. »Der Kuss gestern ging von Alex aus und war nicht deine Schuld. Ich habe schon gesehen, wie wortkarg ihr beiden miteinander umgeht. Was gibt es Besseres als ein Tag im Spa, um die Fronten zu klären?«

Ich wollte protestieren, doch sie ließ mich einfach stehen und lief davon. Kurz, bevor sie die Tür zum Speisesaal erreicht hatte, drehte sie sich noch einmal um und rief mir zu: »Viel Spaß!«

Als ich wenige Minuten später unser Zimmer erreicht hatte, atmete ich noch einmal tief durch, bevor ich es betrat.

Dieser Spa-Day war im Moment das Letzte, dass ich gebrauchen konnte, und vielleicht schaffte ich es doch, Dan zu überreden, die Sache abzublasen. Doch kaum stand ich im Zimmer, sah ich Dan nur in einem weißen Bademantel bekleidet am Schreibtisch stehen und mich angrinsen.

»Ich hab uns Bademäntel an der Rezeption geholt. Für das Spa.«

»Oh«, sagte ich und war nicht sicher, was ich darauf antworten sollte. »Du willst also wirklich ins Spa?«

Perplex sah er mich an. »Ja, warum?«

»Na wegen … du weißt schon … wegen der Sache.«

»Das Spa ist wahrscheinlich der letzte Ort, an dem wir diesem Idioten heute begegnen. Ich bin also mehr als bereit dafür.«

Ich lächelte halbherzig und sah zu, wie Dan nachdachte. »Wobei Marge solch eine Schlammpackung sicher schöner machen würde. Zumindest, bis das Zeug abbröckelt.«

Ich kam nicht umhin und musste kichern. »Du bist unglaublich, Dan!«

»Unglaublich schön?«, fragte er, während er mir zuzwinkerte.

Meine Lippen verzogen sich zu einem Lächeln. »Ich ziehe mich um, du Schönheitskönig.«

Wir erreichten das Spa im Nebenflügel des Hotels und wurden dort bereits von einer jungen Frau empfangen, die uns höflich anlächelte. »Mr. und Ms. Greco?«, fragte sie uns und sah uns wartend an.

Ich wollte sie eben korrigieren, als Dan mir zuvorkam: »Richtig.«

Perplex warf ich ihm einen Seitenblick zu, den er gekonnt ignorierte. Stattdessen nahm er meine Hand und grinste breit.

Wir wurden in einen Massageraum geführt und gebeten, uns zu entkleiden, und ich sah mich hilfesuchend um. Dan hatte mich bereits fast nackt gesehen, dennoch hatte ich das Gefühl, dass das hier die Grenzen überstieg, nach unserem Gespräch am Morgen. Doch Dan schien das anders zu sehen, denn sobald die Empfangsdame den Raum verlassen hatte, entledigte er sich seines Bademantels und stand nur noch in Boxershorts vor mir. Der Anblick war wirklich zum Anbeißen und innerlich kochten wirren Gefühle über. Wie konnte er nur so verdammt perfekt sein?

»Müssen wir uns vollständig entkleiden?«, fragte Dan und riss mich aus meinen erotischen Tagträumen.

»Ich glaube nicht«, murmelte ich und überlegte, wie ich auf die Liege kam, ohne mich direkt vor meinem Boss zu entblößen. Doch der stand nur wartend da.

»Willst du dich im Bademantel massieren lassen?«

»Nein, aber … also …«, stotterte ich, »kannst du dich mal bitte umdrehen?«

Dan zog die Augenbrauen in die Höhe und öffnete überrascht den Mund. Dann schloss er ihn wieder, drehte sich von mir weg und wartete, bis ich den Bademantel ebenfalls abgelegt hatte und mich nur im Höschen auf die Massageliege legte.

»Okay, du kannst dich wieder umdrehen«, rief ich ihm zu und hörte, wie die Liege neben mir knackte.

Ich hoffte ganz inständig, dass das Bad in Milch und Honig ein Scherz von Amanda war, denn ich wusste nicht, wie ich ein gemeinsames Bad mit diesem äußerst attraktiven Kerl überleben sollte.

Die Tür ging auf und ich hörte Schritte. Ich versuchte, mich zu entspannen, als zärtliche Hände auf meinen Rücken trafen, gefolgt von warmem Öl. Während die Hände des Masseurs meine Muskeln kneteten, ließ ich endlich los, schloss alle negativen und vor allem erotischen Gedanken aus und verfiel in eine Art Halbschlaf. Verdammt, ich sollte mir öfter solch eine Massage gönnen.

Langsam glitten die Hände tiefer über meine Beine, bis hinunter zu meinen Füßen. Ich schwebte, entspannte mich und wollte ewig dort liegen, als mich Dans Stimme aus dieser Trance riss.

»Was kann ich tun, damit du ihn vergisst?«

Überrascht sah ich auf, doch die Liege neben mir war leer. Mit aufgerissenen Augen drehte ich mich zu meinem Masseur um und war überrascht, Dan zu sehen, der mit geübten Fingern meine Wadenmuskulatur knetete.

»Was tust du da?«

»Ich hab die beiden Masseurinnen weggeschickt.« Unsicher senkte er seinen Blick und wartete, dass ich etwas sagen würde.

»Aber warum?«

»Ich wollte mit dir allein sein. Was ich heute Morgen gesagt habe, meinte ich wirklich so. Ich will nicht … wenn wir … also … Ich will nicht, dass du an ihn denkst, wenn wir beide …« für einen Moment schloss er die Augen und kämpfte regelrecht mit seinen Gedanken. »Aber ich kann mich auch nicht einfach von dir fernhalten.«

Ich wollte mich aufsetzen, doch da ich obenrum vollkommen nackt war, ließ ich es bleiben. Stattdessen sah ich ihn an. »Alex ist mir egal. Er ist Geschichte und wenn diese Hochzeit nicht gewesen wäre, hätte ich wohl auch keinen Gedanken an ihn verschwendet. Der Kuss gestern kam überraschend und für eine Sekunde hat mein Kopf einfach abgeschaltet und ihm die Führung überlassen. Das war dumm und nicht gewollt. Aber Dan, ich …«

Mist, was sollte ich ihm jetzt sagen? Er sah mich wartend an, ohne dabei die Massage zu vernachlässigen.

»Ich will nicht, dass du dich von mir fernhältst.«

Das war ehrlich. Aber bei Dan kam man nur mit der Wahrheit weiter.

Ein Lächeln huschte über seine Lippen, während er einen Schritt auf mich zu tat und seine Hände über meinen Rücken gleiten ließ. Sein Gesicht senkte sich zu meinem Ohr hinunter und er hauchte mir zu: »Selbst wenn ich wollte, ich bin machtlos gegen deine Anziehungskraft.«

Ohne darauf zu achten, dass wir beide nur in Höschen und Boxershorts waren, setzte ich mich endlich auf, zog ihn zwischen meine Beine und legte meine Hand um seinen Nacken. Er zögerte keine Sekunde, bevor er seine Lippen auf meine legte. Gänsehaut wanderte über meinen ganzen Körper.

Der Kuss katapultierte mich in andere Sphären. *Verdammt, wo hatte er gelernt, so zu küssen?*

Dans Hände glitten sanft über meinen Rücken, während er mich fest an sich gepresst hielt. Die Wärme seines Körpers ließ das Feuer in mir auflodern und meine Finger wanderten vorsichtig über seine Brust. Er seufzte in meinen Mund hinein, während er den Griff um meinen Körper verstärkte. Seine Lippen glitten vorsichtig über meinen Hals und plötzlich hielt er inne. Ich spürte, warum. Etwas Hartes presste gegen meinen Bauch und verstohlen sah ich hinunter. Er folgte meinem Blick und wurde augenblicklich rot.

»Ich habe meine 30 Zentimeter nicht mehr unter Kontrolle.« Er kicherte mir ins Ohr und biss mich dabei ins Ohrläppchen.

»Diese imposante Größe wirst du mir ewig vorhalten, oder?«, fragte ich kichernd.

»Ein solches Kompliment hat mir eben noch nie eine Frau gemacht.«

Ohne von meinem Hals abzulassen, ließen seine Hände von meinem Rücken ab und legten sich auf meine Oberschenkel. Langsam wanderten sie höher und ein Stöhnen entwich meinem Mund. *Verdammt, was tat er nur mit mir?*

Instinktiv glitten meine Hände ebenfalls tiefer, bis ich den Bund seiner Boxershorts erreicht hatte.

Dan hielt kurz inne und flüsterte dann: »Ich muss dir ein Geheimnis verraten, Leah.«

Ich spürte seine Bartstoppeln auf meiner Schulter und erzitterte. »Ein Geheimnis?«

»Ja«, antwortete er mir leise. »Es sind keine 30 Zentimeter.«

Ich konnte nicht anders und fing an zu lachen. »Das hätte mir auch wirklich Angst gemacht.«

Er sah auf, blickte mir direkt in die Augen und sagte ernst: »Und ich glaube, ich fange an, mich in dich zu verlieben.«

Kapitel 14

DAN

Die Zeit schien relativ in diesem einen Augenblick. Leah starrte mich an, als hätte ich ihr eben eröffnet, ich sei ein zweiköpfiges Alien. Mit meinem Blick flehte ich sie stumm an, etwas zu sagen. Doch sie schwieg. Ihr schöner Mund formte Wörter, die unausgesprochen blieben. Ihre Augen durchdrangen die Tiefen meiner Seele und ihre warme kleine Hand lag um meinen Nacken.

War ich zu weit gegangen? War mein Geständnis zu viel für sie gewesen?

»Sag doch was, Leah!«, flehte ich sie an und erst jetzt schien sie aus ihrer Schockstarre zu erwachen.

»Was?«, fragte sie verwirrt und blinzelte.

»Ich … also … da ist …«, stotterte ich wie ein unsicherer Teenager.

Leahs Kopf legte sich zur Seite und ihre dunklen Augen durchbohrten mich. »Du glaubst …?«

»Ja. Ich glaube, dass ich …«, versuchte ich den Satz fortzuführen, doch sie unterbrach mich.

»Wie, bitte, kann man glauben, sich zu verlieben? Das ist nichts Halbes und nichts Ganzes.«

Perplex starrte ich hinunter auf die vollen Lippen, die zum Küssen einluden. Was wollte sie denn dann von mir? Ich öffnete den Mund und sagte: »Hätte ich …?«

»Küss mich, du liebestoller Idiot, und dann versuch es noch einmal!«

Italienisches Temperament … was kann man dazu sagen? Ohne lang darüber nachzudenken, presste ich meine Lippen stürmisch auf ihren Mund. Sie erwiderte den Kuss gierig und ich blieb verwirrt zurück. Als sie sich löste, sah sie mich wartend an.

»Ähm, also … Leah, ich … glaube …«

Ein genervtes Seufzen drang über ihre Lippen.

»Du glaubst? Verdammt, Dan! Sag mir endlich, dass du mich liebst«, keifte sie mich ungeduldig an.

»Ich liebe dich!«, stieß ich hervor und ihre Augen fingen an zu leuchten. »Leah Greco, ich bin verdammt noch mal in dich verliebt!«

Die Mundwinkel meiner Assistentin zogen sich verführerisch in die Höhe und ihre Beine klammerten sich um meine Taille. Mit einem Ruck hatte sie mich an sich gezogen und sah mir tief in die Augen. »Dan?«

»Ja, Leah?« Mein Atem ging schnell und ich wollte nichts mehr, als diese Frau ganz zu spüren.

»Dan?«, hauchte sie erneut.

»Ja, Leah?« Meine Stirn lag auf ihrer und meine Lippen suchten nach ihrem Mund.

»Dan. Da hat jemand an die Tür geklopft.«

Ich hielt inne. War es in diesem verdammten Hotel denn nicht möglich, eine Frau zu verführen?

Genervt löste ich mich von Leah, reichte ihr ein Handtuch und öffnete die Tür einen Spalt. Eine der Masseurinnen stand unsicher vor der Tür und stotterte etwas von »Zeit abgelaufen« herum. Ich drückte die Tür wieder zu und drehte mich zu Leah um.

»Weißt du was? Ich habe gerade überhaupt keine Lust mehr auf einen Spa-Day oder dieses Hotel. Lass uns von hier verschwinden!«

Leah grinste, während sie in ihren Bademantel schlüpfte. »Das klingt aufregend. Ich fühle mich wie ein unartiger Teenager. Nur mit dem Unterschied, dass ich nie unartig war als Teenager.«

Ich zog ebenfalls meinen Bademantel über und fragte sie: »Was wolltest du denn schon immer mal machen und hast dich als artiger Teenager nie getraut?«

Sie blickte nachdenklich drein und überlegte. »Sex im Auto!«

Überrascht sah ich sie an. »Du hattest noch nie Sex im Auto?«

»Noch nie!« Sie schüttelte den Kopf.

»Erwarte aber nicht zu viel. Das kann ziemlich eng werden.« Ohne ein weiteres Wort zog ich sie hinter mir her, verließ den Massage-Raum und fuhr im Fahrstuhl mit ihr hinauf in unser Schlafgemach. Wir stürmten regelrecht das Zimmer und ich rief ihr zu: »Zieh dir was über. Wir nehmen meinen Wagen.«

Ich erwartete irgendwie schon Proteste von meiner braven Assistentin, doch ihre Augen leuchteten vor Verlangen, und bevor ich mich versah, hatte sie sich ein leichtes Sommerkleidchen angezogen und biss sich sexy auf die Unterlippe.

Ich schaffte es gerade noch in meine Shorts, als ihr Höschen in meine Richtung geflogen kam. *Verdammt, diese Frau brachte mich schon vor dem Sex vollkommen um den Verstand.* Kaum hatte ich mein T-Shirt übergezogen, schnappte ich mir meine Autoschlüssel und nahm ihre Hand. Wir hetzten regelrecht hinunter und vorbei an etlichen anderen Hochzeitsgästen. Doch wir hielten uns nicht mit Begrüßungen auf.

Wir hatten eine Mission!

Obwohl wir es eilig hatten, blieb ich ganz der Gentleman, den Leah verdiente, öffnete ihr die Wagentür und stieg dann selbst ein.

Kurz überdachte ich mein Vorgehen und fragte mich, wo wir hier ungestört das tun konnten, was wir schon tagelang wollten, bis mir der Wald einfiel, durch den wir gewandert waren. Es führte eine Straße vom Parkplatz ab und mit etwas Glück waren wir dort ganz allein.

Ich raste viel zu schnell die Straße hinunter, während Leah meine rechte Hand nahm und auf ihren Oberschenkel legte. Allein der Gedanke, dass sie kein Höschen trug, ließ meinen Schwanz so stark pochen, dass ich Angst hatte, meine Shorts würden explodieren.

Wir erreichten gerade den Parkplatz, als meine Finger Leahs Mitte erreichten und ich ein gequältes Stöhnen ausstieß. Ich war schon kurz davor, den Wagen am Straßenrand zu parken, doch die letzten funktionierenden Gehirnzellen riefen mich zur Vorsicht auf.

Ich ließ den Parkplatz hinter mir, während meine Fingerspitzen vorsichtig über Leahs glattrasierte Haut streichelten. Ich war so kurz davor zu zerbersten, dass ich fast blind in den Wald hineinfuhr.

Dieser Weg war nicht für Autos freigegeben und der Wagen hüpfte über Wurzeln und Steine. Wahrscheinlich benötigte ich danach neue Stoßdämpfer, doch das war mir in diesem Moment vollkommen egal.

Endlich fand ich eine kleine Weggabelung, die in ein dichtes und viel dunkleres Waldstück führte. Ich fuhr hinein, hielt den Wagen an und sah atemlos die Frau neben mir an, die lustvoll mit meinen Fingern spielte. Ich löste unsere Gurte und brachte die Sitze in Liegeposition.

Mir war es vollkommen egal, dass sich auch Wanderer in diesem Waldstück befanden. Ich wollte nur Leah spüren und zog sie auf meinen Schoß, wobei sie sich unsanft den Kopf am Wagendach stieß. Kopfschüttelnd stieß sie ein »Au« aus, bevor sie mich mit diesem Blick bedachte, der mir durch und durch ging.

Ich griff nach ihrem Kleidchen, wobei ich mich mit dem Arm im Gurt verhedderte. Genervt befreite ich mich, bevor ich Leah gierig die Kleider vom Leib riss.

Bewundernd wanderte mein Blick über ihren nackten Körper und die sonnengebräunte Haut. Sie war so vollkommen und perfekt, dass ich jeden Zentimeter ihres Körpers kosten wollte.

Während Leah anfing, meine Shorts hinunterzuziehen, legte sich mein Mund auf ihre steifen Nippel und meine Zunge liebkoste ihre Haut.

Wie hatte ich es nur geschafft, ein ganzes Jahr neben diesem wundervollen Geschöpf zu arbeiten, ohne auch nur einmal … *Nein, so war das nicht ganz richtig.* Ich hatte mir sehr wohl vorgestellt, wie es wohl wäre, wenn ich sie auf meinem Schreibtisch …

Da lag auch schon ihre Hand auf meinem besten Stück und ich stöhnte lustvoll auf: »Oh, fuck. Hör nicht auf, Leah.«

Sie rieb sich an mir, ließ ihre Hand vor- und zurückschnellen, während ich ihre Hüfte griff und sie über mich bewegte. Ich hatte keine Ahnung, ob ich noch die Kraft für ein Vorspiel hatte.

Zum Glück schien es Leah nicht anders zu gehen, denn ohne Vorwarnung nahm sie mich in sich auf. In dem Moment, als sie sich auf mich setzte und ihre Hüften vor und zurück kreisen ließ, war es um mich geschehen. Die Art, wie sie ihren Kopf zurückwarf und sich selbst berührte, verlangte mir alles ab. Ich stand kurz davor, in ihr zu kommen.

Als wüsste Leah ganz genau, wie sehr sie mich quälte, wurden ihre Bewegungen immer wilder. Sie ritt mich regelrecht in Ekstase und ich versuchte krampfhaft, an etwas anderes zu denken. *Verdammt, dieser Hüftschwung.*

Mit jedem Stoß verlor ich mehr an Beherrschung und gerade als ich nicht mehr an mir halten wollte, knallte eine riesige Tatze gegen die Scheibe meines Autos. Wie in einem bösen Traum blickte ein Bär zu uns hinein und mein angekündigter Höhepunkt löste sich in Luft auf. »O Shit! Ein Bär. Leah!«

Doch Leah schien das vollkommen egal zu sein, denn ohne die Augen zu öffnen, keifte sie mich an: »Hör jetzt bloß nicht auf, Dan! Ich bin kurz dav… ohhh … Dan … ohhh … ich komme …«

Ich spürte, wie sich ihre Muskeln um meinen Penis zusammenzogen, während sie wild vor und zurückwippte. Sie stöhnte laut … zu laut, denn der Bär schien das Ganze als Angriff zu sehen und bäumte sich vor meinem Fenster auf. Doch Leah war so wild, dass sie davon gar nichts mitbekam.

Ich dagegen starrte abwechselnd auf den heißen Körper von Leah und dem angriffslustigen Bären hin und her und hatte alle Mühe, nicht vollkommen aus der Haut zu fahren. So hatte ich mir den ersten Sex sicherlich nicht vorgestellt. Leah sackte auf mir zusammen, murmelte mir ins Ohr: »Das war so verdammt gut.«

»Leah, da ist …«, keuchte ich und sah, wie sie sich lächelnd aufrichtete.

»Dan, ich liebe …« Ihr Blick fiel endlich auf den Störenfried hinüber, der nur durch eine Scheibe getrennt neben uns stand und merkwürdige Geräusche ausstieß.

Ein Kreischen, … fliegende Beine und eine vollkommen hysterische Leah brachten das Ungetüm letztlich wieder in Rage. »Da ist ein Bär!«

»Das sage ich doch schon die ganze Zeit!«, brach aus mir heraus.

»Schnell, fahr los!«, schrie Leah, die versuchte, sich ihr Kleidchen wieder überzuziehen. Mit heruntergelassenen Shorts startete ich den Wagen und legte den Rückwärtsgang ein. Weg von dem wilden Bären und zurück in die Zivilisation.

Ich war nun mal nicht geschaffen für die Wildnis.

Kapitel 15

LEAH

Atemlos lagen wir auf dem Bett und starrten hinauf an die Decke. Nach diesem irrsinnigen Abenteuer waren wir wie geisteskrank in unser Zimmer gesprintet und hatten uns lachend in die Laken fallen lassen. So viel Pech wie wir konnte man doch gar nicht haben.

Als wir uns beruhigt hatten, schloss ich für einen Moment die Augen. *Verdammt, ich hatte eben mit meinem Boss geschlafen und wäre fast von einem Bären überfallen worden.*

Erst jetzt realisierte ich das ganze Ausmaß dieser verkorksten Situation. Doch statt es zu bereuen, huschte mir ein Lächeln über die Lippen. Ich hatte verdammt noch mal mit meinem Boss geschlafen! Wir hatten Sex! Er hatte sein … *okay, zu viel Details!*

»Ich hatte noch nie so viel Angst beim Sex wie eben«, nuschelte Dan neben mir und ich öffnete die Augen und sah ihn an.

»Und ich hatte noch nie so guten Sex wie eben.«

Ungläubig sah mich Dan an und schüttelte den Kopf. »Ich bin noch nicht einmal zum Ende gekommen wegen …«

Weiter kam er nicht, denn ich rollte mich auf ihn und presste meine Lippen auf seinen Mund. Nach einem Jahr Abstinenz hatte ich endlich wieder Sex. Verdammt guten Sex. Sex mit meinem Boss. Ich wollte mehr.

Und scheinbar wollte Dan das auch, denn ich konnte das Pochen seiner Männlichkeit zwischen meinen Schenkeln spüren, als ich auf ihm saß. Mit einem geschickten Griff hatte er mich wieder entkleidet und ließ seine Blicke über meinen nackten Körper wandern.

Bei ihm fühlte ich mich schön, begehrt. Es war einfach anders als mit Alex, der immer auf seinen eigenen Vorteil bedacht gewesen war. Sanft wanderten Dans Hände über meine Brüste und ungewöhnlicherweise hatte er keinen lustigen Spruch auf den Lippen. Er wirkte nachdenklich. Bereute er etwa, was wir eben getan hatten?

Doch meine Bedenken schienen unbegründet, denn er schlang seine Arme um meinen Körper und setzte sich auf. Stück für Stück verschlang er meinen Körper mit seinen Blicken, bevor er sagte: »Du bist so wahnsinnig schön.«

Stürmisch trafen sich unsere Münder, heißer Atem wanderte über meinen Hals, als er jeden Zentimeter davon mit Küssen bedeckte. Meine Haut prickelte unter seinen Berührungen, als seine Fingerspitzen sanft über meinen Bauch glitten.

Die langsam kühler werdende Luft, die durch die Balkontür hereinwehte, ließ mich erzittern, doch das kümmerte mich nicht. Meine Hände griffen in Dans dunkles Haar, ich schloss die Augen und ein lustvolles Stöhnen drang über meine Lippen.

Die heißen Küsse wanderten langsam tiefer und bevor ich mich versah, legte mich Dan auf meinem Rücken ab und glitt zwischen meine Beine.

Noch einmal sah er zu mir auf, bevor seine Lippen auf meiner Mitte lagen und er mich genussvoll leckte. Die Gefühle, die durch meinen Körper schossen, waren unbeschreiblich und während meine Hände lustvoll in die Laken griffen, bäumte sich mein Körper auf, näher zu ihm, fordernder.

Mein Atem ging schneller. Die Blitze, die durch meinen Körper schoss, waren so großartig, dass ich nicht mehr an mir halten konnte. Nie zuvor hatte ich so etwas erlebt.

Ob es daran lag, dass ich unerfahren und die einzigen Männer, mit denen ich je geschlafen hatte, egoistische Idioten waren, ich wusste es nicht. Doch was Dan da mit seiner Zunge zwischen meinen Beinen veranstaltete, schoss mich hinauf auf Wolke sieben und ließ mich schwerelos darüber hinwegschweben. Mit jedem Zungenschlag brachte er mich näher an meinen Höhepunkt und dabei waren die einzigen Höhepunkte, die ich je erlebt hatte, die, die ich mir selbst verpasst hatte und der im Auto, während uns der Bär überraschte.

Die Lust rollte durch meinen Körper wie heiße Lava. Meine Beine begannen zu zittern und ich spürte die Kontraktionen in meinem Inneren. Schreiend bäumte ich mich unter Dans Küssen auf, doch er schien gar nicht genug von mir zu bekommen. Kurz sah er zwischen meinen Beinen auf und grinste, bevor seine Finger über meine Nässe streichelten. Ich presste meine Beine zusammen, weil jeder Millimeter meiner Mitte übersensibel wirkte.

»Gib mir … nur eine … ich brauche …«

Mehr als ein Hecheln brachte ich nicht hervor. Dan richtete sich zwischen meinen Beinen auf, doch statt von mir abzulassen, liebkoste er meine Brüste, sog an meinen Nippeln und suchte mit seiner Hand nach meinem feuchten Spalt.

Ich wollte ihn davon abhalten, da ich noch nicht bereit war, doch da drangen seine Finger schon in mich ein. Meine Proteste verhallten in seinem Mund, als er mich stürmisch küsste und dabei wieder und wieder in mich glitt. *Verdammt, was tat er nur mit mir?*

Es fühlte sich so gut an, dass mein Widerstand erlosch und ich mich ihm hingab. Bevor ich mich versah, kündigte sich ein neuer, noch heftigerer Orgasmus an und erstaunt über meinen eigenen Körper, schlang ich meine Arme um Dans Hals. Er ließ mich keine Sekunde aus den Augen, als nährte er sich an meiner Lust. Erst als ich seinen Namen schrie, ließ er von mir ab.

Ich lag zitternd da, konnte nicht glauben, was er mit meinem Körper anstellte. Doch als er sich vor mir entkleidete, wusste ich, dass er noch lang nicht mit mir fertig war.

Zum ersten Mal hatte ich wirklich Gelegenheit, seinen Körper zu bewundern. Er war sportlich, doch nicht aufgepumpt. Sein beachtlicher Schwanz war ein wahrer Augenschmaus und stand bereit wie eine Eins.

Ich wollte ihn, obwohl ich in den letzten Stunden bereits drei Mal gekommen war. Jede Faser meines Körpers wollte ihn genießen und küssen. Als er wieder zu mir auf die Matratze kroch, spreizte ich wie selbstverständlich meine Beine für ihn.

Mit einem Lächeln auf den Lippen nahm er die Einladung an und befand sich im Nu über mir. Doch statt in mich einzudringen, küsste er mich, ließ seine Lippen über mein Ohrläppchen gleiten und flüsterte mir ins Ohr: »Mein Penis war schon im Guinness-Buch der Rekorde.«

Erstaunt sah ich auf und fragte: »Echt jetzt?«

Dans Mundwinkel schossen in die Höhe. »Ja, bis ich aus der Bibliothek geflogen bin.«

Einen Moment überlegte ich, dann schloss ich kichernd die Augen. »Du erzählst sogar beim Sex Witze?«

»Zuerst mache ich mich zur Lachnummer, dann zum Höhepunkt des Abends.« Dan verzog smart den Mund zu einem Grinsen. »Der war eindeutig zweideutig.«

Ich spürte Dans erigierte Schwanzspitze an meinem Eingang und legte meine Hände auf seinen Po. Ich konnte es kaum erwarten, ihn in mir zu spüren, doch er ließ sich quälende Minuten Zeit und knabberte stattdessen an meinem Hals.

Zwischen den heißen Küssen sagte er mit verstellter Stimme: »Mami, Mami, der Hund fickt.« – dann sprach er mit tieferer Stimme: »Dann schau weg!«

»O Gott, Dan. Hör auf damit.« Ich kicherte vor mich hin.

Seine Stimme wurde wieder höher und er sah mich an wie ein kleiner Junge. »Aber Mami, es tut so weh!«

Lachend brach es aus mir heraus: »Du Idiot! Halt endlich die Klappe und fick mich!«

Das ließ sich mein sexy Boss nicht zweimal sagen und als er stürmisch in mich eindrang, blieb mir für einen Moment die Luft weg. Es fühlte sich so gut an, als er sich langsam in mir bewegte. Die Muskeln in seinem Po spannten sich an wie harter Stahl und seine Atmung ging schneller. Seine Stöße wurden dringlicher und wir stöhnten im Takt zum Knarren des Bettes. Wahrscheinlich wurde das ganze Hotel Zeuge von unserem Liebesspiel, doch das spielte für uns keine Rolle.

Ich konnte spüren, wie Dan in mir pulsierte, als er plötzlich fragte: »Was ist ein Kondom mit Loch?«

Zwischen meinem Stöhnen hechelte ich: »Ernsthaft, Dan. Ich komme gleich und du erzählst noch immer Witze?«

»Die Antwort ist ›*Kinderüberraschung*‹. Damit wollte ich nur darauf hinweisen, dass wir schon zum zweiten Mal ungeschützt Sex haben.«

Mein anstehender Orgasmus verblasste im Nichts, als ich stoppte. In meinen Gedanken überlegte ich, wann ich die letzte Drei-Monats-Spritze bekommen hatte, und sah ihn fassungslos an. »Fuck!«

Wie von der Tarantel gestochen stieß ich Dan von mir und sprang aus dem Bett. Eilig schnappte ich mir die Bettdecke, wickelte sie um meinen nackten Körper und schrie: »Fuck, fuck, fuck!«

»Keine Sorge, ich bin beide Male nicht gekommen«, versuchte er mich zu beruhigen, als er ebenfalls aufstand und neben mich trat.

Ungläubig sah ich ihn an. »Hast du im Aufklärungsunterricht überhaupt nicht aufgepasst? Da kann … also da kommt … man kann … verdammt, du weißt schon!«

Dan zuckte mit den Achseln und fragte: »Wann hattest du deine letzte Periode? Oder wann kommt die Nächste?«

»Was ist das denn für eine Frage, Dan?« Mit großen Augen sah ich ihn an. Wie konnte er in so einem Moment nur daran denken?

»Nun sag schon«, forderte er mich auf.

»Ich bekomme sie nächste Woche. Warum?«

Dan winkte ab und erst jetzt fiel mein Blick über seinen nackten Körper und hinunter zu seiner Erektion. »Dann musst du keine Angst haben. Man ist nur etwa ein bis zwei Wochen nach dem Beginn der letzten Periode fruchtbar.«

Ich blinzelte. »Woher weißt du denn so etwas?«

Betreten sah er zu Boden: »Ich hatte auch … also ehemalige Beziehungen. Ist das so wichtig?«

»Ich hoffe, das war nicht die Methode, nach der du sonst verhütet hast. Oder gibt es da etwas, das ich wissen sollte?«

Abwehrend hob er die Hände. »Nein. Keine Sorge.« Dann überlegte Dan und schließlich fragte er: »Du hast nicht zufällig Kondome …?«

»Du willst jetzt wirklich noch …?«

»Verdammt, Leah! Mir platzen gleich die Eier!«

Schmunzelnd betrachtete ich das gequälte Gesicht meines heißen Chefs und fragte: »Haben Männer so etwas nicht in ihrer Geldbörse? Allzeit bereit und so.«

Er schüttelte den Kopf und zeigte zur Wand hinter dem Bett. »Ich kann ja mal Alex fragen.«

»Untersteh dich!«, warnte ich und sah, wie sein Mundwinkel zuckte.

»Ich war nicht in Erwartung von …« Händeringend suchte er nach den richtigen Worten: »Ich hatte das nicht geplant.«

»Hattest du nicht?«, fragte ich ungläubig.

»Nein. Du etwa?«

»Leah!«, hörte ich plötzlich ein Rufen von draußen. Wir hatten vollkommen vergessen, dass die Balkontür noch sperrangelweit offenstand.

Ich trat, nur im Laken eingewickelt, auf den Balkon und sah hinauf, wo meine beste Freundin mir zuwinkte. »Hier, Süße, fang!«

Bevor ich mich versah, warf sie mir ein Kondom zu und grinste bis über beide Ohren. »Warte, ich habe mehr.«

Ein ganzer Regen an Kondomen flog zu mir hinunter. »Was will ich denn mit so vielen …«

Da trat Dan an meine Seite, ein Buch vor sein Gemächt gepresst und rief hinauf: »Danke, Amanda. Wir werden sie brauchen!«

»Werden wir das?« Ich sah ihn mit großen Augen an.

»O Leah.« Seine Mundwinkel zogen sich in die Höhe. »Und wie wir das werden!«

Ich sammelte die Kondome auf und wollte gerade wieder ins Zimmer gehen, als ich sah, dass Alex auf seinen Balkon trat und mich über den lächerlich niedrigen Sichtschutz fast schon wütend ansah. Dan bemerkte es ebenfalls und hob die Hand mit dem Buch zum Gruß. Erst dann sah er, dass er sich vor meinem Ex vollkommen entblößt hatte, und wandte sich entschuldigend ab.

Ich huschte ebenfalls ins Zimmer, schloss die Balkontür und zog die Vorhänge zu. Streng drehte ich mich zu Dan hin. »Das hast du doch eben mit Absicht gemacht, oder?«

Unschuldig lächelte er mich an. »Ich weiß nicht, was du meinst.«

»Kleiner Exhibitionist!«

Dan sah an sich hinunter und meinte: »Ach komm. Der kleine Krieger kann sich doch sehen lassen.«

»Kleiner Krieger? Du gibst deinem Penis Namen?«

»Standhaft im Kampf. Steht seinen Mann. Strammer Bursche. Wie würdest du ihn denn sonst nennen?«

Ich überlegte und sah ihn dann freudestrahlend an. »Lustrüssel!«

»Ernsthaft? Du beleidigst den kleinen General. So steht er nie wieder auf. Jetzt ist er verwundet und suhlt sich im Selbstmitleid.«

Kichernd warf ich noch einen Namen hinterher: »Fleischpeitsche.«

»Das klingt interessant«, stellte Dan fest und ließ seinen Penis wie einen Helikopter kreisen.

Verstört sah ich auf das Schauspiel nieder. »Bitte tu das nie wieder!«

»Ach komm. Hättet ihr Mädels so einen hübschen Soldaten, würdet ihr dasselbe tun.«

»Nein, würden wir nicht.«

»Würdet ihr wohl!«

Ich sah ihn an, schmunzelte, weil ich wusste, dass er recht hat, und fragte: »Was machen wir jetzt mit deinem Schenkelspreizer? Ist er schon müde oder geht da noch was?«

Dans Augen funkelten auf und mit tiefer Stimme sagte er: »Lass das Laken fallen!«

Ich löste es und spürte, wie der feine Stoff sanft über meine nackte Haut glitt. Vollkommen nackt stand ich vor ihm und konnte sehen, wie er sich mit seiner Zunge die Lippen befeuchtete. Zwischen seinen Beinen zuckte es und ich betrachtete ihn gierig, während ich mich lässig an die Wand hinter mir lehnte.

»Komm her!«, sagte Dan streng und ich ging einen Schritt auf ihn zu. »Näher!«

»Ich mag es, wenn du den Boss raushängen lässt.« Ich grinste ihm zu.

Dan versuchte ernst zu bleiben, konnte aber gar nicht anders und lachte laut auf.

»Der Boss hängt tatsächlich im Freien. Wird Zeit, dass er aufsteht und sich an die Arbeit macht.«

»Soll deine Assistentin das ganze Mal in die Hand nehmen? Oder stehst du mehr auf mündliche …«

»Gott, du machst mich fertig, Leah«, hauchte Dan und setzte sich auf den Schreibtisch.

Unaufgefordert trat ich vor ihn, ließ mich langsam auf meine Knie sinken und nahm den kleinen Boss des großen Bosses in die Hand. Dans Augen weiteten sich, als ich meine Lippen anfeuchtete und langsam öffnete, um ihm zu zeigen, was ich mündlich alles draufhatte.

Kapitel 16

Leah
Donnerstag vor der Hochzeit

Noch nie hatte ich mich an einem Morgen danach so lebendig gefühlt wie an diesem. Ich konnte zwar kaum gehen, nach all dem Sex der letzten Nacht, doch das war mir so egal, wie es nur hätte sein können.

Ich hielt Dans Hand fest in meiner, spürte, wie meine Haut kribbelte, wenn er mit seinem Daumen über meinen Handrücken streichelte. Schmetterlinge fuhren Achterbahn in meinem Bauch und ja, ich war vollkommen verliebt in diesen Mann.

Es war mir egal, ob er mein Chef war, egal, ob man über uns im Büro tuscheln würde. Es war mir sogar egal, dass wir vermutlich all die anderen Hotelgäste um ihren Schlaf gebracht hatten. Ich wollte mehr von Dan, war süchtig nach ihm.

Wir standen vor dem Aufzug und wollten nach Stunden der Leidenschaft, irgendwo im Nachbarstädtchen zu Mittag essen. Das Frühstück hatten wir anderweitig verbracht und uns knurrte der Magen nach dem Ausdauersport, den wir schon seit Stunden vollzogen. Amanda hattc wohl doch recht gehabt. Wir hatten dic vielen Kondome bitternötig.

Als die Aufzugtür aufglitt, zog mich Dan hinein und presste mich gegen die Rückwand. Er hatte beide Hände links und rechts neben mir platziert und sah mich mit einem Feuer in den Augen an, als wäre er hungrig nach mehr. Ich hatte die letzten Stunden einen vollkommen neuen Mann kennengelernt und war erstaunt über die vielen Facetten, die er bisher versteckt hatte.

»Bist du schon mal mit dem Aufzug stecken geblieben?«, flüsterte er mir ins Ohr und fing an, an meinem Ohrläppchen zu knabbern.

»Ich denke, es wäre ein guter Zeitpunkt dir zu sagen, dass ich Probleme mit engen Räumen habe. Falls du also irgendetwas Blödes planst, lass es sein!«

Er sah mich verschmitzt an. »Ich schmiege mich ganz nah an dich, dann sieht es hier gar nicht mehr so eng aus.«

Seine Hand streckte sich nach dem Notschalter aus und ich sah ihn warnend an.

»Dan, das können wir nicht machen.«

»Ich hatte noch nie Sex im Aufzug«, hauchte er mir zu und drückte grinsend auf den Schalter.

Sofort kam der Aufzug zum Stehen und ich schüttelte ungläubig den Kopf. »Dan Miller, was zum Teufel läuft falsch bei dir?«

»Das kann ich dir sagen, Baby!« Atemlos presste er seine Lippen auf meinen Mund, hob meine Taille an und wartete, bis ich meine Beine um ihn schlang. »Ich kann einfach nicht genug von dir bekommen. Ich hab ein ganzes Jahr neben dir gearbeitet und durfte dich nicht haben. Ich kann mich nicht mehr zurückhalten!«

Ein Stöhnen entwich meinen Lippen, als er unter mein Kleid griff und mein Höschen zur Seite schob. Ich schloss die Augen und ließ es geschehen. Seine Finger waren sanft und dennoch fordernd, und bevor ich mich versah, hatte er seine Hose geöffnet und positionierte sich vor mir. »Komm zu Daddy!«

»Hör auf damit. Wenn ich einen Daddy will, schnappe ich mir Alex′ Vater!«, warnte ich und sah, wie Dan anfing zu grinsen.

»Bei dem alten General steht sicherlich nicht mehr alles stramm. Hast du gesehen, wie unausgeglichen seine Frau wirkt?«

»Hör auf, Dan!«, schrie ich auf, als er in mich eindrang. *Verdammt, es brannte wie Feuer nach so viel Sex.*

Hechelnd bewegte sich Dan in mir und flüsterte: »Ich hoffe, sie geben dem alten Mann kein Viagra. Am Ende bekommen sie sonst den Sargdeckel nicht mehr zu.«

Empört sah ich ihn an, doch da wurden seine Bewegungen schneller und ich war nicht mehr imstande, etwas zu erwidern.

Gerade als wir uns unserem Höhepunkt näherten, bewegte sich plötzlich die Aufzugskabine. Erschrocken ließ Dan von mir ab und versuchte sich, die Hose zuzumachen. Da öffnete sich auch schon die Tür und wir standen mit wilden Haaren und geröteten Wangen vor einem Hotelmitarbeiter und dem alten Mr. Craig. Beschämt blickte ich auf den Boden, als Dan meine Hand nahm und mich hinter sich herzog.

Ob der alte Mann wohl etwas von unseren Lästereien mitbekommen hatte?

Etwa eine Stunde später saßen wir in einem kleinen Straßenkaffee und verdrückten die letzten Bissen unseres Mittagessens. Es war ein wunderschöner, sonniger Tag und ein leichtes Lüftchen wehte von den Bergen herüber. Ich war glücklich und Dan schien es auch zu sein. Doch da war eine Sache, der wir uns stellen mussten, und ich entschied mich, dass es an der Zeit war, darüber zu sprechen.

»Was sagen wir eigentlich den anderen im Büro?«

Dan sah überrascht auf und zuckte mit den Achseln. »Die Wahrheit. Was sonst?«

»Und wenn sie mich für ein Flittchen halten, das sich hoch schläft?«

Meine Besorgnis war nicht ganz unbegründet. Genau dasselbe hatte ich mit Alex erlebt, als ich einst in eine andere Abteilung versetzt worden war. Ich hatte keine Lust, wieder zum Fokus meiner Kollegen zu werden, auch wenn diese von einem ganz anderen Schlag waren.

Dan grinste. »Wohin willst du dich denn noch schlafen? Du hast neben mir bereits die höchste Anstellung im Büro. Außer du willst mich vom Thron stoßen. Wobei ich sicher bin, dass du selbst das ohne Probleme händeln würdest.«

»Und wenn die anderen über uns reden?«

Dan nahm meine Hand und küsste sie, bevor er mich verliebt ansah und fragte: »Was sollen sie den reden? Sie reden doch schon so lang über uns.«

Meine Augenbrauen schossen in die Höhe. »Wie meinst du das? Wer redet über uns?«

»Na alle. Sie warten doch schon seit Monaten darauf, dass da was zwischen uns passiert. Ich hab Benny und Margret tuscheln hören und weiß, dass im Büro eine Wette darüber läuft, wann wir uns endlich unsere Liebe gestehen. Die Ersten haben schon verloren, weil wir so lang gebraucht haben.«

»Woher weißt du das alles?« Empört sah ich ihn an, wusste nicht, was ich zu all dem sagen sollte.

»Ich bin der Boss. Ich weiß alles. Wir können uns ja in flagranti erwischen lassen. Susan hat gewettet, dass wir auf meinem Schreibtisch auffliegen. Sie könnte die 500 Dollar im Pott gut gebrauchen.«

»500 Dollar?« Das konnte nicht sein Ernst sein. Doch anders als sonst, lachte Dan nicht, sondern sah ernst drein.

»Sie haben es alle geahnt und vielleicht sogar gesehen. Nur wir beiden Trottel haben länger gebraucht, bis wir gecheckt haben, dass wir zusammengehören.«

Ich legte den Kopf schief und fragte: »Sind wir denn jetzt fest zusammen?«

Ein Lächeln huschte über die Lippen meines Chefs und er zog mich an sich. »Ich hab dich gestern Nacht mehrfach mit meinem Sperma markiert. So etwas nennt man Besitzansprüche stellen.«

»Oh, wie romantisch. Das üben wir aber noch einmal«, keifte ich ihn an.

Er wurde wieder ernst, sah mir tief in die Augen und sagte: »Ich liebe dich, Leah. Ich will dich und ich brauche dich. Ist das romantisch genug?«

Mein Herz schmolz dahin und ich legte meine Hand auf seine Wange. »Ich glaube, ich liebe dich auch.«

Ja, das tat ich fürwahr. Ich hatte mich bis über beide Ohren in diesen unverschämt gutaussehenden Kerl verliebt.

»Wir sollten zurückgehen und da weitermachen, wo wir im Aufzug aufhören mussten«, flüsterte Dan, während er mit seinem Daumen über meine Lippen strich.

»Das wird nicht möglich sein. Wir müssen uns langsam anziehen. Der Junggesellenabschied steht an.«

»Junggesellenabschied? Muss das sein?«, fragte Dan und machte ein gequältes Gesicht.

»Leider ja. Aber danach sehen wir uns wieder im Hotelzimmer und dann kannst du mich die ganze Nacht verführen.«

»Danach?«

Dans Augen wurden immer größer und ich grinste: »Du wirst mit Roger und den Männern gehen und ich begleite Amanda und die Ladys.«

Wir hatten ja keine Ahnung, in welchem Desaster dieser Abend enden würde.

Kapitel 17

DAN

Ein *Junggesellenabschied* – oh, wie ich solche Abende hasste, wenn die angehenden Ehemänner dachten, sie müssten noch mal richtig die Sau rauslassen.

Zum Glück wirkte Roger nicht gerade wie jemand, der wild auf den Tischen tanzte, während er betrunken schmutzige Lieder sang. Vielleicht würde der Abend ja frühzeitig enden, weil sich alle langweilten.

Etwa eine halbe Stunde zuvor war Leah, bekleidet in einem abenteuerlichen roten Kleidchen, an mir vorbeigehuscht, hatte mir einen Kuss auf die Lippen gedrückt und sich von mir verabschiedet.

Ihre langen Beine waren kaum bedeckt gewesen und die silbernen Stilettos hatten diese noch viel sexyer wirken lassen. *Verdammt, wie konnte ich sie so nur ziehen lassen?* Lieber hätte ich sie ans Bett gefesselt und mit ihr all die schmutzigen Dinge getrieben, die mir seit Ewigkeiten im Kopf herumschwirrten. Doch stattdessen war ich schier zerflossen, als ich ihr hinterher geschmachtet hatte.

Ich selbst trug eine anthrazitfarbene Anzughose und ein schwarzes Hemd, deren oberste Knöpfe lässig offenstanden. Bisher hatte ich noch keine Ahnung, wo der Abend enden würde, und wäre viel lieber im Zimmer geblieben. Doch ich mochte Roger und es wäre unhöflich gewesen, wenn ich ihn mit einem Schwachkopf wie Alex allein gelassen hätte.

Kurze Zeit später stand ich in der Lobby, beobachtete einen genervten Roger, der immer wieder auf die Armbanduhr starrte. Ich ahnte bereits, dass er genauso wenig Lust auf diesen Abend hatte, wie ich.

»Wenn wir leise sind, können wir uns hier rausschleichen.« Ich grinste Roger an.

Der sah mich lächelnd an. »Glaub mir, ich täte nichts lieber als das.«

Mit etwas Glück würden wir in einem Restaurant enden, den Abend ausklingen lassen und dann in der hoteleigenen Bar einen Whiskey trinken. Mehr wollte und brauchte ich nicht.

Doch das Glück verließ mich, als Alex mit seinen beiden Cousins und Rogers Bruder auftauchte und grinsend auf uns zukam. Insgeheim betete ich, dass nicht er den Abend geplant hatte.

Meine Gebete blieben unerhört.

Alex rieb sich die Hände und sah seinen künftigen Schwager an.

»Na, Alter, bist du bereit für ein paar Titten?«

Ich konnte regelrecht spüren, wie sich Roger neben mir versteifte.

»O nein! Ich werde nicht in einen Stripclub gehen!«

Er tat mir leid. Rogers Augen sahen verzweifelt zu mir hinüber und ich zuckte mit den Schultern. »Also Stripclub ist jetzt auch nicht so meins.«

»Ihr seid solche Langweiler. Aber keine Sorge. Ich habe etwas viel Besseres geplant!« Alex sah uns verschwörerisch an und mir schwante Böses.

Zu meiner Überraschung landeten wir eine halbe Stunde später in einem Golfclub. Mir war zunächst schleierhaft, wie wir ohne Mitgliedschaft überhaupt hineinkamen, doch Alex war reich und spätestens als er ein Bündel Scheine über den

Tresen schob, wusste ich Bescheid. Er hatte uns einfach eine Mitgliedschaft für ein Jahr gekauft. Als ob einer von uns die lange Fahrt aus Boston antreten würde, um eine Runde Golf zu spielen. Mal davon abgesehen, dass ich nicht einmal Minigolf beherrschte.

Wir aßen edel zu Abend, und wenn ich *edel* sage, dann meine ich das auch so.

Wir speisten in gewissermaßen privateren Räumlichkeiten. Die Wände waren mit dunklem Holz getäfelt und ein Kronleuchter, der sicher mehr wert war als meine Firma, spendete uns warmes Licht.

Die Speisekarte wies keine Preise auf, doch das Steak auf meinem Teller schmeckte dermaßen nach Geld, dass ich mich kaum traute, es zu essen. Als dann noch eine Flasche Rothschild ausgeschenkt wurde, verging es mir gänzlich. Ich wollte nicht einmal annähernd wissen, was dieser Abend kostete.

Spätestens beim vergoldeten Dessert hatte ich genug. Ich wusste zwar, dass Roger aus gutem Hause kam, doch auch ihm schien die Protzerei unangenehm zu sein, denn er wagte es kaum, in Alex′ Richtung zu blicken.

»Na, Miller, so piekfein hast du sicherlich noch nie gespeist«, tönte Alex und es klang mehr wie eine Feststellung als eine Frage.

Ich antwortete nicht, ignorierte diesen Bastard einfach und nahm einen weiteren Löffel von meiner mit Blattgold verzierten Vanillecreme. Doch wenn ich dachte, er würde es auf sich beruhen lassen, hatte ich mich getäuscht.

Anmaßend und mit einem hinterhältigen Grinsen setzte er hinzu: »Leah muss ganz schön zurückstecken mit so einem armen Tropf wie dir, oder?«

»Alex, das reicht!«, fuhr ihn Roger an und blickte wieder beschämt auf seinen Teller.

»Leahs Augenmerk scheint eindeutig nicht an Oberflächlichkeiten hängenzubleiben. Sie schätzt andere Qualitäten, die wir leidenschaftlich teilen.«

Ich konnte mir ein Schmunzeln nicht verkneifen, denn ich war mir sicher, dass die letzte Nacht eindeutig gezeigt hatte, was wir alles teilten.

Alex musterte mich. In seinen Augen blitzte etwas Undefinierbares auf.

»Leah macht sich nichts aus Sex, wenn es das ist, was du damit andeuten willst. Mit ihr zu bumsen ist, als würde man sich an einer Leiche vergehen. Früher oder später hat sie die Schnauze von all der Schauspielerei voll und kommt zu mir zurück!«

Ich sah rot und musste mich zusammenreißen, nicht über den Tisch zu rutschen, um diesen Vollidioten ins Gesicht zu treten. Doch mir war bewusst, dass es genau das war, was er erreichen wollte. Er wollte mich reizen und dann als Opfer dastehen, wenn ich mich nicht im Griff hatte.

»Merkwürdig. Seit ich Leah kenne, macht sie mir nicht den Eindruck, als könnte sie nichts mit Sex anfangen. Aber ich bin nicht hier, um über ihr … unser Sexleben mit ihrem Ex zu reden. Sind wir nicht hier, um Roger einen unvergessenen Abend zu bereiten?«

Grinsend hob ich das Glas, sprach einen Toast aus und ließ den Idioten links liegen. Ich war erwachsener als er und das sollte jeder sehen.

Das überteuerte Mahl endete gegen 22 Uhr und wir fanden uns wenig später im Kaminzimmer des Clubs wieder, wo teurer Whiskey ausgeschenkt wurde und Männer allen Alters über ihren Zigarren philosophierten. Außer Alex. Der pöbelte munter weiter. Irgendwie hatte ich das Gefühl, der Abend würde doch noch damit enden, dass meine Faust in seiner Fresse landet.

Ich wusste, dass Alex und selbst Roger weit über meiner Liga lagen. Ich war kein Glückspilz, der in eine reiche Familie geboren worden war. Ich war ein Hippie-Kind, das von seiner Großmutter großgezogen worden war, die jeden Cent zweimal umdrehen musste, während die Eltern zugekifft in ihrer

Kommune Partnertausch praktizierten. Sicherlich hatte ich es weit gebracht, eine eigene Firma gegründet und besaß ein nettes Häuschen am Stadtrand. Doch reich war ich nicht.

Alex jedoch holte weiter aus und erzählte von seinen vielen Trips mit Leah. Langsam fragte ich mich, ob es ihr wirklich nichts ausmachte, von einem solchen Lifestyle zu einem normalen Leben überzugehen. Was, wenn ich ihr nicht das bieten konnte, was sie verdiente? Und warum, um alles in der Welt, schwärmte dieses Arschloch so von meiner Freundin?

Roger schien mein Unbehagen zu spüren. Er gehörte definitiv zur Bostoner Oberschicht, aber war selbst meilenweit vom finanziellen Erfolg der Familie Craig entfernt. Als sich unsere Blicke trafen, wusste ich, dass auch er dieselben Gedanken hegte wie ich.

Heimlich zog ich mein Handy aus der Tasche und tippte eine Nachricht an Leah: ›*Wie läuft dein Abend?*‹

Doch die Nachricht blieb unbeantwortet und neidisch dachte ich darüber nach, wie viel Spaß Leah nun ohne mich hatte.

Auch wenn ich Alex′ Gesellschaft alles andere als genoss, empfand ich den Abend als relativ entspannt.

Eigentlich hätte es gern so weitergehen können. Doch wenn ich glaubte, das sei alles, was Alex geplant hatte, hatte ich mich getäuscht.

Ich unterhielt mich gerade mit Roger über den aktuellen Finanzmarkt und gelungene Investitionen, als Alex verkündete, dass es Zeit für den richtigen Spaß war.

Und ich hatte Angst!

Angst, weil ich wusste, dass Spaß für Alex etwas anderes war als für Roger und mich.

Angst, weil dieser Abend höchstwahrscheinlich in einem Desaster enden würde.

Ja, ich schiss mir vor Angst fast in die Hosen, als wir gegen 23 Uhr abends vor einem Club standen, vor dem leicht bekleidete Studentinnen und Aufreißer wie mein Nebenbuhler Schlange standen und auf Einlass warteten.

Ich war kein Clubgänger oder Tänzer. Während meines Studiums war ich gern in irischen Pubs abgehangen oder mit Freunden ins Kino gegangen. Diskotheken hatte ich schon damals gemieden, weil mir das oberflächliche Gebalzte bei Blinklicht und stickiger Luft zuwider war.

Mein Blick fiel auf Roger, der wieder einmal genervt auf seine Armbanduhr blickte, als hätte er noch Besseres zu tun. Alles wäre in diesem Moment besser gewesen, als wie ein Haufen Teens zu lauter Musik zu tanzen.

Anders als die wartenden Gäste lief Alex mit erhobenem Haupt an der Schlange vorbei und direkt auf den Türsteher zu. Er war ein Poser, ein Draufgänger und so stinkreich, dass man das Geld regelrecht riechen konnte. Man sah ihm an, dass er sich für etwas Besseres hielt als der normale Durchschnittsbürger.

Insgeheim wünschte ich mir nichts mehr, als dass der Schrank von einem Türsteher ihn anweisen würde, sich wie jeder normale Mensch hinten in der Schlange einzureihen. Doch da wir wohl auf der Gästeliste standen, wurden wir einfach durchgewinkt.

Wir hatten den Club kaum betreten, da dröhnte uns schon dumpfer Bass entgegen. Der Geruch von Schweiß und Alkohol brannte in meiner Nase und vorsichtig lehnte ich mich zu Roger und zwinkerte ihm zu. »Wenn die anderen betrunken sind, verschwinden wir von hier.«

Wissentlich grinste er mir zu. »Abgemacht.«

Ich mochte Roger.

Alex dagegen war ein Pimmelkopf – nicht nur im übertragenen Sinn. Sein Kiefer war markant, seine Wangen eingefallen. Sein Gesicht hatte fast die Form einer Eichel. Angewidert von dem Gedanken schüttelte ich den Kopf, in der Hoffnung, Pimmelkopf aus meinen Gedanken zu verdrängen.

Doch als er sich dann auch noch die Hände in die Hosentasche steckte, hatte ich das Bild von schrumpeligen Hoden vor mir. Was zur Hölle war nur los mit mir?

Ich wandte mich von der Meute ab, zog mein Handy aus der Tasche und schrieb Leah: ›*Ist dir je aufgefallen, dass Alex´ Kopf die Form einer Eichel hat?*‹

Doch wie schon zuvor erhielt ich keine Antwort.

Alex führte uns in den VIP-Bereich und bestellte Wodka für uns alle. Dieser Abend würde für den einen oder anderen unserer kleinen Gesellschaft wohl böse enden.

Kaum saß ich auf dem weißen Ledersofa, mit Blick über die tanzwütige Partygesellschaft, als die ersten Gläser ihre Runde machten. Alex bestand darauf, dass wir anstießen, und ich nahm mir vor, dass ich nur dieses eine Glas zu mir nehmen würde. Einer würde die Alkoholleichen schließlich wieder zum Hotel zurückfahren müssen, wenn der Abend erst einmal endete.

Mein Nebenbuhler hob das Glas zu einem Trinkspruch und ich erkannte, dass er bereits lallte. Er hatte von Rothschild und Whiskey wohl schon einiges intus und mir war das gerade Recht. Je eher er nicht mehr gerade stehen konnte, desto eher hätte ich meine Ruhe.

»Auf meinen Schwager Roger, der ab übermorgen nur noch die Pussy meiner Schwester vögeln darf!«

Roger stieg die Schamröte ins Gesicht und ich konnte es ihm nicht verübeln. Mit einem Satz kippte Alex und seine Cousins den Hochprozentigen hinunter, während Roger und ich bedächtig an unseren Gläsern nippten.

Von Rogers Bruder fehlte jede Spur. Der junge Kerl war single und hatte sich direkt ins Getümmel gestürzt.

»Komm schon, kipp den Stoff runter. Der Abend ist jung, Roger!«, forderte Alex ihn auf und bedrängte ihn so lang, bis dieser schließlich seinen Drink exte.

Ich würde ganz schön aufpassen müssen, damit der Bräutigam unbeschadet zurück ins Hotel kam.

Leider blieb es nicht bei dem einen Drink. Der Alkohol floss in Strömen und irgendwann hatte sogar Roger glasige Augen und starrte müde in seinen fünften Wodka. Ich dagegen blieb standhaft, leerte mein Glas einfach nicht mehr und sah besorgt in die Gesichter von Pimmelkopf und seinen pimmelgesichtigen Cousins. Sie hatten allesamt ziemliche Ähnlichkeit mit Mr. Craig Senior und ich fragte mich, ob der Gute nicht vielleicht auch mit seiner Schwester … nein, das ginge wohl zu weit.

Irgendwann gesellten sich auch ein paar hübsche Mädchen zu uns. Nicht, dass ich etwas gegen langbeinige Schönheiten hatte, aber diese hier wirkten eher wie aus Plastik. Die Gesichter wie in Stein gemeißelt, bewegungsunfähig und faltenlos, die Haare perfekt toupiert und mit Haarspray für die Ewigkeit drapiert.

Ich fragte mich, welche Körperteile wohl noch echt waren, als mir Blondie mit den übergroßen Lippen ihre Brüste entgegenstreckte und mich mit ihrem leichenstarren Gesicht anlächelte. Zumindest ging ich davon aus, dass sie ein Lächeln damit bezwecken wollte, wenn man das spitze Gegacker aus ihrem Mund hörte.

Verdammt, ob ihre Lippen wohl den Aufprall dämpfen würden, wenn sie vornüberfiel? Vermutlich würden ihre Brüste den Job erledigen, die unnatürlich von ihrem schmalen Brustkorb abstanden. Und verdammt, diese Augenbrauen waren gruselig.

»Hey, Danny-Boy, hast du Lust zu tanzen?«, nuschelte sie mir schließlich ins Ohr und legte ihre manikürten Finger auf meinen Oberschenkel. Ich war mir sicher, dass sie mit diesen Nägeln meine Halsschlagader durchbohren konnte.

»Tut mir leid, ich tanze nicht. Die Zeiten, als ich wie Kevin Bacon über die Tanzfläche geschwebt bin, sind vorbei.«

Ich lächelte. Sie tat etwas, das wie ein Lächeln aussah, und fragte mich: »Wer ist Kevin Bacon?«

Aua, das tat weh. War ich schon so alt oder verschwanden die Klassiker wie Footloose, Dirty Dancing und Grease langsam von der Bildfläche?

»Das ist ein Schauspieler mit verdammt coolen Moves«, gab ich zur Antwort und hoffte inständig, dass sie endlich die Hand von meinem Bein nehmen würde.

»Der heißt echt Bacon? Wie Bacon?«, fragte sie mit hochgezogenen … nein, ob sie die Augenbrauen hochzog, konnte man nicht wirklich erkennen. »Hast du schon mal veganen Bacon probiert?«

Okay, ich musste hier raus. »Entschuldige mich. Ich muss eben aufs Klo.«

Ich hielt das hier keine Sekunde länger aus.

Als ich zurückkam, war sie verschwunden, doch ich beobachtete ganz andere Szenen, die mich über alle Maße erschreckte. Alex fütterte Roger mit einer Pille und inständig hoffte ich, dass er den armen Kerl jetzt nicht auch noch unter Drogen setzte.

»Was tust du da?«, fragte ich und sah, wie Alex kichernd seine Hand aufhielt.

»Willst du auch eine? Das macht den Stock in deinem Arsch zu Gummi!«

»Nein, danke. Aber wenn du auf Gummi in deinem Arsch stehst, solltest du dich in einem Sexshop beraten lassen. Ich hoffe, du hast Roger keine davon gegeben.«

Ich sah ihn herausfordernd an und konnte bereits erkennen, dass ich zu spät war. Roger, der eben noch trunken im Halbschlaf auf dem Sofa saß, kicherte wie ein Wahnsinniger und sprang von seinem Platz auf.

»Ich will tanzen«, verkündete er und stampfte, unter dem Johlen der anderen, in Richtung Tanzfläche. Dieser Abend würde in einem Desaster enden, wenn ich nichts unternehmen würde.

Verzweifelt sah ich auf mein Handy. Leah hatte noch nicht einmal meine Nachrichten erhalten. Ich wählte ihre Nummer und wartete auf ein Freizeichen, doch der Anruf ging direkt auf ihre Mailbox. Warum um alles in der Welt hatte sie ihr Handy abgeschaltet?

Ich beobachtete, wie die anderen den armen Roger auf die Tanzfläche zogen, wo er sich ordentlich blamierte. Da er aber vollkommen zugedröhnt war, bekam er von den abschätzigen Blicken der anderen Clubgäste nichts mit. Insgeheim hoffte ich, dass die Drogen ihm jegliches Erinnerungsvermögen an diesen Abend rauben würden.

Kopfschmerzen bahnten sich an und ich setzte mich zurück auf das Ledersofa. Wie konnte ich nur verhindern, dass dieser Abend noch desaströsere Ausmaße annahm?

Gerade als ich den Gedanken zu Ende gedacht hatte, kam Rogers Bruder aus dem Nichts auf mich zu. »Wo ist der Bräutigam?«

»Sie haben ihn unter Drogen gesetzt und jetzt macht er den Hampelmann für die anderen. Wir müssen ihn schleunigst hier hinausbekommen«, gab ich zur Antwort.

Doch sein Bruder schielte nur auf die Tanzfläche und meinte: »Ein bisschen Spaß tut Roger sicher gut. Er ist so schon verklemmt genug.«

Meine Augen weiteten sich. Wie konnte sein Bruder das Ganze nur gutheißen? Noch bevor sich eine Antwort in meinem Kopf geformt hatte, war er auch schon weg. Ich wusste, dass es nun in meiner Hand lag, Roger vor dem Schlimmsten zu bewahren.

Ich bahnte mir den Weg hinunter auf die Tanzfläche, arbeitete mich durch schwitzende Körper hindurch zu Roger vor und packte ihn am Oberarm. »Ich glaube, wir sollten zurück zum Hotel gehen!«

Doch Roger sah mich nur grinsend an, sein Blick abwesend und high. »Der Abend ist jung. Lass uns Spaß haben!«

»Komm schon, Roger. Das bist nicht du, der da aus dir spricht. Lass uns von hier verschwinden.«

Alex rempelte mich an. »Sei mal nicht solch eine Spaßbremse. Der Abend hat doch gerade erst begonnen.«

Am liebsten hätte ich das hämische Grinsen aus Alex' Fresse geprügelt. Das hätte mir jedoch nicht mehr eingebracht, als aus dem Club zu fliegen, und dann wäre Roger vollkommen verloren.

Ich zog mich zurück, hoffte, dass jemand auf die Tanzfläche kotzen und somit den Abend mit sofortiger Wirkung beenden würde, doch das Glück hatte mich verlassen.

Als ich mich gerade meinem Schicksal fügen wollte, standen die torkelnden Männer wieder vor mir und verkündeten, dass es Zeit war aufzubrechen.

Gott sei Dank, dachte ich so bei mir und führte die Horde nach draußen. Jetzt würde wieder alles gut werden … nahm ich an.

Alex organisierte zwei Taxis für uns und während ich noch Roger auf den Rücksitz verfrachtete, hörte ich, wie Pimmelkopf unserem Fahrer eine Adresse gab, die definitiv nicht zum Hotel gehörte. Was hatte dieser Mistkerl nun schon wieder vor?

Ich ging auf ihn zu, packte ihn am Kragen und sah ihm in die halb geschlossenen Augen. »Wir fahren jetzt zurück zum Hotel. Mir ist egal, was du noch alles für kranke Ideen im Ärmel hast, aber hier endet der Abend! Hast du mich verstanden?«

»Beruhig dich mal, du Arschloch!«, keifte er mich an. »Ich hab noch einen kleinen Umtrunk organisiert und dann fahren wir zurück. Versprochen!«

»Wehe, du hast wieder irgendein krummes Ding geplant. Ich schwöre dir, ich poliere dir die Fresse und wisch mit deinem hässlichen Gesicht Rogers Kotze auf.«

Meine Drohung wurde belächelt und dann wurde ich ins Taxi gestoßen und die Fahrt ging los.

Als wir vor einer Villa hielten, war ich erleichtert. Das Ganze wirkte eher wie das Clubhaus zu Beginn des Abends, gediegen und seriös, und ich entspannte mich zusehend.

Noch ein Gläschen Whiskey und der Abend würde endlich enden. Alex führte uns edle Marmortreppen hinauf zur Haustür, wo er einen vergoldeten Türklopfer betätigte und wartete. Ein Mann im Smoking öffnete, nickte ihm zu und ließ uns dann eintreten.

Ein heller Eingangsbereich tat sich vor unseren Augen auf und irgendwo spielte leise Klaviermusik. Der Mann im Smoking führte uns in die obere Etage und öffnete eine riesige Flügeltür zu einem Kaminzimmer. Ein Mann stand uns mit dem Rücken entgegen vor dem Kamin. Auf dem Kaminsims stand ein Whiskeyglas und all die Sorgen der letzten Stunden fielen von mir ab. Das hier war mehr nach meinem Geschmack.

Doch je näher wir kamen, desto merkwürdiger kam mir die Szene vor, und als der unbekannte Gast sich am Kaminsims abstützte und den Kopf zurückwarf, wusste ich, dass mich dieser Abend noch in meinem wildesten Träumen verfolgen würde. Vor ihm kniete eine splitterfasernackte Frau, ihre Lippen um … o Gott, was zum Teufel war das hier eigentlich?

Erst jetzt bemerkte ich das leise Stöhnen hinter uns und drehte mich langsam um. Auf einem Sofa saß ein alter Sack mit Halbglatze und heruntergelassenen Hosen, während sich eine nackte Blondine auf seinem Schritt rieb und eine weitere an seinem Ohr knabberte.

Mein Gesicht glühte und ich ging auf Alex zu. »Wo, verdammt noch mal, sind wir hier?«

Er lächelte und ging an mir vorbei zur nächsten Tür und als er diese öffnete, wusste ich die Antwort selbst.

Wir waren in einem abgedrehten Edelbordell. Vor meinen Augen vögelten nackte Menschen in allen möglichen Stellungen, Stöhnen übertönte die Klaviermusik, die ich am Eingang vernommen hatte, und bevor ich es wagte zu atmen, hing schon eine junge Frau im Evakostüm an meinem Arm.

Ich musste hier raus. Sofort!

Meine Hand griff nach meinem Handy, während mir die junge Frau ein Glas in die Hand drückte und mich zu einem

Tisch führte, an dem munter gekokst wurde, als wäre es das Normalste der Welt.

»Entschuldigen Sie mich bitte.« Ich wandte mich aus der Umklammerung der Frau und wählte sogleich Leahs Nummer. Ich musste sie erreichen, koste es, was es wolle. Doch wieder erreichte ich nur ihre Mailbox.

Schließlich kam mir die rettende Idee. Ich durchquerte den Raum, der nach Sex und Alkohol roch, und befreite Roger von einer aufdringlichen Dame, die sich auf seinen Schoß gesetzt hatte.

»Roger, dein Handy. Schnell!«

Doch er sah mich nur an, weshalb ich ihn abtastete, bis ich das Handy in seiner Sakko-Innentasche fand. Ich hielt es ihm hin, damit er es entsperren konnte, und suchte nach Amandas Nummer. Noch während es wählte, zog ich Roger mit mir hinaus aus dem großen Raum.

Gerade rechtzeitig schaffte ich es vor die Tür, als endlich eine heisere Stimme antwortete: »Roger, Baby. Ist alles in Ordnung?«

»Amanda, ist Leah bei dir? Ich kann sie nicht erreichen«, rief ich unruhig ins Telefon, als sich Hände um mich schlangen und eine verführerische Frauenstimme von hinten in mein Ohr keuchte: »Sir, Sie wirken verkrampft. Darf ich mit einem Blowjob dafür sorgen, dass sie sich entspannen?«

»Wer war das?«, fragte Amanda und hilflos sah ich mit an, wie eine andere Dame vor Roger auf die Knie ging und an seiner Hose rüttelte.

Kapitel 18

LEAH
ETWA VIER STUNDEN VORHER

Wir waren bereit!

Neun feierwütige Frauen, die es nicht abwarten konnten, sich ins Getümmel zu stürzen. Mit Amanda und mir waren auch die Trauzeugin, Amandas Cousine, sowie die fünf Brautjungfern am Start. Wobei ich nicht glaubte, dass eines der Jungfern auch noch eine echte Jungfer war.

Zu meinem Bedauern war auch Marge mit am Start und ich schwor mir feierlich, dass ich sie den ganzen Abend ignorieren würde. Das war allerdings gar nicht so einfach, denn sie trug ein atemberaubendes Nichts aus schwarzem Satin mit noch atemberaubenderen Stilettos. Ihre Brüste waren kaum bedeckt, ihr Po noch viel weniger und die Beine schienen bis zum Himmel zu reichen.

Kein Wunder, dass Alex damals schon nicht die Finger von ihr lassen konnte. Im Gegensatz zu ihr wirkte ich wahrlich unscheinbar.

Ich spürte einen Stich im Herzen, obwohl ich dankbar sein sollte, dass dieses Miststück mir Alex abgenommen hatte. Doch acht Jahre Beziehung wischte man nun mal nicht so einfach beiseite. Und dennoch war ich froh, dass es vorbei und mein Herz frei für Dan war.

Oder war es das wirklich schon?

Eilig schob ich diesen Gedanken beiseite und machte mit den anderen lustige Selfies, während wir auf die Limo warteten, die uns ins Partygeschehen bringen sollte.

Ich war nie wirklich viel aus. Irgendwie war ich entweder fleißig am Lernen gewesen oder aber Alex war ohne mich aus. So kam es, dass ich mit meinen 28 Jahren regelrecht danach lechzte, mich ins Getümmel zu stürzen.

Als die Limo endlich eintraf, stiegen wir ein und bevor ich mich versah, öffnete jemand die erste Flasche Champagner. Gläser machten ihre Runde und wir stießen auf einen erfolgreichen Abend an.

Kelly, Trauzeugin und Cousine von Amanda, teilte lustige Schärpen aus, die wir uns umbanden. Bis wir den Club erreicht hatten, war die dritte Flasche Schampus geleert und die Stimmung ausgelassen.

Ich würde tanzen, bis meine Füße Blasen hatten. Das nahm ich mir fest vor. Auch Amanda wirkte gelöst und nippte immer wieder an einem Flachmann, den ihr eine der Brautjungfern gereicht hatte.

Die Einzige, die ruhig in der Ecke saß und sich zurückhielt, war Marge. Sie schien sich zunehmend unwohl zu fühlen. Geschah ihr ganz recht. Keine wollte sie hier haben.

Der Club war etwa eine Stunde entfernt vom Hotel und wirkte eher wie ein Pub, doch die Livemusik heizte die Partygäste ordentlich ein und ehe ich mich versah, tanzten wir wild auf der Bar und sangen uns die Seele aus dem Leib.

Doch der viele Alkohol hatte seinen Preis und ich torkelte bedächtig auf die Toiletten zu. Noch bevor ich mich umständlich über der Toilette positionieren konnte, um ja nirgends die schmutzige Klobrille berühren zu müssen, vernahm ich ein Vibrieren aus meiner Clutch.

Umständlich und leicht betüdelt, fummelte ich mein Handy hervor und sah auf den Bildschirm. Dan hatte mir geschrieben und ein Lächeln huschte über meine Lippen.

Er dachte an mich.

Ich versuchte das Handy zu entsperren, doch irgendwie rutschte es mir aus der Hand und landete ausgerechnet in der Kloschüssel. Angewidert blickte ich dem Gerät nach, wie es dort im … – darauf möchte ich jetzt wirklich nicht eingehen – schwamm. Alles in mir weigerte sich, hineinzugreifen und es herauszuholen. Doch ohne mein Handy war ich nur ein halber Mensch. Mein ganzes Leben befand sich auf diesem kleinen digitalen Ding und so griff ich mit spitzen Fingern und Würgereiz hinein und fischte es heraus.

Das Display schien noch heil zu sein, aber ich hatte keine Ahnung, ob es noch funktionieren würde, wenn ich es erst mit ordentlich Seife im Waschbecken gewaschen hatte.

Ganze zehn Minuten hielt ich das Handy unter warmes Wasser, seifte es immer wieder ein, um keine Rückstände oder Keime zurückzulassen. Dennoch würde ich mir wohl ein Neues leisten müssen, wenn ich zurück in Boston war.

Unter dem Handtrockner versuchte ich, sämtliche Anschlussstellen trocken zu föhnen, und als ich endlich fertig war, drückte ich auf den Startknopf. Nichts tat sich.

Anscheinend war das kleine Bad im Waschbecken doch etwas zu viel Feuchtigkeit gewesen.

Frustriert steckte ich es wieder ein und trat hinaus in die Menge. Marge saß an der Bar, einen Cocktail schlürfend und mit gelangweiltem Blick, während Amanda gerade aufreizend auf einem Tisch tanzte und ihr kurzes Kleidchen dabei immer höher rutschte.

Kelly versuchte lachend, das Schlimmste zu verhindern, war allerdings nicht minder betrunken und griff immer daneben. Ich holte mir einen Martini an der Bar und stakste auf Braut, Trauzeugin und die wilde Horde Brautjungfern zu, immer darauf bedacht, Marge nicht in die Quere zu kommen.

»Leah, wo warst du so lang?«, rief mir Amanda zu und bewegte sich dabei so lasziv, dass ich das Gefühl hatte, sie würde jeden Moment zu strippen anfangen. So kannte ich meine beste Freundin gar nicht.

»Mein Handy ist ins Klo gefallen und ich hab versucht, es zu waschen.« Meine Zunge war schwer und ich spürte allmählich den Alkohol, der jeden Millimeter meines Blutkreislaufes erreicht hatte.

»Du brauchst kein Handy. Heute sind wir nicht erreichbar.« Amanda kicherte und zog mich auf den Tisch hinauf, der viel zu klein für uns beide war.

Fast wären wir beide gestolpert und in die Menge geflogen, doch wir hielten uns aneinander geklammert fest und erhielten dafür einen Applaus und lautes Grölen von ein paar jungen Männern. Sicherlich College-Studenten, nahm ich an, doch es schien ihnen zu gefallen, dass Amanda und ich Arm in Arm auf dem Tisch tanzten.

Mir war das alles unangenehm, auch wenn ich nicht mehr nüchtern war. Der Braut dagegen gefiel die Aufmerksamkeit und noch bevor ich es verhindern konnte, zog sie ihr Kleid tiefer und zeigte den notgeilen Kerlen ihre Brüste. Ich schirmte Amandas Brüste mit meinem Körper ab, doch da war es schon zu spät. Bevor ich reagieren konnte, wurden wir vom Tisch gezerrt und Richtung Ausgang geschoben.

Drei riesige Kerle mit bösem Gesichtsausdruck warfen uns aus dem Club.

Amanda kicherte, ich pöbelte und Kelly kotzte. Eine der Brautjungfern schmiss sich dem Türsteher an den Hals und versuchte, ihn niederzuwerfen, während sich eine andere eine Flasche Bier von einem Tisch stahl und sie leerte.

Wir waren ein richtig wilder Haufen und dennoch hatten wir den Spaß unseres Lebens. Doch der Abend war noch jung und die Uhr schlug noch nicht einmal Mitternacht, weshalb wir die Straße hinuntertorkelten und dabei um unser Leben sangen.

Aus dem Clubbesuch wurde ein Barhopping. Aus der ersten Bar flogen wir auch direkt wieder raus, weil eine der Brautjungfern sich in einem Strahl auf der Bar übergab. Bei der zweiten Bar wurden wir gar nicht erst hineingelassen, weil wir wohl bereits in der Warteschlange die anderen Gäste mit unserem Gesang belästigten, und bei der dritten angekommen, bemerkten wir, dass wir Marge verloren hatten.

Mir war das egal, doch Amanda drängte dazu, dass wir die Gute finden mussten.

Als ob sie nicht groß genug wäre, um allein zurückzufinden. Wobei, ihrem Intellekt nach zu urteilen, würde es mich nicht überraschen, wenn sie in ein paar Wochen irgendwo verwirrt aufgegriffen werden würde, weil sie vergessen hatte, wo sie hinmusste.

Doch es war nicht mein Junggesellenabschied und so fügte ich mich und lief, mittlerweile barfuß, zurück zu dem Club, wo alles begann. Meine Schuhe hatte ich schon vor einer Weile verloren, genau wie Kelly ihr Höschen. Dieser Abend würde unvergessen werden, davon war ich überzeugt.

Als wir den Club fast erreicht hatte, zog eine der Brautjungfern einen selbst gedrehten Joint aus der Tasche und grinste in die Runde. »Mädels, ich hab eine Überraschung für euch.«

Amandas Augen blitzten auf. »O verdammt. Das letzte Mal, als ich gekifft habe, war ich noch auf dem College.«

»Ich hab noch nie gekifft«, murmelte ich und zog damit alle Blicke auf mich.

»Wie, du hast noch nie gekifft? Warst du nicht auf dem College?«, fragte Kelly mit großen Augen und hickste leise vor sich hin.

»Wieso? Muss man kiffen, wenn man aufs College geht?« Verwirrt blickte ich drein, als plötzlich ein Wagen neben uns hielt und die Fenster sich öffneten. Es waren die jungen Kerle, denen Amanda so bereitwillig ihre Brüste gezeigt hatte.

»Hey, Schnecken. Wie wäre es mit einer kleinen Collegeparty?«, rief einer der Kerle, während die anderen laut grölten.

Amanda hüpfte aufgeregt auf und ab. »Oh, ja. Ich war schon ewig nicht mehr auf einer Collegeparty.«

»Sie heiratet übermorgen.« Ich zeigte auf Amanda, nur um direkt klarzustellen, dass die Jungs sich keine Hoffnung zu machen brauchten. »Ich weiß nicht, ob das solch eine gute Idee ist.«

»Gib mal die Adresse.« Amanda ignorierte mich und ging auf die Jungs zu. »Wir kommen dann direkt hin.«

Betreten sah ich die Mädels an, die begeistert zustimmten und stellte fest: »Ich dachte, wir kiffen jetzt?«

Kelly zwinkerte. »Na, das machen wir jetzt auch, damit wir auf der Collegeparty einfallen wie ein Sturmtrupp.«

Das Auto fuhr weiter und Amanda wählte die Nummer des Chauffeurs, der uns mit seiner Limo für den Abend zur Seite stand.

Und dann genoss ich meinen ersten Joint.

Wobei genießen wohl nicht das richtige Wort war. Ich nahm einen Zug und fühlte, wie der Rauch sich in meinen Lungen ausbreitete. Und dann begann ich zu husten, während die Übelkeit in mir aufstieg.

Verdammt, wie konnte man so was nur gut finden?

»O Gott. Ich glaube, ich muss kotzen«, verkündete ich und drehte mich zur Seite, während die anderen den Joint reihum reichten.

»Du darfst jetzt nicht kotzen. Der gute Alkohol. Dann war ja alles Betrinken umsonst«, lallte noch eine Stimme hinter mir, während ich würgend einen hochpolierten Porsche ankotzte.

Während ich so würgte, machte sich ein wohliges Gefühl in mir breit und für einen Moment dachte ich, ich würde schweben. Als würde ich auf Watte liegen, richtete ich mich auf und begutachtete mein gekotztes Werk.

»Es sieht aus wie Michelangelos David.«

Kelly sah über meine Schulter. »Stimmt, der Schniedel fehlt.«

Auch Amanda sah sich nun mein Erbrochenes an und meinte: »Da unten ist doch der Pimmel.«

»Das ist sein Bein«, bemerkte Kelly und schüttelte den Kopf.

»Er ist so schön«, schwärmte ich und war ergriffen von der Schönheit meiner Kotze. Fast fing ich an zu weinen, weil mich mein Kunstwerk so berührte, als ich eine wütende Stimme hinter mir vernahm.

»Was, verdammt noch mal, hast du mit meinem Wagen angerichtet?«

Wir alle neun … *nein, acht* – Marge war ja mittlerweile vollkommen vergessen worden – drehten uns um und starten den Schnösel an, der verzweifelt auf seinen Wagen blickte.

»Ich habe ihn dekoriert«, sagte ich beschwingt, mit einer Spur Stolz.

»Der Wagen war frisch poliert, du Schlampe. Wie konntest du nur? Warum gerade mein Wagen?«

»Er wirkt jetzt richtig … künstlerisch … wie ein Denkmal.« Ich sah ihn an, während ich philosophisch nach den richtigen Worten suchte.

»Du hast sie wohl nicht mehr alle. Du wirst das sofort wieder sauber machen!«, befahl er und kam mir viel zu nahe.

Kelly drängte sich zwischen uns. »Komm mal runter, du Proll. Stell dich nächstes Mal nicht ins Halteverbot, dann passiert so was nicht.«

Ich sah zu dem Schild nach oben, das groß ein Parkverbot verkündete, und sagte zu Kelly: »Das Parkverbot gilt doch erst ab dort.«

Ich zeigte auf den Platz vor dem Porsche und erntete dafür einen genervten Blick von ihr. »Danke. Ich versuche gerade, deinen Hintern zu retten.«

»Sag mal, seid ihr alle bescheuert? Macht sofort meinen Wagen sauber!« Der Kopf des Kerls war mittlerweile hochrot.

»Du kannst David doch nicht zerstören!«, keifte ihn Amanda an und Kelly fragte gelassen: »Soll ich darauf pinkeln?«

Während der Kerl sich von mir abwandte und Kelly empört ansah, zeigte eine der Brautjungfern auf die weiße Hose des Porschefahrers und flüsterte mir zu: »Musst du nicht noch mal kotzen? Sicher bekommst du noch eine Mona Lisa auf seiner Hose zustande.«

Ich schüttelte den Kopf, während sich meine ganze Welt um mich drehte. »Nein, aber wenn wir ihn überraschen, fällt er vielleicht auf David.«

Die Brautjungfer kicherte, ich trat einen Schritt nach vorn und mutig, wie ich sonst nie war, schubste ich den Kerl, der ins Wanken kam und gegen seinen Wagen fiel.

Auch wenn er nicht zu Boden ging, verfehlte dieser Stoß nicht die gewünschte Wirkung. David war zerstört und sein drittes Bein hing nun am weißen Hosenbein des Porschefahrers.

Ungläubig sah er uns an und schrie: »Aber jetzt ist genug.«

»Lauft«, schrie ich wie von Sinnen und wir alle nahmen die Beine in die Hand und rannten die Straße hinunter.

Gerade als der Kerl dabei war uns einzuholen, hielt die Limousine neben uns und wir kletterten fast schon übereinander ins Innere. Als unser Wagen sich in Bewegung setzte, öffnete Kelly das Schiebedach und kämpfte sich mit dem Oberkörper hinaus.

»Mach's gut, du Trottel!«

Auch als braves Mädchen hatte ich während meiner College-Zeit die eine oder andere Party besucht. Meistens allerdings blieb ich nie so lang, bis die Feierlichkeiten eskalierten.

Wir, die Braut und ihr Geschwader, allerdings erreichten die Party auf dem Campus, als es bereits hoch herging.

Irgendwo flitzte ein nackter Kerl an uns vorbei und das eine oder andere knutschende Pärchen lag irgendwo im Gebüsch und tauschte Körperflüssigkeiten aus.

Ich war zu betrunken und high, als dass es mich hätte stören können. Bereit für die volle Dosis College-Fun warf ich mich ins Getümmel und tanzte mit einer Horde Cheerleader – zumindest wirkten sie wie solche –, während ich aus einem roten Plastikbecher irgendein merkwürdiges Gesöff zu mir nahm.

Ich dachte nicht an die Konsequenzen und den Kater am nächsten Morgen. Es war mir schlichtweg egal.

Auch Amanda schien ihren Spaß zu haben. Sie spielte Beerpong mit ein paar Studenten und zockte diese ordentlich ab. Natürlich wussten die nicht, dass die Braut während ihrer wilden Jahre am College ungeschlagene Beerpong-Meisterin war. Zumindest musste ich mir keine Gedanken machen, dass sie so zu viel trinken würde.

Kelly hatte sich mit einer der Brautjungfern verzogen und irgendwann stand ich ganz allein da. Bis … ja bis ich Amanda, schon wieder, auf einem Tisch wiederfand.

Sie hielt eine Flasche Schampus in die Höhe und fing an, sie wie eine Irre zu schütteln. Die Menge jubelte und schrie, bis der Korken aus der Flasche schoss und quer durch den Raum segelte.

Wie in Zeitlupe verfolgten die anderen Partygäste und ich den Korken und wie er einem jungen Studenten direkt an die Birne segelte. Dieser ging zu Boden und blieb einfach liegen.

Plötzlich herrschte eine unangenehme Stille in den Räumlichkeiten des Verbindungshauses, bis Amanda die Hände hob und schrie: »BULLSEYE!!!«

Schampus regnete auf uns nieder und die Meute jubelte lautstark. Jemand richtete den Getroffenen wieder auf, der grinsend in die Menge starrte und direkt wieder zu Boden ging. Das lag aber wohl eher am Alkohol als an dem Korken, der ihm eine dicke Beule einbringen würde.

Schwitzende Körper drängten sich zusammen und tanzten. Alkohol floss in rauen Mengen und überall roch es nach Cannabis. Ob die Männer wohl genauso viel Spaß hatten wie wir? Keine Ahnung, aber ich hoffte es.

Als ich gerade dabei war, mich zum Takt der Musik zu bewegen, spürte ich eine Hand auf meiner Taille und drehte mich abrupt um. Der nackte Flitzer, der uns bei unserem Eintreffen über den Weg gelaufen war, sah mich verschmitzt an und fragte: »Darf ich um diesen Tanz bitten?«

»Du bist nackt!«, gab ich mit großen Augen zur Antwort.

»Hast wohl noch nie einen solchen Prachtschwanz gesehen?«, witzelte der Kerl und mein Blick sank tiefer.

Als ich an seiner Nudel hängenblieb, brach ich in schallendes Gelächter aus.

»Wird der noch größer oder ist der immer so klein?«

Beleidigt sah mich der Student an und zog von dannen. Gerade rechtzeitig, denn als ich mich umdrehte, bedrängte eine Frau Amanda, die sich hilfesuchend umsah.

Ich quetschte mich durch die Menge und erreichte meine beste Freundin, als die keifende Furie sie vom Tisch schieben wollte. In letzter Minute fing ich Amanda auf, sah sie an und zog dann das Flittchen vom Tisch.

Keine Ahnung, woher ich den Mut nahm, doch mit einer ordentlichen Rechten donnerte ich ihr meine Faust ins Gesicht. Wankend ging sie zu Boden und stolz sah ich Amanda an.

»Wer bist du und was hast du mit meiner Freundin gemacht?«, lallte Amanda mit einem Hauch von Stolz in der Stimme.

Ich wollte eben etwas entgegnen, als Amandas Handy klingelte und sie lächelnd antwortete: »Roger, Baby. Ist alles in Ordnung?«

Den Rest des Gespräches bekam ich nicht mehr mit, da meine Gegnerin neben mir auftauchte und wie eine Furie auf mich losging. Ich spürte ihre Nägel auf meinen Oberarmen und jemand zog an meinen Haaren. Sie holte aus und wollte mich eben niederstrecken, doch ich wich erstaunlich schnell aus und erntete dafür Jubel von einigen Umstehenden.

Gerade als ich mich in meinem Ruhm suhlen wollte, traf mich die blöde Kuh doch und knallte mir die flache Hand ins Gesicht. Meine Wange brannte und bevor ich mich versah, lag sie auf dem Boden und ich auf ihr.

Nur am Rande bekam ich mit, wie jemand schrie: »Die Bullen sind da!«

Schlag um Schlag steckte ich ein oder teilte aus, ohne zu bemerken, dass es ruhiger um uns herum geworden war. Mit halbem Ohr bekam ich mit, wie die Gäste von der Party türmten, als ich von meiner Sparringpartnerin, deren Nase blutete, gezogen wurde.

Meine Hände wurden auf den Rücken gedreht und etwas Kaltes schloss sich um meine Handgelenke. Amanda diskutierte währenddessen mit einem Polizisten, wer mit der kleinen Prügelei angefangen hatte, doch den interessierte das Ganze überhaupt nicht.

Aus dem Augenwinkel konnte ich eine der Brautjungfern sehen, wie sie ebenfalls in Handschellen abgeführt wurde und dabei schrie: »Ich hab mein Höschen vergessen!«

Nacheinander wurden wir abgeführt und in mehrere Polizeiwagen verfrachtet. Das war es dann wohl mit dem Junggesellenabschied.

Amanda saß neben mir im Wagen und ich schüttelte traurig den Kopf. »Tut mir so leid, Amanda. Ich wollte das wirklich nicht.«

Doch zu meiner Überraschung lächelte sie. »Das war der genialste Abend, den ich je hatte.«

»Wirklich? Aber wir werden gerade verhaftet!« Ungläubig sah ich sie an.

»Das ist doch nicht meine erste Verhaftung. Aber immerhin die Beste. Ich hatte so viel Spaß!«

»Ich wurde noch nie verhaftet«, gestand ich und sah aus dem Fenster, wo ich beobachten konnte, wie auch der Rest von uns in Handschellen abgeführt wurde. »Vielleicht sollten wir Dan anrufen.«

»Oh, Dan«, rief Amanda aus.

»Was ist?«, fragte ich verwirrt und sah sie an. In ihren Augen glitzerte etwas, das ich nicht recht zuordnen konnte.

»Dan hat gerade vorhin über Rogers Handy angerufen«, gestand sie.

»Was hat er gesagt?«

Sie zögerte, als wüsste sie nicht recht, was sie sagen sollte. »Er wollte mit dir reden, aber du warst so in deinem Kampf verwickelt, dass …«

»Was wollte er denn?« Ungeduldig sah ich sie an.

Doch Amanda schüttelte den Kopf. »Ich weiß es nicht. Ich wurde verhaftet und mir wurde das Handy abgenommen.«

Irgendetwas verheimlichte mir Amanda. Doch ich ging nicht weiter darauf ein.

»Wie kommen wir dann wieder aus dem Knast?«, fragte ich entgeistert.

»Die stecken uns doch nur in eine Ausnüchterungszelle. Außerdem haben wir einen Anruf frei und können die Jungs anrufen.«

Erleichtert lehnte ich mich zurück.

»Gott sei Dank. Wobei ich nicht erpicht darauf bin, mich von Dan bei der Polizei abholen zu lassen.«

»Denkst du, er wird sauer sein?« Amanda musterte mich neugierig und wieder war da etwas in ihrem Blick, dass mir zeigte, dass sie irgendetwas nicht preisgeben wollte.

»Sauer? Niemals. Aber er wird die Geschichte noch in Jahren im Büro erzählen und sich darüber lustig machen.«

»Gibt Schlimmeres.« Amanda lächelte nicht, sondern wirkte irgendwie bedrückt, bevor sie sagte: »Ich muss meinem Bruder erklären, dass wir seine Freundin verloren haben.«

»O Shit. Ich habe Marge ganz vergessen.«

Wir waren nicht die Einzigen, die an diesem Abend in einer Zelle landeten. Mit uns wurde noch eine Handvoll anderer Partygäste verhaftet, inklusive der kleinen Furie, die man aber wohlweislich in einer anderen Zelle untergebracht hatte.

Und so saßen wir – Amanda, Kelly und die Brautjungfern – auf einer Holzbank und fragten uns, was die Männer wohl trieben.

Mein Kopf schmerzte, da ich wohl ein Veilchen über dem Auge hatte, und meine Oberarme waren verziert mit Kratzern. Auch Amanda schien etwas abbekommen zu haben, denn ihre Lippe war blutig und angeschwollen. An sich gaben wir einen recht elenden Haufen ab.

Amanda weigerte sich vehement, Roger anzurufen, ohne dies zu begründen. Ich versuchte mich, an Dans Nummer zu erinnern. Auf dem Handy war es nur ein Knopfdruck auf meiner Schnellwahltaste, doch ohne dieses war ich aufgeschmissen. Zumal es gar nicht mehr funktionierte, nach dem Sturz ins Klo.

Gerade als ich dachte, mich zu erinnern, sprang ich auf, um meinen Telefonanruf einzufordern. Da ertönte lautes Gekeife aus dem Flur und drei Polizisten brachten neue Insassen für die Ausnüchterungszelle. Ich achtete nicht weiter darauf, bis Amanda mich anstupste und ich meinen Blick hob.

Es waren Dan, Alex und Roger, die allesamt äußerst lädiert aussahen und schockiert zu uns herübersahen, als sie erkannten, dass auch wir verhaftet worden waren.

Kapitel 19

DAN
ETWA EINE HALBE STUNDE ZUVOR

»Wer war das?«, fragte Amanda am anderen Ende der Telefonleitung, während ich hilflos mit ansah, wie die Prostituierte vor Roger auf die Knie ging und an seiner Hose rüttelte.

Ich wollte gerade antworten, als die Verbindung unterbrochen wurde, und inständig hoffte ich, dass Amanda dieses heillose Durcheinander nicht in den falschen Hals bekam. Roger stand unterdessen mit weit aufgerissenen Augen da und flehte die Frau fast an, dass sie doch bitte ihre Hände von ihm nehmen solle, doch die dachte gar nicht daran.

Schließlich hatte ich genug und herrschte sie an: »Er heiratet übermorgen. Nimm deine Finger von ihm! Du hast doch gehört, dass er das nicht will.«

Erschrocken sah mich die junge Frau an, die nicht älter als vielleicht 20 war. Sie erhob sich und ging zurück in die Räumlichkeiten, aus denen wir gerade geflohen waren. Ein letzter Blick zeigte mir, dass sie nur selten eine Abfuhr bekam, doch das war mir egal.

»Danke, Dan.« Rogers Stimme war kaum hörbar und ich konnte ihm ansehen, dass er vollkommen fertig war.

»Lass uns von hier verschwinden«, bot ich an und zog ihn mit mir die Treppe hinunter. Doch kaum hatten wir die letzte Stufe erreicht, hörte ich hinter uns Alex rufen.

»Wo geht ihr hin?« In seiner Stimme schwang Hohn und Spott mit, doch das war mir egal.

»Ich beende dieses Theater hier und jetzt!«, keifte ich ihn an und ohne mich noch einmal umzudrehen, ging ich auf den Ausgang zu.

»Das hast nicht du zu entscheiden«, spottete Alex. »Oder stehst du schon so sehr unter Leahs Pantoffel, dass du Angst hast, dich anderweitig zu vergnügen?«

Ich blieb stehen, während Roger mich mit großen Augen ansah. »Lass gut sein, Dan. Er ist es nicht wert.«

Langsam drehte ich mich zu Pimmelkopf um und sah ihn abschätzig an. »Mit einer Frau wie Leah muss man sich nicht anderweitig vergnügen. Das hast nur du nie verstanden, weil du ein elender Loser bist!«

Alex lachte auf. »Irgendwann wird sie auch dir zu langweilig und du wirst an diesen Abend zurückdenken und dich fragen, warum du diese Gelegenheit nicht genutzt hast.«

»Ich bin nicht du, Alex. Ich werfe keinen Diamanten weg, weil ich nicht weiß, was ich mit ihm anstellen soll. Männer wie du sind schuld, dass Frauen an der echten Liebe zweifeln.«

»Die echte Liebe?«, fragte der Idiot abfällig. »Wer glaubt denn noch an diesen Schwachsinn?«

Roger wollte neben mir etwas sagen, doch ich hielt ihn zurück. Dann sah ich hinauf, wo Alex langsam die Treppe hinunterschritt.

»Du bist echt armselig, Alex. Du wirst niemals glücklich werden. Genauso wenig, wie du Frauen glücklich machen kannst, weil du viel zu egoistisch bist.«

Alex stand vor mir, baute sich regelrecht zu voller Größe auf, was lächerlich wirkte, da ich mindestens einen halben Kopf größer war als er, und presste zwischen seinen Lippen hervor: »Zumindest weiß ich, wie man Spaß hat. Du wirst irgendwann neben Leah aufwachen und feststellen, dass sie es nicht wert war, alles für sie aufzugeben. Die kleine Schlampe weiß nicht …«

Weiter kam Alex nicht, denn ich holte aus und schlug ihm meine Faust ins Gesicht. Roger versuchte, mich zurückzuhalten, woraufhin ich ihm aus Versehen den Ellenbogen in die Nase schlug, die sofort anfing zu bluten.

Doch ich war wie im Rausch und donnerte Alex noch eine. Er ging zu Boden und gerade als ich mich umdrehen und mit Roger das Haus verlassen wollte, stand dieser auf und warf sich auf mich.

Wie wilde Tiere schlugen wir aufeinander ein, bis ich Sirenen vernahm, die näherzukommen schienen. Erst jetzt bemerkte ich, dass sich das halbe Bordell um uns versammelt und unseren Kampf beobachtet hatte.

Doch die näherkommenden Polizeiwagen lösten auch gleichzeitig eine Panik aus und ich sah halbnackte Männer, die durch den Ausgang flüchteten, und Prostituierte, die sich hektisch etwas überzogen. Demzufolge schloss ich darauf, dass der ganze Laden illegal war.

Ich rief Roger zu, dass er verschwinden sollte, doch da rannten bereits mehrere Polizisten mit erhobenen Waffen durch den Eingang und scheuchten die übergebliebenen Gäste und deren weibliche Ware zusammen.

Weder Roger, Alex noch ich konnten rechtzeitig flüchten und so wurden wir wegen illegaler Prostitution festgenommen. Wie sollten wir das nur den Frauen erklären?

Alles hätte ich erwartet, als wir zu den Arrestzellen geführt wurden, nur nicht, dass Leah und die anderen ebenfalls verhaftet worden waren.

Mit großen Augen ging ich auf die Zelle zu, an der wir vorbeigeführt wurden. Leah sah furchtbar aus. Sie hatte eine Platzwunde an der Stirn, die nur notdürftig verarztet worden war.

Sorgen machten sich in mir breit, als sie auf mich zukam und fragte: »Dan, was ist passiert?«

»Oh, glaub mir, das ist eine sehr lange Geschichte.«

»Die würde mich brennend interessieren«, hörte ich eine Stimme hinter Leah.

Amanda stand hinter ihr und sah mich böse an. Ich hoffte zutiefst, dass sie nicht mitbekommen hatte, wie die Prostituierte sich Roger angeboten hatte. Doch da der Anruf so abrupt abgebrochen war, hatte ich keine Ahnung, wie viel sie gehört hatte.

»Wir sind etwas aneinandergeraten«, gab ich zu und sah zu, wie Roger mit glasigem Blick neben mir stand und seiner Liebsten Liebesbekundungen zurief, die diese gekonnt ignorierte.

Dann wurden wir von den Polizisten ungeduldig weitergeschoben, bis wir in einer Zelle schräg gegenübersaßen. Rückwirkend gesehen, war der ganze Abend ein höllisches Desaster. Es konnte von hier ab eigentlich gar nicht mehr schlimmer kommen.

Gerade als ich diesen Gedanken zu Ende gedachte hatte, hörte ich eine äußerst autoritäre Stimme durch den Gang rufen: »Was zum Teufel geht hier vor sich?«

Es war Mr. Craig Senior, der wie ein General zwischen unserer und Leahs Zelle hin und her blickte. Sein Kopf war hochrot und fast hatte ich das Gefühl, als sähe ich Rauchwölkchen aus seiner Nase hervortreten.

Genau in diesem Moment wusste ich, dass es sehr wohl schlimmer werden konnte.

In Reih und Glied saßen wir mitten in der Nacht im Speisesaal des Hotels und lauschten der Standpauke des alten Mr. Craig. Wie er uns so schnell aus dem Knast geholt hatte, war mir unbegreiflich, aber bekanntlich regierte Geld die Welt.

Leah saß neben mir und hielt ihren Blick gesenkt, während Amanda schmollte und Roger beschämt in die Ecke starrte.

Der Einzige, der dem Blick des Oberfeldwebels standhielt, war Alex. Allerdings war ich mir ziemlich sicher, dass er dies nicht tat, weil er keine Angst vor seinem Vater hatte, nein, er war einfach nur dumm.

»Ein Haufen erbärmlicher Kreaturen seid ihr. Betrinkt euch und landet allesamt im Knast. Zu meiner Zeit hätte mein Vater mit dem Gürtel zu Hause gewartet!«, keifte der alte Mann mit hochrotem Kopf, während er immer wieder auf und ab lief.

»Ich habe nicht angefangen«, murmelte Alex vor sich hin und erntete sogleich einen strengen Blick von seinem Vater.

»Mir ist es vollkommen egal, wer angefangen hat! Ich dulde ein solches Benehmen nicht! Was, wenn die Presse von diesem Eklat erfährt?«

Ich wusste nicht recht, wen ich lieber erwürgt hätte, Alex für sein kindisches Benehmen oder seinen Vater, weil ihm wichtiger war, was die Öffentlichkeit über ihn dachte.

Aber der Apfel fiel vermutlich nicht weit vom Stamm.

»Eigentlich hättet ihr es alle verdient, wenn ich die Hochzeit absage, aber das wäre noch ein viel größeres Desaster!«

Craig grummelte, Amanda stieß einen abfälligen Ton aus und Roger sah mich hilfesuchend an.

Als General *›Ich-habe-Angst-davor-was-die-Presse-von-mir-hält‹* fertig war, standen wir alle bedrückt auf und verließen den Speisesaal. Roger suchte Amandas Nähe, doch die stolzierte an ihm vorbei und würdigte ihn keines Blickes.

Schließlich hakte Leah sich bei mir unter und grinste. »Das war der beste Abend aller Zeiten!«

Meine Augen weiteten sich. »Du warst gerade im Knast.«

»Ich hab zum ersten Mal im Leben gekifft, bin vollkommen betrunken und bin aus einer Bar geflogen. So viel Spaß hatte ich noch nie.«

Verwirrt führte ich die kichernde Leah zum Aufzug, vor dem auch Amanda und Roger standen. Die beiden führten eine hitzige Diskussion, die sie sofort beendeten, als wir näher kamen.

»Was für ein Abend«, flüsterte ich den beiden zu, während ich genau beobachtete, wo sich der alte Craig befand. Amanda sah mich böse an, drehte sich um und ging zu den Treppen.

Derweilen sah mich Roger hilfesuchend an. »Sie sagt, sie hätte gehört, wie uns jemand Blowjobs angeboten hat.«

Leahs Grinsen verschwand und konfus murmelte sie: »Wie bitte?«

»Alex hat uns in ein Edelbordell geschleppt. Ich hab mir Roger geschnappt und wollte gehen. Eigentlich wollte ich dich über Amandas Handy erreichen, doch genau in dem Moment ist eine der käuflichen Damen vor Roger in die Knie gegangen und hat lautstark ihren Service angeboten. Die Leitung war danach tot, aber ich hatte gehofft, Amanda hätte davon nichts mitbekommen und wäre auf falsche Ideen kommen. Ich hatte mich wohl getäuscht.«

Mit offenem Mund und weit aufgerissenen Augen starrte mich Leah an. »Alex hat was?«

»Frag nicht. Der Abend war furchtbar!« Roger schüttelte angewidert den Kopf. »Wie bringe ich das denn nur wieder in Ordnung?«

»Vielleicht sollte ich mit ihr reden und alles erklären«, bot ich an, doch Leah schüttelte heftig den Kopf.

»Auf gar keinen Fall. Damit machst du es nur noch schlimmer. Ich gehe selbst und ihr wartet in unserem Zimmer!«

Leah drückte mir einen Kuss auf die Lippen und tätschelte aufmunternd Rogers Arm, bevor sie ebenfalls zur Treppe ging und verschwand. Der Bräutigam und ich blieben zurück, warteten auf den Aufzug, der irgendwie nicht kommen wollte.

»Was, wenn sie mich nun nicht mehr heiraten will?«, fragte Roger, der Verzweiflung nahe.

»Keine Sorge. Wir biegen das schon wieder hin«, antwortete ich, obwohl ich mir dem nicht wirklich sicher war.

Spätestens als ich mit Roger im Zimmer saß und Leah mit Amandas Handy eine Nachricht schickte, dass es wohl noch etwas dauern würde, wusste ich, dass die Hochzeit wirklich in Gefahr war.

Wie sollte ich das nur wieder hinbiegen und warum zum Teufel schien Alex Narrenfreiheit zu haben? Egal was er anfasste, es endete in einem Desaster und die Konsequenzen blieben aus.

Immerhin schien Roger das ähnlich zu sehen, denn während er die Kopfschmerztablette einwarf, die ich ihm gab, verfluchte er seinen Schwager lautstark.

Nur mit Mühe konnte ich ihn daran hindern, dass er loszog und Alex vermöbelte.

Der nächste Tag würde ziemlich heftig werden.

Kapitel 20

Leah
Noch ein Tag bis zur Hochzeit

Als ich die Augen aufschlug, drehte ich mich verwirrt auf die Seite und entdeckte Amanda neben mir. Anscheinend waren wir eingeschlafen, nachdem sie sich die Augen aus dem Kopf geweint hatte.

Sie hatte nicht mit mir gesprochen. Es hätte auch nicht wirklich etwas gebracht, in ihrem betrunkenen Zustand. Doch ich wusste, dass es nicht leicht werden würde, sie zu beruhigen.

Vorsichtig, um sie nicht zu wecken, drehte ich mich zum Nachttisch um und angelte mir mein Handy. Ich hatte es in der Nacht nochmal versucht trocken zu föhnen und hoffte inständig, dass es noch funktionierte, nach dem Sturz ins Klo.

Zu meinem Glück schien es wirklich funktioniert zu haben. Ich hatte mehrere Nachrichten von letzter Nacht auf meinem Handy. Aber auch nachdem ich mit Amanda in deren Zimmer verschwunden war, hatte Dan mir geschrieben. Er wollte unbedingt wissen, wann ich zurück ins Zimmer kommen würde, weil Roger schon ganz verrückt vor Sorge war.

Eilig schrieb ich ihm eine Entschuldigung dafür, dass ich eingeschlafen war, und wir verabredeten uns fürs Frühstück.

Ich erhob mich langsam, als Amanda die Augen aufschlug und mich verschlafen ansah. Sie sah wirklich furchtbar aus mit ihrem verweinten Gesicht und den verquollenen Augen.

»Guten Morgen. Wie geht es dir?«, fragte ich und schenkte ihr ein Lächeln.

Statt einer Antwort fing sie wieder an zu heulen und mir schwante allmählich, dass die Hochzeit ernsthaft in Gefahr war.

»Süße, du musst endlich aufhören zu weinen und mit mir reden. Oder noch besser, rede mit Roger!«

»Dieser untreue Arsch kann mich mal!«, druckste sie zwischen herzergreifendem Schluchzen hervor.

»Roger war nicht untreu. Dein Bruder ist nur ein riesiger Idiot, der ihn in eine sehr blöde Situation gebracht hat«, versuchte ich es erneut.

Amanda sah mich wütend an. »Kannst du nicht endlich mal über die Trennung mit Alex hinwegkommen? Ständig hackst du auf ihm herum!«

Ich riss die Augen auf und sah meine beste Freundin verständnislos an.

»Entschuldige mal, aber ich war es nicht, die einen Junggesellenabschied in einem Edelbordell geplant hat. Zumal …«

Weiter kam ich nicht, denn Amanda sprang auf. »Die Jungs waren in einem Edelbordell?«

Ich hob die Hände und versuchte sie zu beruhigen, doch sie sprang so fuchsteufelswild im Zimmer umher, dass ich ernsthaft Angst um mein Leben bekam.

»Amanda, hör auf!«, schrie ich, als sie anfing, Parfümfläschchen durchs Zimmer zu werfen.

»Dieser … ich werde ihn morgen auf keinen Fall heiraten«, keifte Amanda, während sie zum Kleiderschrank rannte und ihr Brautkleid hervorholte.

Als ich realisierte, was sie im Begriff war zu tun, rannte ich zu ihr und versuchte sie festzuhalten. »Hör auf mit diesem Wahnsinn und lass mich endlich erklären, was wirklich passiert ist!«

Doch da war es schon zu spät. Erst jetzt erkannte ich die kleine Nagelschere, die Amanda ansetzte und damit kleine Löcher ins Brautkleid schnitt.

»Dieser Bastard! Warum …?«

Ich griff nach meinem Handy und wählte Dans Nummer. Nach nur einmal Klingeln hob er ab. »Leah, Gott sei Dank. Wo seid ihr? Wir warten im Speisesaal auf …«

»Dan, schnapp dir Roger und komm sofort nach oben. Wir haben hier eine …«

»Ich werde ihn umbringen!«, schrie Amanda im Hintergrund.

Dan ächzte am anderen Ende: »Oh, nein. Brautzilla verwüstet das Zimmer?«

»Keine Zeit für Witze, Dan! Komm sofort hier hoch und bring Roger mit.«

Ich legte auf, ohne auf eine Antwort zu warten, und wandte mich wieder Amanda zu. Diese hatte mittlerweile die edlen Spitzenärmel ihres Brautkleides abgeschnitten und warf sie wütend durchs Zimmer. Ich musste diesen Irrsinn stoppen.

»A M A N D A!«, rief ich ihr zu und versuchte, die Schere in die Finger zu bekommen. Doch sie fuchtelte so wild damit herum, dass ich eher Gefahr lief, verletzt zu werden.

Da, endlich klopfte es an der Tür und ich riss diese auf und ließ die Männer herein. Doch kaum erblickte Amanda ihren zukünftigen Ehemann, rannte sie kreischend und mit erhobener Schere auf ihn zu.

Dan reagiert zum Glück schnell und schubste Roger aus dem Weg, während er Amandas Hände festhielt und ich ihr die Schere aus den Fingern winden konnte.

Was für ein Desaster!

Wir hatten einen versuchten Mord, ein zerstörtes Brautkleid und eine verrückte Braut. Wie sollten wir das wieder in Ordnung bringen?

Roger stand hilflos in der Ecke und sah mindestens genauso fertig aus wie seine Braut. Dan versuchte noch immer, Amandas Schlägen auszuweichen, mit denen diese versuchte, ihren Bräutigam zu treffen, und ich saß am Bettende und versuchte, das merkwürdige Gefühl in meinem Magen zu bekämpfen. Ich war zum ersten Mal in meinem Leben verkatert.

Nach einer gefühlten Ewigkeit sank Amanda weinend auf dem Boden nieder, murmelte Drohungen und warf Roger wütende Blicke zu. Dieser ging vor ihr auf die Knie und redete ruhig auf sie ein, bis sie sich beruhigt hatte.

Schließlich entschlossen wir uns, dass es an der Zeit war zu reden, ohne dabei Kriege auszufechten.

»Ich will eure faulen Ausreden gar nicht hören!«, knurrte Amanda und sah mich hilflos an. »Wie kannst du so ruhig bleiben, nachdem du weißt, dass unsere Männer im Bordell waren?«

»Weil ich Dan vertraue und weiß, was passiert ist. Vielleicht solltest du einfach mal die Klappe halten und zuhören.« Ich warf ihr einen bösen Blick zu, während sie mich, schockiert über meine harten Worte, ansah.

Endlich herrschte Ruhe und Roger fing an, über den misslungenen Abend, den Alex geplant hatte, zu berichten. Amandas Mund stand offen, als sie erfuhr, dass Alex ihren zukünftigen Mann abgefüllt und ihm dann Ecstasy untergejubelt hatte.

»Dein Bruder hat aus einem Junggesellenabschied eine Orgie gemacht. Er hat uns zu diesem Haus geschleppt, das sich als Edelbordell entpuppt hat. Wer, bitte, macht so etwas Krankes?«

Amanda sah Roger an und sie schüttelte den Kopf, bevor sie sich mir zuwandte: »Tut mir leid, Leah. Tut mir leid, was ich gesagt habe wegen Alex.«

Ich zuckte mit den Achseln. »Glaub mir, es fiel mir nie schwer, über deinen Bruder hinwegzukommen. Denn genau solche kranken Dinge tat er ununterbrochen.«

Dan sah verwirrt zwischen meiner Freundin und mir hin und her und ich winkte einfach ab. Dann fuhr Roger fort und erzählte davon, wie Dan ihn vor einer Prostituierten gerettet hatte und mit ihm das Haus verlassen wollte.

Er ließ kein Detail aus, als er von der Prügelei und der Verhaftung berichtete, und als er fertig war, lehnte er sich erschöpft zurück.

Alle Augen waren nun auf Amanda gerichtet, die etwas beschämt zu Boden sah.

»Roger, Baby … Ich glaube, ich muss dir da auch etwas gestehen.«

Mit meiner Hand griff ich nach Amandas. Ein leichter Druck sollte sie spüren lassen, dass ich bei ihr war. Schließlich hatte sie Roger nicht betrogen. Doch sie biss sich nervös auf die Unterlippe und stammelte vor sich hin: »Also vielleicht habe ich etwas zu … wie soll ich das sagen. Meine … also …«

Ich konnte mir das Desaster nicht mehr anhören und unterbrach sie: »Sie hat im Club ihre Brüste entblößt, woraufhin wir rausgeflogen sind.«

Rogers Augen weiteten sich, Amanda sah verstohlen auf den Boden und Dan stieß ein »oh je« aus.

»Und ich habe gekifft«, gab Amanda zu, woraufhin Roger ganz bleich wurde.

»Ich auch«, gab ich zu und dachte daran, wie ich den Porsche vollgekotzt hatte.

Amanda fing an zu kichern und nuschelte: »David ist dir super gelungen.«

»Welcher David?«, fragte Roger und sah uns perplex an.

»Das ist eine Geschichte für einen anderen Zeitpunkt«, schlug ich vor und sah zu, wie Dan sich neben Roger setzte.

Belustigt stellte mein Boss fest: »Das war wohl ein recht wilder Abend. Den hätte ich zu gern miterlebt.«

»So etwas wird sicher nie wieder passieren. Das war der erste und letzte Joint meines Lebens!«, stellte ich fest und sah Amanda an, die noch immer nicht wagte, in die Augen ihres zukünftigen Ehemannes zu blicken.

»Vielleicht sollten wir die Hochzeit absagen«, brachte uns Roger vollkommen aus dem Konzept.

Amanda öffnete den Mund, schloss ihn wieder und ich blickte verwirrt durchs Zimmer, bevor ich rief: »Das kannst du nicht tun, Roger. Nur weil Alex euch in ein Bordell geschleppt hat und Amanda im Eifer des Gefechts ihre Brüste aus der Bluse gehopst sind, sagt man doch keine Hochzeit ab.«

Doch Roger sackte regelrecht in sich zusammen und seufzte. »Diese ganze Hochzeit entwickelt sich allmählich zum Albtraum. Wir hatten geplant, abgeschieden und nur mit ein paar wenigen Leuten in den Bergen zu heiraten. Jetzt haben wir ein Event für die Presse, mit über 200 Gästen, Kosten von knapp 100.000 Dollar und mehr Ärger, als wir ertragen. Am liebsten würde ich alles hinschmeißen und durchbrennen.«

Dan sah mich an und grinste und ich wusste, das konnte nichts Gutes bedeuten.

Fast unmerklich schüttelte ich den Kopf, als Amanda sagte: »100.000 Dollar? Oh, Schatz, du liegst dermaßen daneben. Allein mein Kleid war schon fast so viel wert.«

Traurig sah sich Brautzilla ihr ruiniertes Kleid an und fing an zu weinen, während ich meinen Arm um ihre Schulter legte. Noch immer grinste Dan und jedes Mal, wenn er ansetzte etwas zu sagen, sah ich ihn böse an.

Schließlich lehnte er sich zurück und ignorierte meine Blicke. »Ihr könnt doch immer noch durchbrennen.«

Roger und Amanda sahen überrascht auf. Ich schüttelte genervt den Kopf und Dan stand auf.

Als würde er ein Geschäftsmodell präsentieren, fuhr er fort: »Suchen wir einen Priester und lassen euch sofort trauen. Dann könnt ihr euch einen Wagen stehlen und verschwinden, bevor die Hochzeit morgen beginnt.«

»Auf keinen Fall«, stieß Amanda aus.

»Nein, dafür ist es zu spät«, sagte Roger und kniete sich vor Amanda auf den Boden. »Wir sollten die Hochzeit absagen.«

Schockiert stand Amanda auf und verschwand ins Badezimmer. Ich sah Roger an, der traurig vor sich hinstarrte, und sagte: »Das kannst du nicht tun, Roger.«

»Aber wie sollen wir denn jetzt noch heiraten, ohne Kleid? Mein Schwiegervater hasst mich nach dem letzten Abend und wir sehen aus, als seien wir in eine Massenschlägerei geraten, was wir rein theoretisch auch sind.«

Ich sah auf die Uhr und ohne zu wissen, was ich tat, nahm ich mir das vollkommen ruinierte Designerbrautkleid zur Hand. »Gib mir Zeit bis Sonnenuntergang und ich repariere das gute Stück.«

»Würdest du das wirklich tun?«, hörte ich Amanda hinter mir, die ihren Kopf aus dem Badezimmer streckte.

»Natürlich, Liebes. Irgendwie werden wir das Teil schon wieder hinbekommen. Vielleicht nicht ganz so pompös, aber so, wie du es dir vorgestellt hast.« Ich lächelte meine beste Freundin an und sie fing an zu jubeln, während sie auf mich zustürmte und fast zu Boden riss.

Als Amanda sich wieder gefangen hatte und aufstand, sah sie die Männer an und zeigte zur Tür. »Dann darf ich euch Männer bitten, das Brautgemach nun zu verlassen. Schließlich soll der Bräutigam die Braut nicht vor der Hochzeit in ihrem Kleid sehen.«

Roger sah Amanda an und schließlich lächelte er. »Na gut. Dann ziehen wir das jetzt durch!«

»Komm, Roger. Wir lassen die Ladys mal allein und beschwichtigen den Brautvater.« Dan zog Roger mit sich und bevor die beiden den Raum verlassen konnten, hielt Amanda sie zurück.

»Oh, verdammt! Ich hatte Granny ganz vergessen. Roger, kannst du sie mit Dan vom Flughafen abholen?«

Roger sah hilflos seine Braut an und sagte: »Baby, verlang das bitte nicht von mir. Deine Großmutter ist die Letzte, die ich jetzt ertrage!«

Ich kannte die gute Frau nur zu gut und schmunzelte. Marigold Craig, genannt Goldie oder Granny, war speziell und anscheinend hatte Roger schon Bekanntschaft mit ihr gemacht. Dan dagegen winkte ab und sagte: »Ach komm schon, Roger.

Was soll ein solch altes Frauchen schon anstellen, um diesen Tag noch schlimmer zu machen, als er sowieso längst ist?«

»Oh, du hast ja keine Ahnung«, nuschelte ich in mich hinein, während ich die Männer zur Tür hinausschob.

Ich hatte eine Mission und keine Ahnung, wie ich diese meistern sollte. »Amanda, ich brauche Nähzeug!«, befahl ich, während diese zum Telefon griff und mit wenigen Worten dafür sorgte, dass nur kurze Zeit später Nähmaschine und allerlei Zubehör ins Zimmer geliefert wurden. Ich stand derweilen da und wusste nicht, wie ich aus dem Desaster noch ein Kleid machen sollte.

Schließlich sah ich meine beste Freundin an und fragte: »Also, was stellst du dir vor?«

»Schlicht, gerade Linie und bitte keine Ärmel. Meine Mutter hat mir das Kleid gewissermaßen aufgezwungen und wenn ich ehrlich bin, bin ich froh, dass es ruiniert ist.«

»Du hast leicht reden. Du musst ja jetzt kein Wunder vollbringen«, merkte ich an und sah mir an, was noch zu retten war.

»Wenn jemand Wunder vollbringen kann, dann du.« Sie grinste und setzte sich zu mir.

Ich fing an zu schneiden, abzustecken und anzupassen, bis ich aufblickte und fragte: »Was hast du dir eigentlich dabei gedacht, als du die Männer losgeschickt hast, um Granny abzuholen?«

Amanda schmunzelte. »Nur so werden wir sie den ganzen Tag los. Granny wird die beiden ordentlich auf Trab halten.«

»Und du hast keine Angst, dass Roger dich nicht mehr heiraten will, wenn sie mit ihm fertig ist?«

»Ich mache mir eher um Dan Sorgen. Der kennt sie noch nicht«, sagte Amanda und ließ sich aufs Bett fallen.

Ich drehte mich zu ihr und sagte: »Wenn jemand deine Großmutter händeln kann, dann sicherlich Dan. Wobei, wahrscheinlich ist sie selbst für ihn eine Nummer zu hart!«

Kapitel 21

DAN

Wir nahmen Rogers Wagen, da mein Prius nicht ausgelegt war, um darin Koffer und eine alte Dame zu transportieren. Doch der zukünftige Bräutigam wurde immer nervöser, umso näher wir dem Flughafen kamen.

Besorgt sah ich ihn an. »Ist alles in Ordnung, Roger?«

Er nickte nur und suchte nach den richtigen Worten: »Ja. Es ist nur … also Amandas Granny … sie ist etwas speziell.«

Meine Augenbrauen zuckten nach oben. »Speziell inwiefern?«

»Na ja, wie soll ich das sagen. Sie scheint alle zu hassen, lässt das auch jeden spüren, der ihr in die Quere kommt, und ich schwöre bei Gott, wenn diese Frau irgendwann einmal ins Gras beißt, braucht es zwei Särge, um sie zu beerdigen. Einen für sie und einen für ihr boshaftes Mundwerk. Wobei uns diese Frau wahrscheinlich alle überlebt.«

»Klingt äußerst interessant«, gab ich zur Antwort und schmunzelte. Ich konnte mir beim besten Willen nicht vorstellen, dass eine alte Dame mit solch dämonischen Fähigkeiten gesegnet war.

Nach etwa einer Stunde erreichten wir den kleinen Flughafen und Roger parkte den Wagen in der Nähe der Ankunftshalle.

Er schwitzte und ich konnte sehen, wie seine Hände zitterten. Aufmunternd legte ich ihm meine Hand auf die Schulter, als wir gerade das Flughafengebäude betraten. Doch da weiteten sich auch schon seine Augen und er flüsterte: »Satan ist da!«

Ich sah zu den Türen hin, aus denen gerade einige Reisende mit Koffern hervortraten. »Welche ist es?«

Doch es bedurfte gar keine Antwort, denn schon sah ich ein kleines Frauchen mit der Ausstrahlung eines Superstars auf uns zuwanken. Sie trug Pelz und ignorierte die bösen Blicke der anderen Passagiere gekonnt. Ihr ganzes Outfit schrie regelrecht nach übertriebenem Luxus und das fein toupierte Haar mit leichtem Lilastich war geziert mit einem schwarzen, äußerst damenhaften Hütchen. Sie trug eine Sonnenbrille, die fast ihr ganzes Gesicht bedeckte, knallpinken Lippenstift und Schmuck, der wahrscheinlich teurer war als das Haus, in dem ich wohnte. Das also musste Mrs. Craig sein.

Die Dame blieb vor uns stehen, schaute über den Rand ihrer Sonnenbrille hervor und warf Roger einen genervten Blick zu. »Ich hatte schon gehofft, meine Enkelin wäre zur Vernunft gekommen.«

Roger blinzelte und ich legte den Kopf schief.

»Es ist auch schön, Sie wiederzusehen, Marigold«, presste Roger zwischen seinen Zähnen hervor.

»Für dich immer noch Mrs. Craig! Jetzt nimm den Stock aus deinem Arsch und bring mein Gepäck zum Wagen.«

»Ja, Mrs. Craig«, knurrte Roger nun und erntete dafür ein böses Grinsen von Granny.

»Es ist in Ordnung, wenn du mich nicht magst, Roger. Nicht jeder hat einen guten Geschmack.« Dann endlich fiel ihr Blick auf mich. Eingehend betrachtete sie mich von Kopf bis Fuß. »Und wer sind Sie?«

»Dan Miller. Es ist schön, Sie kennenzulernen«, antwortete ich grinsend und reichte ihr die Hand.

Sie ignorierte sie und sagte: »Ich stehe ja auf Sarkasmus, aber dieser Spruch war ziemlich übertrieben.«

Meine Mundwinkel verzogen sich zu einem Grinsen. Irgendwie mochte ich die Dame jetzt schon. »Man kann sie nicht alle töten.«

Sie betrachtete mich und reichte mir ihre Handtasche. »Bleiben Sie, wie Sie sind, Dan. Das gefällt mir.« Dann warf sie einen abfälligen Blick auf Roger und fügte hinzu: »Sarkasmus ist die hohe Kunst, Idioten zu beleidigen, ohne dass sie es merken.«

Roger schnaubte auf, während er den Koffer der alten Damen an sich nahm. Ich reichte Mrs. Craig meinen Arm und zu meiner Überraschung hakte sie sich bei mir unter.

»Sagen Sie, Dan, welche Funktion haben Sie bei der Hochzeit?«, fragte sie, als wir hinaus in die Sonne traten.

»Meine Freundin ist die beste Freundin der Braut.«

Mrs. Craig blieb stehen und musterte mich. »Leah?«

»So ist es.« Ich sah sie von der Seite an, während sie fast schon vergnügt nickte.

»Glück ist, wenn dir Lachen und ein Orgasmus von derselben Person beschert werden. Sie bescheren dem Mädchen doch hoffentlich einen anständigen Orgasmus?«

Roger drehte sich empört um. »Marigold. Was soll diese Frage?«

Doch sie ignorierte ihn und ich antwortete: »Davon gehe ich aus, Mrs. Craig.«

»Nennen Sie mich Goldie, Junge. Sie sind mir sympathisch, was ich nicht von jedem hier behaupten kann.«

»Das werde ich tun, Goldie.«

»Das muss für Leah nicht sehr angenehm sein, ständig in der Angst leben zu müssen, auf ihren Ex zu treffen. Das ist ja fast, als würde ich meinen Garten umgraben.«

»Sie wissen doch, was man sagt, Goldie«, antwortete ich in meiner lockeren Art, »der beste Weg, um über jemanden hinwegzukommen, ist mit einem Auto.«

»Dan, sie wissen schon, dass Sie da von meinem Enkel sprechen, oder?«

Ich ließ mich nicht aus dem Konzept bringen und sah sie lächelnd an.

»Ja, das weiß ich, Goldie, aber leider sind die Batterien zu meinem Heiligenschein leer.«

»Ich weiß, was Sie meinen. Ich wollte schon so lang aufhören, gemein zu sein, doch erst müssen die anderen aufhören, dumm zu sein.«

Als wir endlich im Wagen saßen, herrschte eisiges Schweigen. Roger war außer sich vor Wut, während Goldie immer wieder einen Flachmann hervorzog und daran nippte. Irgendwann drehte sie sich zu mir um, reichte mir das vergoldete Fläschchen und fragte: »Brandy, mein Lieber?«

»Nein Danke, Goldie.«

»Nehmen Sie schon, Dan. Brandy ist Therapie, abgefüllt in Flaschen«, versuchte sie mich zu überzeugen, doch bevor ich zugreifen konnte, waren wir schon am Hotel angekommen.

Ich saß hinter ihr und stieg aus, um ihr die Tür zu öffnen. Abfällig sah sie sich das Gebäude an und nuschelte: »Statt Geld für solch eine riesige Hochzeit auszugeben, sollten die es lieber an eine gemeinnützige Institution spenden. Wie mich zum Beispiel. Ich bin gemein und es wäre äußerst nützlich.«

Erneut huschte ein Schmunzeln über meine Lippen. Ganz gentlemanlike reichte ich ihr meinen Arm, um sie in die Lobby zu führen, während Roger sich um das Gepäck kümmerte.

Schon vom Eingang aus sahen wir Alex und Marge an der Rezeption stehen und Granny Goldie schnaubte neben mir ungeduldig.

Alex kam auf seine Großmutter zu und wollte sie schon umarmen, als die alte Dame ihn musterte und dann ihren Blick über Marge schweifen ließ.

»Wen hast du da denn aufgegabelt?«

»Granny, das ist Marge, meine Freundin.«

Alex grinste, aber nur so lange, bis Goldie den Mund öffnete und Marge die Hand reichte. »Darf ich Ihnen das Tschüss anbieten?«

Verwirrt sah Marge sie an, doch Granny setzte noch eins obendrauf und sagte zu Alex: »O Junge. Du solltest wirklich wieder anfangen zu saufen!«

Ich konnte mir kaum das Lachen verkneifen, als ich hinter mir Leahs Stimme hörte: »Goldie! Es ist so schön, dass du da bist.«

Goldie drehte sich um und zum ersten Mal an diesem Tag sah ich ein ehrliches Lächeln auf ihren Lippen. »Leah, Schätzchen. Wie geht es dir?«

Missmutig drehte sich Marge zu den Aufzügen um und ließ Alex einfach stehen, während Goldie Leah an sich zog und ihr lautstark verkündete: »Hatte ich dir damals nicht gesagt, du sollst nicht um Alex weinen? Jetzt kannst du lachen, denn seine Neue sieht aus wie ein Pferd!«

Leah grinste und sah die alte Dame eingehend an. »Ich habe etwas Besseres gefunden, Goldie.«

Ihr Blick huschte zu mir und Granny sagte: »Wenn er genauso gut vögelt, wie er aussieht, dann behalte ihn!«

Ich mochte Granny nicht nur, weil sie über einen Humor verfügte, der endlich etwas Stimmung in die Bude brachte, sondern vor allem, weil sie genau sah, was für ein armseliges Würstchen Alex doch war.

Ich konnte Alex nicht ausstehen und verstand immer weniger, wie Leah es mit diesem Schnösel nur so lang ausgehalten hatte. Doch zu meinem Glück war sie nun an meiner Seite. Wobei das auch nicht ganz stimmte. Leah verschwand wieder im Hotelzimmer von Roger und Amanda und nähte, was das Zeug hielt. Ich dagegen versuchte, mich mit Arbeit abzulenken, was mir einfach nicht gelingen mochte.

Meine Gedanken schweiften immer wieder zu Leah und allmählich fragte ich mich, wie wir das zurück im Büro händeln sollten. Bevor ich diese Gedanken jedoch vertiefen konnte, entschloss ich mich zu einem kleinen Drink an der Hotelbar.

Mit dem Anblick, der sich mir bot, hätte ich jedoch nicht gerechnet. Granny Goldie saß an einem der Tische und hielt Karten in der Hand. Ihr gegenübersaßen drei junge und halbnackte Männer.

Spielten die Vier etwa Strip-Poker?

Einer der jungen Männer stöhnte auf, als Granny ihre Karten auf den Tisch warf und grinste. Als er aufstand und sich seines Hemdes entledigte, stöhnte er. »Ich glaube das nicht!«

»Ja, Jungchen, wenn ich du wäre, wäre ich auch lieber ich.« Sie nahm ihr Glas zur Hand und prostete den Mitspielern zu, während ihre andere Hand unter dem Tisch mit einer Karte herumspielte.

Goldie schummelte!

Langsam kam ich näher und blickte ihr über die Schulter.

Während sie die nächste Hand sortierte, flüsterte ich ihr ins Ohr: »Gutes Blatt.«

Wissend drehte sie ihren Kopf und zwinkerte mir zu. »Dan, warum spielen Sie nicht mit uns? Sie würde ich auch gern oben ohne sehen.«

»Habe ich den eine Chance gegen Sie?«, fragte ich, während ich einen Kellner herwinkte.

»Ich kann Sie ja gewinnen lassen, wenn Sie meinen Körper bewundern wollen. Für 86 bin ich noch ziemlich knackig.«

Bevor ich antworten konnte, lachte einer der Kerle auf und erntete sofort einen zynischen Blick von Granny.

Ruhig antwortete sie auf sein Lachen: »Ich mag das Geräusch, das Sie machen, wenn sie die Klappe halten.«

Mein Whiskey kam und ich setzte mich zu den Pokerspielern. Immer wieder sah ich zu, wie Granny ganz unbemerkt Karten unter dem Tisch verschwinden ließ, bis irgendwann sechs Assen im Spiel auftauchten und die jungen Männer skeptisch wurden.

»Die Alte bescheißt doch!«

»Etwas mehr Respekt!«, mahnte ich den Jungspund, der höchstens 20 war und den ich hier noch nie gesehen hatte.

»Respekt setzt ein gewisses Maß an Intelligenz voraus und da fängt das Problem schon an«, sagte Granny siegessicher und stand auf. »Dan, wie wäre es mit einem Spaziergang?«

Ich streckte ihr meinen Arm entgegen und wartete, bis sie sich bei mir untergehakt hatte. Da kam der Kellner mit meinem Whiskey und einem Brandy für Goldie zurück.

»Wir haben die Drinks vergessen«, merkte ich an, doch Granny machte eine saloppe Handbewegung.

»Dann auf Ex. Oder brauchen Sie Wasser dazu, um nicht aus den Latschen zu kippen? Ich persönlich mag ja Wasser nur gefroren und umgeben von einem guten Schluck Brandy!«

Ich lachte auf, prostete ihr zu und schüttete den Whiskey hinunter, der in meiner Kehle brannte. Ich konnte regelrecht spüren, wie er sich in Richtung meines Magens bewegte. Granny tat es mir gleich, ohne jedoch das Gesicht zu verziehen. Dann verabschiedete sie sich von ihren halb nackten Mitspielern mit den Worten: »Wir sollten das wiederholen. Ich kann es nicht erwarten, endlich wieder einen straffen Sack zu sehen. In Florida, wo ich wohne, haben die Männer furchtbar schrumpelige Hoden.«

Die jungen Männer versteiften sich und ergriffen die Flucht, während ich Granny grinsend zum Ausgang führte.

Wir liefen zu einem der Wanderwege und genossen die warmen Sonnenstrahlen, bis sie mich von der Seite ansah und fragte: »Sie und Leah also. Wie kam es dazu?«

»Sie ist meine Assistentin, Sekretärin und rechte Hand.«

»Oh«, sagte Granny unheilvoll und meinte: »Und das funktioniert?«

»Das weiß ich noch nicht.«

Überrascht blieb sie stehen. »Was soll das heißen?«

»Das heißt, dass wir erst seit wenigen Tagen mehr als nur Boss und Angestellte sind.«

Ich entschloss mich für Ehrlichkeit, denn Granny war nicht auf den Kopf gefallen und würde merken, wenn ich sie belog.

»Darf ich Ihnen einen Tipp geben, Dan?« Sie lief weiter und rückte dabei ihre Sonnenbrille zurecht.

»Nur zu, Goldie«, gab ich ihr zur Antwort.

»Lassen Sie es!«

Überrascht sah ich sie an. »Was?«

»Sex am Arbeitsplatz.«

»Ich hatte nicht vor …« Weiter kam ich nicht, denn sie fing an, laut zu lachen.

»Natürlich hatten Sie das. Ich meinte auch nicht, dass Sie es mit Leah lassen sollen. Lassen Sie es mit anderen. Ich weiß, was zwischen Leah und Alex passiert ist. Mein Enkel ist ein Idiot, der seinen Schwanz gern mal Gassi führt, damit er an fremde Gartentürchen pinkeln kann, wenn Sie verstehen, was ich meine. Machen Sie nicht denselben Fehler. Leah hat Ehrlichkeit verdient.«

Ich schmunzelte. »Also darf ich mit Leah am Arbeitsplatz …?«

»Jeden Tag, mindestens einmal!«, befahl sie grinsend und nahm ihren Flachmann zur Hand. »Auch ein Schlückchen?«

»Lieber nicht, sonst bin ich noch vor dem großen Rehearsal-Dinner blau«, lehnte ich ab.

»Glauben Sie mir, mein Lieber, das wäre auch besser so. Mein Sohn ist nur unter Alkoholeinfluss erträglich und den Rest der Idioten muss man sich intelligent trinken.«

Ich lachte auf und führte sie weiter den Wanderweg entlang, bis sie sagte: »Wir sollten langsam wieder zurückgehen. Ich hab meine Enkelin Amanda noch gar nicht gesehen. Vielleicht kann ich ihr doch noch etwas Vernunft einbläuen, bevor sie diesen Schlappschwanz Roger heiratet.«

»Roger ist ein guter Kerl. Ich glaube, Sie unterschätzen ihn.«

»Nur ein guter Kerl zu sein, gibt einer Frau keine Orgasmen. Der Kerl ist so verklemmt, dass ich Zweifel habe, ob er überhaupt weiß, wo er ihn hineinstecken muss.«

Ich seufzte. »Aber er ist anständig.«

Kurz erzählte ich Granny vom Junggesellenabschied und wie Alex versucht hatte, Roger zu manipulieren. Wenn Goldie überrascht war, ließ sie es sich nicht anmerken. Stattdessen sagte sie: »Verdammt, ich hätte früher kommen sollen. Das hätte ich zu gern gesehen.«

»Wir waren im Gefängnis«, gestand ich mit hochgezogenen Augenbrauen.

»O Jungchen. Ich hatte den besten Sex meines Lebens im Gefängnis.«

Ich schmunzelte und sie tat es mir gleich. Wenn mir eines klar war, dann, dass diese Frau noch für ordentlich Stimmung sorgen würde.

Kapitel 22

LEAH

Nachdem ich Granny begrüßt hatte, war ich zurück in Amandas Zimmer geschlichen, das nun mehr einem Nähzimmer glich. Es lag noch eine Menge Arbeit vor mir und so gern ich der alten Dame auch Gesellschaft geleistet hätte, blieb mir nichts anderes über, als mich wieder an die Nähmaschine zu setzen.

Amanda, die während der Ankunft ihrer Großmutter in der Wanne gelegen hatte, war mittlerweile angezogen und hetzte an mir vorbei.

»Ich gehe eben Granny begrüßen«, verkündete sie und strich sich nervös durchs Haar.

Irgendetwas an der Geste sagte mir, dass sie die Ankunft ihrer Großmutter regelrecht schaffte. »Ist alles in Ordnung, Amanda?«

Sie sah mich gequält an und nickte. »Ja. Es ist nur … sie hasst Roger und das macht dieses Desaster nicht gerade leichter.«

»Aber wie kann man Roger hassen? Ich meine, gut, er ist sehr zurückhaltend und Granny ist das krasse Gegenteil, aber sonst ist er doch ein netter Kerl.«

Amanda setzte sich wieder aufs Bett und sah mich an. »Rogers Großvater und Granny hatten wohl mal eine Affäre.«

Ich riss die Augen auf. »Bitte was?«

»Als Granny zum ersten Mal auf Roger traf und erfuhr, wie er mit Nachnamen heißt, wusste sie sofort, wer sein Großvater war.«

Ungläubig legte ich Nadel und Faden weg. »Wann? Wie? Wo?«

Amanda kicherte. »Irgendwann in den 80ern wohl. Granny war wohl gerade frisch geschieden und Rogers Großvater noch glücklich verheiratet. Als die Affäre aufflog, haben sich Rogers Großeltern getrennt.«

»Wusste Roger davon?«, fragte ich und fügte sogleich hinzu: »Und wird Rogers Großvater auch zur Hochzeit kommen?«

In den Augen meiner besten Freundin konnte ich sehen, dass da ein riesiges familiäres Gewitter auf uns zuzog. »Roger hatte keine Ahnung, bis zu diesem ersten Familientreffen. Und ja, leider wird sein Großvater morgen eintreffen. Ich hatte überlegt, ihn nicht einzuladen, doch Roger wurde sauer und meinte, dann könnten wir genauso gut Granny ausladen.«

»Aber warum hasst deine Granny dann Roger so sehr?«

»Weil Roger aussieht wie sein Großvater damals.« Amanda ließ sich rückwärts aufs Bett fallen und stöhnte auf. »Und weil Roger nichts mit ihrem Sarkasmus anfangen kann. Er mag sie genauso wenig wie sie ihn. Und wenn Granny spürt, dass jemand sie nicht leiden kann, bekommt er volle Breitseite.«

»Verdammt, das wird Mord und Totschlag geben. Warum hast du mir das nicht schon früher erzählt?«

»Weil Granny die Grippe hatte und ich bis gestern keine Ahnung hatte, ob sie wirklich kommen würde.«

Mein Kopf schwirrte. Ich kannte Granny nur zu gut und wusste über ihre spitze Zunge Bescheid. Insgeheim fragte ich mich, ob Goldie wirklich in Kauf nehmen würde, die Hochzeit ihrer Enkelin zu ruinieren, nur weil sie den Großvater des Bräutigams irgendwann zwischen ihrer zweiten und siebten Hochzeit flachgelegt hatte.

Ich sprang auf. »Ich brauche eine Pause. Sag deiner Granny erst mal Hallo und wir sehen uns später wieder hier zur Anprobe.«

Ohne auf eine Antwort zu warten, ging ich zur Tür und lief zum Aufzug. Ich wollte Dan sehen und für einen kurzen Augenblick das Desaster vergessen. Diese Hochzeit lief jetzt schon aus dem Ruder und insgeheim nahm ich mir vor, niemals selbst zu heiraten.

Als ich gerade auf meiner Etage ankam, sah ich Dan aus unserem Zimmer kommen. Er lächelte mich mit seinem Zahnpastalächeln an und schloss mich sogleich in den Arm.

»Hallo, Partymaus. Hast du dich aus deiner Gruft befreit?«

Ich sah ihn an, schnappte mir seinen Arm und führte ihn zum Zimmer. »Wir müssen reden!«

Er legte den Kopf schief, als hätte er etwas verbrochen und wüsste nicht was, und ließ sich von mir ins Zimmer ziehen, wo ich ihn aufs Bett bugsierte und die Balkontür schloss. Ich presste meine Hände in die Hüften und sah ihn besorgt an.

»Wir haben ein Problem!«

»Alex?«, fragte Dan und zückte sein Handy. »Ich kenne da einen Kerl, der für etwas Kleingeld sicherlich einen Unfall …«

»Nein, nicht Alex!«, herrschte ich ihn schärfer an, als ich wollte. »Rogers Großvater und Granny!«

»Willst du die beiden verkuppeln? Ich glaube nicht, dass das funktioniert. Grannys Beuteschema ist ein paar Jahre jünger.«

Ich verdrehte die Augen. »Nein! Scheint wohl, als hätten Rogers Großvater und Granny mal eine Affäre gehabt. Morgen kommt er an und Amanda fürchtet, dass die beiden die Hochzeit ruinieren könnten.«

Dan lachte auf. »Denkst du im Ernst, dass man da noch viel ruinieren kann? Ich wäre ja immer noch dafür, dass die beiden durchbrennen.«

»Das würde Amanda niemals tun.« Ich setzte mich rittlings auf Dans Schoß und vergrub mein Gesicht in seiner Halsbeuge.

Er roch so gut und seine starken Armen umschlossen meinen Oberkörper. »Ich will wieder nach Hause!«

Dan sah mich an und wurde für einen Augenblick ernst. »So sehr diese Hochzeit auch aus dem Ruder läuft, bin ich dennoch froh, dass ich hierhergekommen bin. Ich glaube, im Büro hätte ich mich nie getraut, dir näherzukommen.«

Ein Lächeln huschte über meine Lippen. »Ich hätte dich nicht für schüchtern gehalten.«

»Das hat mit *schüchtern* nichts zu tun. Es ist der Anstand, der mich zurückgehalten hat. Du bist nun mal meine Sekretärin. Aber hier in den Bergen und so nah an deiner Seite hat sich mein Anstand verabschiedet.«

Als wollte er seinen Worten Ausdruck verleihen, fasste er mir an den Po und fing an, ihn zu kneten. Ich wusste genau, was er wollte, und schüttelte den Kopf. »Ich kann jetzt nicht. Amandas Kleid ist noch nicht fertig.«

Traurig sah er mich an. »Wenn sie durchbrennen würden, bräuchten sie das Kleid nicht.«

»Wenn sie durchbrennen würden, wäre die Hochzeit morgen abgesagt und dieser Trip würde vorzeitig enden.«

Dan grinste. »Das wissen aber unsere Kollegen nicht.«

Ich legte meinen Mund auf seine Lippen und küsste ihn innig. Sosehr diese Hochzeit einer Katastrophe zusteuerte, war ich genauso froh darüber wie Dan, hier zu sein. Ich war froh, ihn an meiner Seite zu wissen.

»Nein, das wissen sie nicht«, gab ich zur Antwort und knöpfte Dan langsam das Hemd auf.

Irgendwann quälte ich mich aus dem Bett und schlich mich auf leisen Sohlen aus dem Zimmer. Dan ließ ich schlafen. Am liebsten hätte ich mich wieder in seinen Arm gekuschelt, doch ich musste an Amandas Brautkleid weiterarbeiten.

Die Zeit bis zum großen Rehearsaldinner drängte und ich hatte keine Lust, die ganze Nacht an der Nähmaschine zu sitzen. Etwa zwei Stunden später war von dem eigentlichen Kleid kaum mehr etwas über. Ich hatte es nach Amandas Wünschen vollkommen verändert und dankte innerlich meiner Großmutter, die mir schon in meiner Kindheit das Nähen beigebracht hatte.

Aus dem viel zu pompösen Kleid war ein schulterfreies Spitzenkleid im Meerjungfrauenschnitt geworden. Und die Braut war glücklich! Als Amanda es anprobierte, strahlte ihr Gesicht regelrecht und sie fing an, sich vorsichtig im Kreis zu drehen.

»Ich liebe es! Genau so hab ich es mir immer vorgestellt.«

»Dir ist klar, dass deine Mutter mich töten wird, wenn sie rausfindet, dass ich das teure Designerkleid geändert habe, oder?«, scherzte ich und freut mich schon innerlich auf diesen Triumph.

Weder Mrs. Craig, noch der grummelige Mr. Craig hatten Sympathie gezeigt, als ihr Sohn mich betrogen hatte. Nein, sie hatten mich sogar beschuldigt, ich sei es gewesen, die Alex fremdgegangen war.

»Ich werde mich schützend vor dich werfen!«, versprach Amanda grinsend und bewunderte sich erneut. »Ich wünschte, ich könnte nicht nur in Bezug auf das Kleid rebellieren. Die ganze Hochzeit ist das, was meine Mutter wollte.«

»Es ist noch fast ein Tag Zeit, durchzubrennen«, stellte ich fest und sah meine beste Freundin verschwörerisch an.

»Glaub mir, ich täte nichts lieber als das. Aber mein Vater hat so viel Geld für diese Hochzeit bezahlt, dass ich ihm das einfach nicht antun kann.« Kurz sah sie mich an und runzelte die Stirn. »Es sei denn …«

»Was?«, fragte ich verwirrt.

»Vielleicht können Dan und du …«

»Spinnst du?« Ich sah sie mit großen Augen an. »Wir haben ja erst … also das wäre zu früh.«

»War nur ein Vorschlag.« Am Grinsen meiner Freundin konnte ich allerdings erkennen, dass sie es durchaus ernst meinte.

»Wir sollten uns langsam fürs Dinner fertig machen.« Ich stand auf und half Amanda aus dem Kleid, während diese seufzte.

»Ich habe so gar keine Lust darauf. Sosehr ich meine Granny liebe, aber mir schwant Böses. Das wird die Hölle für Roger!«

»Soll Dan mal mit ihr reden? Die beiden scheinen sich ja super zu verstehen.«

Amanda drehte sich zu mir. »Denkst du, das würde etwas bringen?«

»Versuchen können wir es.«

Als ich zurück in meinem Zimmer ankam, saß Dan bereits im Anzug am Schreibtisch und arbeitete. *Verdammt, dieser Anblick, wie hatte ich ihm nur all die Monate widerstehen können?*

Er sah auf, als ich zum Kleiderschrank ging, und beobachtete, wie ich ein dunkelblaues Spitzenkleid hervorzog. »Wie wäre es, wenn wir das Dinner einfach schwänzen?«

Ich legte den Kopf schief und lächelte. »Glaub mir, wenn wir schwänzen könnten, würden Amanda und Roger sich uns anschließen. Amanda hat Sorge um Roger, wegen der spitzen Zunge ihrer Granny.«

Dan blinzelte. »Ja, irgendwie scheinen die beiden sich gar nicht liebzuhaben.«

Ich warf das Kleid aufs Bett und umschlang Dan von hinten. »Du verstehst dich doch so gut mit ihr. Kannst du nicht mal mit ihr reden? Vielleicht schafft sie es ja, sich zurückzuhalten.«

»Denkst du im Ernst, diese Frau würde sich von mir den Mund verbieten lassen?« Dan kicherte.

»Bitte, Dan«, hauchte ich ihm zu und ließ meine Lippen auf seinen Mund sinken. Er stöhnte auf, als meine Finger durch sein Haar glitten und murmelte: »Na gut.«

Genau in diesem Moment klopfte es an unserer Tür, ich presste meinen Finger auf Dans Mund und flüsterte: »Wir sind nicht da!«

»Leah! Mach auf!«, hörte ich die Braut, die klang, als wäre eben ein Unglück geschehen.

»Verdammt«, flüsterte ich und befreite mich aus Dans Umarmung. Als ich die Tür öffnete, drückte sich Amanda durch den Spalt und knallte die Tür hinter sich zu.

»Er ist da! Er ist zu früh«, hechelte Amanda und sah mich mit weit aufgerissenen Augen an.

Dan stand auf und schlenderte auf uns zu. »Manchmal, wenn ein Mann eine Frau sehr liebt, kann es auch mal sein, dass er seine Schwimmer etwas zu früh …«

Amanda und ich sahen Dan verwirrt an.

»Rogers Großvater ist da!«, herrschte Amanda ihn an. »Wenn Granny ihn sieht, wird es einen Mord geben.«

»Oh«, kam es von Dan, »ich gehe dann mal Leichensäcke kaufen.«

»Wir müssen die beiden voneinander fernhalten!«, flehte Amanda und sah mich eindringlich an.

Ich sah hektisch zu Dan: »Du!!! Kümmer dich um Granny! Bespaße sie bis zum Dinner. Wir kümmern uns um Rogers Opa.«

»Aber ich bin nicht so trinkfest«, merkte Dan verwirrt an, während ich Amanda an der Hand nahm und das Zimmer verließ.

Wir rannten hinunter zur Lobby und fanden Roger mit einer älteren Version seiner selbst vor. *Verdammt, das war wie eine Zeitreise.* Die beiden glichen sich wirklich wie ein Haar dem anderen. Rogers Großvater war dazu noch äußerst attraktiv, dafür dass er schon um die 80 sein musste.

Kaum hatte er Amanda erblickt, strahlte er über beide Ohren. »Da haben wir ja die Braut.«

Er umarmte Amanda und sah mich dann an. »Oh, welch Schönheit blendet meine müden Augen.«

Verwirrt blickte ich drein, während er meine Hand nahm und einen Handkuss darauf platzierte.

»Ähm, Hallo. Ich bin Leah, Amandas beste Freundin.«

»George Hemming. Es ist mir eine Freude, Bekanntschaft mit Ihnen zu machen.«

Welch ein Charmeur. Wenn der auf Granny traf, dann würde das ein Jahrhundertspektakel werden.

Roger zog seinen Großvater mit sich an die Bar, während Amanda und ich zurückblieben. Mit hochgezogenen Augenbrauen sah ich meine beste Freundin an.

»Und der hatte mal was mit Goldie?«

Amanda nickte. »Und er hat keine Ahnung, dass sie meine Großmutter ist.«

»Warte … was?« Verwirrt blickte ich sie an.

»Als Granny erfuhr, wie Roger mit Nachnamen heißt und ihn dann noch gesehen hat, hat sie ihn direkt drauf angesprochen. Aber Rogers Großvater hat keine Ahnung, da Granny damals noch den Nachnamen ihres Ex-Mannes hatte. Das heißt, er wird verdammt überrascht sein, wenn er wieder auf sie trifft.«

»Oh man, ihr macht mich echt fertig. Bist du dir sicher, dass du nicht doch durchbrennen willst?«, fragte ich sie und tätschelte ihren Oberarm.

»Ich hab Angst, Leah! Granny ist unberechenbar und Rogers Großvater sehr angetan in Bezug auf das weibliche Geschlecht. Das wird ein Tornado, wenn die beiden sich heute Abend nach all den Jahren wiedersehen.«

Kapitel 23

LEAH

Unser Plan schien aufzugehen, zumindest vorerst, denn uns gelang es, Goldie von Rogers Großvater fernzuhalten. Doch das Rehearsaldinner rückte unheilvoll näher. Mit jeder Minute, die verging, zitterten Amandas Hände mehr und selbst mir wurde die Situation langsam zu heiß.

Letztlich war es so weit und wir begaben uns äußerst langsam hinunter in den Speisesaal. So langsam, dass man hätte denken können, wir würden versuchen, erst danach anzukommen.

Wir erreichten den Saal als einer der Letzten. Roger saß bereits auf dem Platz des künftigen Ehemanns und zu seiner Seite Vater und Mutter, die ich bisher nur am Rande kennengelernt hatte. Rogers Großvater saß ebenfalls ziemlich nah beim Brautpaar und als mein Blick durch die Runde schweifte, stellte ich fest, dass Goldie und Dan nirgends zu sehen waren. Vielleicht würde Dan die alte Dame mit dem sarkastischen Mundwerk ja vom Essen fernhalten?

Doch ich hatte mich zu früh gefreut, denn gerade als alle saßen, hatte Marigold Craig den Auftritt ihres Lebens. Am Arm von Dan betrat sie den Saal und schien gar nicht zu bemerken, dass alle auf sie warteten.

Verstohlen sah ich zum Tischende, von dem unweit Rogers Großvater saß. Der spielte gerade mit einer Serviette herum und hatte sein Glück noch gar nicht bemerkt. Doch innerlich versteifte ich mich, als ich Amandas Blick erhaschte. Sie war leichenblass und kippte das Glas Sekt auf Ex hinunter, als erhoffe sie sich dadurch, den Abend volltrunken zu durchleben.

»Guten Abend, liebste Verwandte, bald angetraute Verwandte und alle anderen, die glücklich genug sind, kein Teil dieser Familie zu sein.« Goldies Begrüßung zog alle Blicke auf sich und räuspernd wandte sie sich an Dan und flüsterte so laut, dass alle es hören konnten: »Verwandte sind wie Ratten. Was sie nicht fressen und saufen, tragen sie davon.«

Dan kicherte, half Goldie zu ihrem Platz und umrundete dann den Tisch, um neben mir Platz zu nehmen.

Grinsend lehnte er sich zu mir und hauchte mir ins Ohr: »Ich liebe diese Frau. Wenn du nicht so heiß wärst, würde ich glatt mit ihr zur Hochzeit gehen.«

Schmunzelnd sah ich ihn an. »Dann nehme ich Rogers Großvater. Der Mann ist ein Charmeur alter Schule. Davon könntest selbst du dir noch eine Scheibe abschneiden.«

Das war unser Stichwort, denn fast gleichzeitig sahen wir uns nach George Hemming um, der mit großen Augen Goldie anstarrte und scheinbar kurz vor einem Herzinfarkt stand. Goldie schien das ebenfalls zu bemerkten, denn sie sah ihn an, als könnte sie ihn mit bloßem Blick versteinern. Der öffnete den Mund und sagte unsicher: »Hallo, Goldie, lang nicht gesehen.«

»Ja, war schön«, gab die taffe Dame zurück und griff nach ihrem Champagnerglas. »All die Jahre hatte ich solche Lust, dich wiederzutreffen. Mit einem Stein!«

George schluckte und senkte den Blick. Er wirkte fast ein wenig traurig. Hatte er etwa noch etwas für Goldie übrig?

Der Vater der Braut stand schließlich auf und räusperte sich genervt. »Sind wir nun endlich alle beisammen?«

»Gute Dinge brauchen ihre Zeit. Deshalb bin ich immer zu spät«, antwortete Goldie und holte ihren Flachmann aus der Tasche. Ich konnte sehen, wie die Ader an Mr. Craigs Hals anschwoll. Doch er versuchte, ein freundliches Gesicht aufzusetzen, als er sagte: »Bevor wir anfangen, möchte ich noch ein paar Worte sagen.«

Goldie stöhnte hörbar auf. »Gesegnet seien jene, die nichts zu sagen haben und die Klappe halten.«

»Mutter«, mahnte Mr. Craig und schüttelte den Kopf.

»Ich hab schon verstanden«, sagte Goldie und drehte sich von ihm weg, »es ist mir nur egal!«

Dan saß neben mir, den Kopf hochrot, und versuchte, sich das Lachen zu verkneifen. Auch ich hatte meine Mühe bei dem Wortgefecht von Mutter und Sohn. Ob das wohl schon immer so war?

Roger versuchte, die Situation zu kitten, und stand nun ebenfalls auf. »Ich möchte euch allen danken, dass ihr so zahlreich zu unserer Hochzeit am morgigen Tag erschienen seid. Genießt das Abendessen und habt Spaß.«

Mr. Craig, der nicht wusste, wie ihm geschah, sah seinen künftigen Schwiegersohn perplex an. Niemand stahl dem Vater der Braut die Rede. Doch Roger schien das wenig zu interessieren.

Zu unser aller Überraschung stand Goldie auf und hob ihr Glas. »Endlich sagt der Junge etwas Vernünftiges. Vielleicht bist du doch nicht so ein Weichei, wie ich dachte.«

Roger sah Goldie an. Goldie blickte zurück. Schweigen herrschte am Tisch, bis Roger schließlich sagte: »Keine Sorge, Goldie. Ich bleibe so, wie ich bin. Allein schon, weil es Sie stört.«

Goldies Mundwinkel zuckten nach oben. »Willkommen in der Familie.«

Amanda sah zu mir hinüber und wusste nicht recht, wie ihr geschah. Hatte Goldie gerade Roger in die Familie aufgenommen?

Dan flüsterte mir ins Ohr: »Den hat er von mir. Er wollte taffer gegenüber Goldie wirken.«

Überrascht sah ich ihn an. »Solltest du Goldie nicht milde stimmen?«

»Hast du schon einmal einen Tornado mit der Hand gestoppt? Goldie kann man nicht milde stimmen. Man kann sich nur mit ihr verbünden.«

Meine Hand fasste unter dem Tisch nach Dans und er drückte sie, während er mir verliebt in die Augen sah. Doch ich konnte Blicke auf uns spüren und drehte meinen Kopf, nur um in Alex´ Augen zu starren, der mich mit einem merkwürdigen Gesichtsausdruck ansah. Erwachsen, wie ich war, streckte ich ihm die Zunge raus und wartete, bis der erste Gang serviert wurde.

Schweigsam aßen wir alle Suppe mit Fleischeinlage, nur Marge hielt sich zurück. Goldie schien das ebenfalls zu bemerken und fragte: »Warum isst du nichts?«

»Ich bin Vegetarierin«, antwortete diese und schob mit dem Löffel die Fleischbällchen auf.

»Ich bin Second-Hand-Vegetarierin«, sagte Goldie und erntete dafür verständnislose Blicke. »Kuh isst Gras, ich esse Kuh!«

Dan räusperte sich neben mir. »Vegetarier sind grausam. Ich meine, ein Schwein kann davonrennen, aber ein Salat …«

»Nicht umsonst heißt es dahinvegetieren und nicht dahinschnitzeln«, antwortete Goldie und hob ihr Glas, um über den Tisch hinweg Dan zuzuprosten.

Die beiden hatten sich gesucht und gefunden. Dabei tat mir Marge fast schon ein wenig leid. Immerhin gab es nach der Suppe Salat und endlich fing auch sie an zu essen. Mit einem Lächeln führte sie die Gabel mit den viel zu großen Salatblättern zu ihren roten Lippen, hielt dann aber inne, als sie bemerkte, dass Goldie sie beobachtete.

»Ich bewundere ja Frauen, die mit Lippenstift essen und trinken können. Ich sehe danach immer aus, als hätte ich ein Schaf gerissen.«

Das war zu viel für Marge, denn sie warf die Gabel auf den Teller, stand auf und verließ den Raum. Goldie sah ihr nach und meinte nur: »Vielleicht sollte ich sie zur Tür begleiten, um sicherzugehen, dass sie auch wirklich verschwindet.«

»Granny«, mahnte Alex und sah sie verblüfft an. Doch statt aufzustehen und seiner Freundin hinterherzujagen, blieb er einfach sitzen.

»Ist es nicht schlimm, Alex, wenn man feststellt, die falsche Entscheidung getroffen zu haben, und weiß, dass man sie nicht mehr rückgängig machen kann?«, fragte Granny und sah mich dabei an. Dann beäugte sie auch Dan und auf ihrem Gesicht erstrahlte ein breites Grinsen.

Der zweite Gang wurde serviert und für kurze Zeit herrschte eisiges Schweigen. Mrs. Craig schien das zum Anlass zu nehmen, um über Amandas wunderbares Designer-Hochzeitskleid zu schwärmen: »Es ist ein Traum aus Tüll und Spitze. Sie wird darin aussehen wie eine Prinzessin.«

Schockiert warf ich Amanda einen Blick zu. Vom Tüll war nicht viel übergeblieben, seit sie es zerstört und ich es mit der Nähmaschine bearbeitet hatte. Hatte sie das etwa ihrer Mutter verschwiegen?

»Mom, ich muss dir was sagen«, gestand sie, doch Mrs. Craig war so sehr am Schwärmen, dass sie ihre Tochter gar nicht hörte.

»Die Ärmel sind aus edler französischer Spitze …«

Mir wurde heiß und kalt. Die Ärmel gab es nun nicht mehr und ich befürchtete stark, dass mir die Änderungen an dem Designerfetzen keine Sympathiepunkte einbringen würden. Nicht, dass die etwas an meinem Status in der Familie geändert hätten. Ich war nie gern an Alex′ Seite gesehen worden, war ich doch das Produkt einer Migrantenfamilie von niederem Stand. »… die Schleppe ist bestickt mit …«

Goldie seufzte so laut auf, dass Mrs. Craig innehielt.

»Das klingt fast so, als hättest du dir ein eigenes Kleid ausgesucht. Wusste nicht, dass du vorhast, noch mal zu heiraten.«

»Ich habe es mit Amanda ausgesucht«, schmollte die Brautmutter.

»Das Brautkleid hast wohl eher du ausgesucht. Ich bin mir ziemlich sicher, dass Amanda dabei nicht wirklich etwas zu sagen hatte.« Goldie funkelte ihre Schwiegertochter an und man konnte regelrecht spüren, wie die beiden sich hassten.

»Warum musst du immer so bösartig sein, Goldie?«

»Je älter ich werde, desto gemeiner werde ich. Ich bin mir ziemlich sicher, dass ich bald anfange, Leute zu beißen.« Goldie schob sich die Gabel in den Mund und grinste dabei breit über den Tisch hinweg.

Die Brautmutter warf ihrem Ehemann einen wütenden Blick zu. Der war aber so vertieft in sein Lammsteak, dass er gar nichts davon mitbekam. Vielleicht aber wollte er auch gar nichts davon mitbekommen.

»Mom, ich hab das Kleid ändern lassen!«, sagte nun endlich Amanda etwas lauter, um sich Gehör zu verschaffen.

Jeder, der Mrs. Craig kannte, schien in diesem Moment innezuhalten, während diese so langsam ihren Kopf zu ihrer Tochter drehte, dass die Spannung regelrecht mit den Millisekunden anstieg.

»Was meinst du damit, du hast das Kleid ändern lassen?«

Ich versuchte Amanda zu retten und sagte: »Es ist ein kleines Malheur passiert und ich habe es mit einigen Änderungen gerettet.«

Der Kopf der Brautmutter schien zu brodeln, denn die Farbe veränderte sich in ein tiefes Dunkelrot. »Ist dir klar, dass dieses Kleid über 10.000 Dollar gekostet hat?«

Ich nickte und versuchte, mich nicht aus dem Konzept bringen zu lassen. »Wäre es Ihnen lieber gewesen, wenn wir es weggeworfen hätten?«

»Ich wusste schon immer, dass sie ein Fehlgriff meines Sohnes waren, aber im Moment wünschte ich mir, dass ich die Freundschaft zu Ihnen und Amanda bereits damals untersagt hätte.«

Mrs. Craigs Worte trieften vor Hass und ich wollte gerade ansetzen, etwas zu sagen, doch da kam mir Dan zuvor: »Da stehen Sie mit ihrer Meinung aber allein da. Denn hier gibt es etliche Leute, die Leah sehr schätzen!«

»Wer sind Sie überhaupt?«, keifte Mrs. Craig. »Nur weil Sie sich diesem Flittchen angenommen haben, haben Sie noch lange nicht das Recht, ihr vorlautes Mundwerk zu öffnen.«

»Jetzt ist es genug!«, herrschte Mr. Craig seine Ehefrau an und versuchte, die Stimmung wieder zu kitten.

»Oh, Caroline. Darf ich dich daran erinnern, wo du warst, als du meinen Sohn kennengelernt hast?«, fragte auf einmal Goldie und grinste breit. »Soweit ich mich erinnern kann, warst du mittellos, hattest keinen Schulabschluss und hast dich von der halben Stadt durchbumsen lassen.«

Mrs. Craig erstarrte und schnappte nach Luft, während Mr. Craig mit dem Finger auf seine Mutter zeigte und stammelnd nach Worten suchte. Roger wirkte gelangweilt, während Amanda aufschluchzte. Dieser Abend war ein Desaster, genauso wie schon die ganze Woche.

Schließlich stand Goldie auf und verkündete: »Nachdem dieser Abend sich zu einem wahren Spektakel entwickelt und ich zu alt für diesen Scheiß bin, verabschiede ich mich nun und wünsche Ihnen noch gute Unterhaltung.«

Sie lief auf den Ausgang des Speisesaals zu. Rogers Großvater sprang ebenfalls auf und verkündete: »Ich werde die Dame begleiten und verabschiede mich.«

»Ich brauche keine Begleitung. Es ist ja nicht so, als würden mich da draußen Bären überfallen«, schnauzte Goldie ihn an und Dan fing lauthals an zu lachen.

»Oh, Goldie, da liegen Sie aber derart falsch!«

Ich puffte Dan schockiert in die Rippen. Es musste ja nicht jeder wissen, dass wir beim Sex im Auto von einem Bären überrascht worden waren.

Die beiden Oldies verließen den Speisesaal und die Stimmung war auf dem Tiefpunkt. Dan schien sich dennoch köstlich zu amüsieren, denn er hatte ein süffisantes Lächeln auf den Lippen, während er sich ein Stück Kartoffel in den Mund schob. Mir dagegen war der Appetit vergangen. Ich sah zu meiner besten Freundin hin, die sich die Tränen aus dem Augenwinkel wischte und von ihrem künftigen Ehemann mit einem Tätscheln auf den Rücken getröstet wurde.

»Können wir jetzt endlich dieses bescheuerte Abendessen hinter uns bringen?«, fragte Alex genervt und lehnte sich in seinem Stuhl zurück.

»Ach, halt doch einfach die Klappe!« Alle drehten sich überrascht zu Roger um, der seinen Schwager böse anfunkelte. Ich hatte das Gefühl, der sonst so ruhige Roger hatte langsam selbst genug von dem Theater und würde jeden Moment explodieren.

In der Regel war das nun der Moment, an dem man sich eine Schüssel Popcorn holt, zurücklehnt und das Schauspiel genoss. Doch ich war mittendrin und meine Angst, dass dieses Ärgernis zulasten meiner besten Freundin gehen würde, war groß.

Bevor die Situation allerdings vollkommen aus dem Ruder lief, wurden die Teller abgeräumt und das Dessert serviert. Schweigsam wartete alle, bis nun auch der letzte Gang endlich vorüber war, als plötzlich ein merkwürdiges Geräusch ertönte und die Köpfe aller Anwesenden in Richtung Ausgang katapultieren ließ.

»Was ist das?«, fragte Mrs. Craig ihren Ehemann und drehte sich ebenfalls in die Richtung, aus der das Geräusch kam.

»Ich weiß es nicht, Liebling. Das klingt wie ein verwundetes Tier«, gab der Brautvater zur Antwort.

»Ohhhhh«, kam es irgendwo aus der Lobby und Dan, der sich die Hand vor den Mund hielt, sah mich mit Tränen in den Augen an. Sein Kopf war bereits ganz rot, weil er sich zwanghaft versuchte, das Lachen zu verkneifen. Ich verstand derweilen immer noch nicht, was so lustig war.

»Ahhhh«, kam es wieder irgendwo von draußen herein und jetzt sah ich, dass auch Roger und Amanda sich schockiert ansahen.

»Genau so, George«, hörte ich plötzlich eine Stimme und augenblicklich war mir klar, wer die merkwürdigen Geräusche machte.

Etwas klopfte von nebenan heftig gegen die Wand und ich hörte Rogers Großvater durch die Wand rufen: »Was hast du gesagt, Goldie?«

Mr. Craig riss die Augen auf, als er endlich begriff, dass seine Mutter mit Rogers Großvater im Nebenzimmer zugange war. Das Klopfen an der Wand wurde schneller und beeindruckt nickte ich Dan zu, während ich flüsterte: »So viel Energie hätte ich dem alten Mann gar nicht mehr zugetraut.«

Jetzt hielt es Dan nicht mehr aus und prustete laut los. Einige der Hochzeitsgäste stimmten mit ein, während andere noch immer schockiert dreinschauten.

Dan versuchte, sich unter Kontrolle zu bringen, während er den Kopf in meine Richtung drehte. »Hoffentlich verhüten die beiden auch. Nicht, dass Goldie noch schwanger wird.«

Ich schlug ihm lachend auf den Arm. »Hör auf! Das ist nicht lustig!«

»Das ist verdammt lustig. Langsam entwickelt sich diese Hochzeit zu einer bleibenden Erinnerung.«

Zu spät bemerkte ich, wie die Tür aufging und Amanda regelrecht die Flucht ergriff. Roger stand ebenfalls auf und wusste nicht recht, ob er hinterherrennen oder lieber die Hochzeitsgäste beschwichtigen sollte. Letztlich entschloss er sich für Ersteres und sprintete seiner Braut hinterher.

»Da bahnt sich eine Katastrophe an«, sagte ich etwas ernster und auch Dan schien es bemerkt zu haben.

»Komm, wir sollten hinterher. Nicht dass die beiden noch eine Dummheit machen.«

Ich sah ihn an, lachte fast abfällig und schüttelte den Kopf. »Als ob jetzt noch Schlimmeres passieren könnte.«

Es dauerte eine ganze Weile, bis wir zwischen wildem Gestöhne und flüsternden Getuschel das Schluchzen von Amanda hörten. Sie saß mit Roger auf der kleinen Terrasse vor dem Hotel und weinte dem armen Kerl das ganze Jackett nass.

»Amanda? Ist alles in Ordnung?«, fragte ich vorsichtig und bewegte mich auf meine beste Freundin zu.

Sie hob nur den Kopf und wischte sich die Tränen aus den Augen, wobei sie sich das Make-up noch mehr verschmierte.

»Nichts ist in Ordnung. Diese ganze Hochzeit ist ein Desaster. Wir sollten sie absagen!«

»Nein!«, schrien Roger, Dan und ich fast gleichzeitig und Dan kniete sich vor Amanda hin und sah sie an.

»Weißt du, Amanda, die Heirat mit Roger abzusagen wäre falsch, denn er kann nichts für diese Katastrophe. Aber wenn du denkst, dass diese Hochzeit langsam aus dem Ruder läuft, dann sag sie ab!«

Roger blinzelte verwirrt. »Heirat ohne Hochzeit?«

Auch ich verstand nicht recht, worauf Dan da hinauswollte, und legte meinen Kopf schräg.

Schließlich räusperte sich mein Boss, stand auf und sah das künftige Brautpaar lange an. »Wie habt ihr euch eure Hochzeit immer vorgestellt?«

»Ruhiger und nicht so groß«, antwortete Roger sofort und Amanda nickte.

»Ich wollte in meinem Traumkleid und mit meiner besten Freundin an der Seite heiraten.«

Dan kratzte sich am Kopf und überlegte: »Das Kleid hast du ja jetzt und Leah ist auch da. Zieht euch bis Mitternacht um. Leah und ich kümmern uns um den Rest.«

»Wir tun was?«, fragte ich perplex.

»Wir organisieren eine ruhige und kleine Hochzeit im Traumkleid und uns als Trauzeugen.« Entschlossen sah er Roger und Amanda an. »Mitternacht drüben bei den Parkplätzen. Vergesst nicht, euch schick zu machen.«

»Aber mein Vater wird mich …«, fing Amanda an, doch zu unser aller Überraschung war es Roger, der abfällig abwinkte.

»Der soll verdammt noch mal die Klappe halte. Das ist unsere Hochzeit. Wir haben ihn nie darum gebeten, ein Riesenevent daraus zu machen.«

»Aber meine Mutter …«, protestierte die Braut.

»Sie hat sich schon genügend eingemischt. Lass es uns durchziehen, was auch immer Dan da plant.« Roger stand auf, zog seine Amanda auf die Beine und drehte sich noch einmal zu uns hin. »Mitternacht. Wir sind bereit.«

Ich sah den beiden noch hinterher, bevor ich auf meine Armbanduhr sah und feststellte: »Zweieinhalb Stunden, Dan. Wie zum Teufel willst du in so kurzer Zeit eine ganze Vermählung auf die Beine stellen.«

Dan zuckte lässig mit den Schultern. »Keine Ahnung, aber wir sollten loslegen.«

»Du bist doch verrückt«, stellte ich fest und blieb unschlüssig stehen.

»Du auch. Sonst würdest du nicht mitmachen.« Grinsend zog mich Dan in seinen Arm und küsste mich. »Versprich mir nur, dass wir mal direkt durchbrennen, bevor wir es zu so einer Katastrophe kommen lassen.«

»Durchbrennen? Mit einer italienischen Familie im Nacken? Du hast ja keine Ahnung.«

»Meine Eltern sind Hippies. Soll ich dir erklären, wie das mal ablaufen wird?«

Ich konnte es mir bereits bildlich vorstellen und schüttelte daher schnell den Kopf.

»Ist schon gut. Aber sich darüber Gedanken zu machen, ist noch etwas früh, oder?«

»Stimmt, zuerst müssen wir diese Heirat planen. Also, wo fangen wir an?«

»Gute Frage. Wie wäre es mit einem Pastor?«

»Wofür braucht ihr denn einen Pastor?« Abrupt drehten Dan und ich uns zu der Stimme um, die vom Eingang herkam.

Goldie stand grinsend an der Tür, wirkte irgendwie gelöst und vollkommen verstrubbelt.

»Och, für nix«, sagte ich nur, doch wusste zugleich, dass sie nicht lockerlassen würde.

George erschien ebenfalls in der Tür. Er war etwas blass um die Nase und torkelte ganz leicht, als er Goldie einen verliebten Kuss auf die Wange drückte.

»Das ist ja schnell eskaliert bei euch«, sagte Dan frech und sah zu, wie Goldie ihren Flachmann hervorholte und ihm zuprostete.

Die alte Dame drehte sich zu George um und fragte: »Die beiden suchen einen Pastor. Vielleicht beabsichtigen sie ja durchzubrennen? Hast du nicht eine Lizenz zum Trauen?«

Er überlegte kurz. »Ja, stimmt. Ist aber schon eine Weile her, als ich das letzte Mal …«

»Egal«, rief Dan und nickte grinsend. »Dann haben wir schon jemanden, der die Zeremonie abhalten kann.«

»Hast du denn ein Kleid?«, fragte mich Goldie und ich sah betreten zu Dan hin.

»Eigentlich sind nicht wir es, die heiraten wollen.«

Die beiden Oldies sahen erst sich an, dann uns und schließlich fragte George: »Wer soll denn dann getraut werden?«

Ich atmete tief durch und ließ die Arme hängen. »Ihr müsst versprechen, dichtzuhalten!«

Erst als die beiden ihr Versprechen gaben, sagte ich: »Roger und Amanda.«

»Aber die heiraten doch … Ohhhhh.« Goldie schien zu verstehen, und grinste. »Meine Schwiegertochter wird außer sich sein. Wann und wo? Wir sind dabei!«

»Mitternacht«, antwortete Dan und sah hinauf in den Sternenhimmel. »Wir wissen zwar noch nicht, wo und wie, aber ich denke, wir werden in den nächsten zwei Stunden und zwanzig Minuten schon eine Lösung finden.«

Kapitel 24

LEAH

Dan und George verschwanden mit einer Mission und ich blieb zurück, mit Granny und einem schlechten Gewissen gegenüber den Hochzeitsgästen. Doch spätestens als Granny mich grinsend anfunkelte, war mir bewusst, dass dies eine lange Nacht werden würde.

»Wo fangen wir an?« Die alte Dame schlug die Hände aneinander und wartete auf meine Antwort.

»Ähm. Ich hab keine Ahnung. Ich habe noch nie eine Hochzeit ausgerichtet. Aber wenn die Jungs sich um die Örtlichkeit kümmern, sollten wir vielleicht für etwas Dekoration sorgen.«

Goldie überlegte. »Wir brauchen Blumen. Wo ist der nächste Blumenladen?«

»Es ist fast zehn Uhr abends, Goldie. Wir werden keinen mehr finden, der noch geöffnet hat.«

Sie stemmte die Hände in die Hüften und schüttelte dabei den Kopf. »Die Jugend von heute … lauter mickrige Würstchen, ohne Fantasie. Wenn ich so gedacht hätte wie du, als ich in deinem Alter war, dann hätte ich im Leben nur halb so viel Spaß gehabt.«

»Was willst du denn machen? Einbrechen?« An ihrem Gesichtsausdruck konnte ich sehen, dass es genau das war, was sie vorhatte. »O nein. Das werden wir ganz bestimmt nicht tun!«

»Halt die Klappe und führe mich zu deinem Auto!«

Ungläubig sah ich ihr hinterher, als sie mit eleganten Schritten zum Parkplatz lief. Ich wusste, dass ich sie aufhalten musste und sagte: »Wir können doch sicherlich auch ganz ohne Blumen … oder das Hotel … vielleicht geben die uns ja …«

»Gib mir deinen Schlüssel! Ich fahre.«

»Aber du hast Alkohol getrunken«, versuchte ich zu protestieren und holte den Schlüssel aus meiner Handtasche.

Sie nahm ihn mir einfach weg, drückte auf den Knopf der Fernbedienung und ging dann auf meinen Wagen zu, dessen Lichter kurz aufgeblitzt hatten. »Ich bin schon mit mehr Promille gefahren, bevor du überhaupt einen Führerschein hattest.«

Mit einem mulmigen Gefühl und fast schon verängstigt setzte ich mich auf den Beifahrersitz, während Goldie neben mir Platz nahm und den Sitz einstellte. Mit zittrigen Fingern griff ich nach dem Gurt und hoffte, dass ich diese Fahrt überleben würde.

»Wo ist denn das dritte Pedal?«, fragte Goldie und ich sah sie mit großen Augen an.

»Das ist keine Schaltung. Das ist Automatik.«

»Damit bin ich nie klargekommen. Ich hatte immer ein europäisches Auto mit Schaltung. Aber das kann ja nicht so schwer sein, oder?«

Mir schwante Böses. »Bist du sicher, dass ich nicht fahren soll?«

»Ach, hab dich nicht so. Ich bin schon Panzer gefahren, als ich diesen heißen Soldaten damals flachgelegt habe.«

Der Motor startet und die Musik ertönte aus dem Radio. Granny wippte zu den Tönen mit und trat so heftig aufs Gas, dass es mich fast aus dem Sitz schleuderte.

»Huch, das Teil hat ja ordentlich Bums unter der Haube.« Sie kicherte, während ich einem Herzinfarkt nahe war.

»Goldie, bitte! Ich brauche mein Auto noch.«

»Wenn es beschädigt ist, kaufe ich dir ein Neues.« Erneut trat die alte Dame aufs Gas, dieses Mal aber etwas sachter. Doch als wir endlich auf der Straße waren, trat sie so heftig auf die Bremse, dass der Gurt regelrecht in meine Schulter einschnitt.

»Goldie, das war die Bremse. Das Auto hat keine Kupplung.«

»Habe ich auch gerade bemerkt«, sagte sie gelassen und fuhr erneut an.

Als die gerade Straße vor uns lag, atmete ich tief durch. Hier konnte nichts mehr schiefgehen ... dachte ich. Die Pension lag auf einer Anhöhe und die Straße zur Kleinstadt führte von dem Hügel hinunter.

Je näher wir der Kleinstadt kamen, desto schneller fuhren wir, und irgendwann hielt ich Granny am Arm fest und sagte: »Wir sollten vielleicht etwas langsamer fahren. Du fährst bereits 75 Meilen pro Stunde.«

Goldie presste ihre Augenlider zusammen und starrte auf den Tacho. »Echt? Habe ich gar nicht bemerkt. Meine Brille liegt im Hotelzimmer.«

Ich starrte sie an. »Was? Siehst du überhaupt, wohin wir fahren?«

Sie wiegte den Kopf hin und her und gab zu: »Schemenhaft.«

»Halt sofort an, Goldie! Ich fahre jetzt selbst.«

Doch sie warf mir nur einen genervten Blick zu. »Ach komm. So schlecht fahre ich doch gar nicht, wenn man bedenkt, dass ich meinen Führerschein vor 20 Jahren verloren habe.«

»Du hast was?«, schrie ich auf und schickte ein Stoßgebet gen Himmel.

Sie lachte auf. »Ach Kindchen, das war doch nur ein Spaß.«

Erleichtert atmete ich auf. »Du hast mir gerade echt einen Schrecken eingejagt.«

»Keine Sorge, es sind nur fünf Jahre«, sagte sie gelassen und fügte hinzu: »20 Jahre. Ihr Kinder glaubt auch alles.«

»Goldie, ich meine es todernst. Halt bitte an und lass mich fahren. Wenn die Polizei …«

»Wenn ich Angst vor der Polizei hätte, dann hätte ich längst das Land verlassen.«

Innerlich bereitete ich mich auf das Schlimmste vor, während Goldie summend die Straße hinunterraste. Jedes Mal, wenn sie um eine Kurve fuhr, bekam ich Schnappatmung, und meine Nerven waren überstrapaziert, als sie auch noch anfing, Schlangenlinien zu fahren.

»Liegt da was auf der Straße?«, fragte sie und kniff erneut die Augen zusammen.

»Nein, das sind die Schatten der Bäume, die durch das Mondlicht auf die Straße geworfen werden.«

»Na zum Glück. Ich dachte schon, es sind wieder meine Medikamente, die mich Dinge sehen lassen, die gar nicht da sind.«

»Goldie, du machst mich echt fertig.« Gerade als ich mein Handy zur Hand nehmen wollte, um Dan einen Hilferuf zu schicken, nahm ich aus den Augenwinkeln eine Bewegung wahr und schrie auf: »Pass auf, Goldie!«

Ein Reh überquerte die Straße und Granny trat statt auf die Bremse auf das Gas. Wir beide schrien auf und während Goldie das Lenkrad umklammerte, griff ich nach dem Türgriff und schloss die Augen.

Durch die plötzliche Beschleunigung waren wir schneller als das Reh, was eine Kollision abwendete, doch die Straße vor uns war recht uneben und wir flogen regelrecht über den Asphalt. Mit einer Vollbremsung kamen wir zum Stehen und Goldie sah mich mit weit aufgerissenen Augen an.

»Wow, das war abenteuerlich. Ich denke, es ist wirklich besser, wenn du jetzt fährst.«

Wortlos nickte ich und stieg aus. Goldie tat es mir gleich und wir wechselten die Plätze. Endlich hatte ich wieder die Kontrolle über meinen Wagen, wobei ich mir ziemlich sicher war, dass die Stoßdämpfer den Sturzflug weniger gut überstanden hatten.

Aber wir waren am Leben und das war alles, was zählte.

Wir erreichten innerhalb weniger Minuten die Kleinstadt und ich fragte mich, was wir hier eigentlich taten. Keinesfalls würde ich einen Blumenladen ausrauben, wie Goldie es plante. Aber vielleicht hatten wir ja Glück und würden im örtlichen 24-Stunden-Supermarkt Blumen finden, die sich als Dekoration eigenen würden.

Doch vorher brannte mir eine Frage auf der Zunge und während ich langsam über die Hauptstraße fuhr, sah ich hinüber zu Goldie.

»Sag mal. Was läuft da eigentlich zwischen dir und Rogers Großvater?«

Goldie kicherte wie ein frisch verliebtes Mädchen.

»Och, sagen wir es so, ich wollte ihn damals schon haben und hab ihn verflucht, dass er bei seiner Frau geblieben ist. Dass die beiden sich danach getrennt hatten, wusste ich nicht. Wobei es heute keine Rolle mehr spielen würde. Gott hab sie selig. Als George mir heute Abend aus dem Speisesaal gefolgt ist, hatte ich das dringende Bedürfnis, meine Jugend wieder aufleben zu lassen.«

»Deine Jugend? Ich dachte George und du haben erst …«

»Ich war immerhin jünger.« Sie grinste. »Wobei ich sagen muss, dass der gute George noch genauso standfest ist wie damals.«

Ich riss schockiert die Augen auf. »Goldie! Ich will nicht wissen, was du und …«

»Warum so prüde, Mädchen? Ich bin mir sicher, Dan ist mindestens genauso potent. Sicherlich hat er dich ordentlich …«

»Ich werde mit dir nicht über mein Liebesleben sprechen, Goldie!«

»Ist er denn ordentlich bestückt?«, ignorierte die alte Dame meine Proteste und fügte hinzu: »Ich hatte mal einen Latino mit einem Schwanz wie eine Banane. Der kam an Stellen, die mich innerhalb weniger Sekunden so zum Orgasmus katapultiert hatten, dass mir Hören und Sehen verging.«

»Wie soll ich diesen Abend nur überleben?«, murmelte ich in mich hinein, als Goldie mich anrempelte.

»Da drüben ist ein Blumenladen!«

»Aber der ist doch geschlossen«, versuchte ich sie von einer Dummheit abzuhalten.

»Halt an, Leah!«, schrie sie fast schon und rüttelte am Türgriff.

Da ich bei meiner Anfahrt den Supermarkt gesehen hatte und wusste, dass er sich die Straße runter befand, tat ich Granny den Gefallen und parkte vor dem Geschäft. Bevor ich überhaupt ausgestiegen war, sah ich bereits, wie sie an der Tür zog und Anstalten machte, um das Gebäude herumzugehen.

»Goldie warte. Vielleicht steht an der Tür ja eine Telefonnummer vermerkt.«

»Dafür haben wir keine Zeit, Liebes. Du hast nicht zufällig eine Haarnadel bei dir?«

Ich stöhnte auf und hoffte, dass ich es irgendwie schaffte, sie davon abzuhalten. »Da unten gibt es auch einen Supermarkt. Lass es uns doch einfach dort versuchen.«

»Du willst billige Supermarktblumen für die Hochzeit meiner Enkelin kaufen?« Sie sah mich mit großen Augen an und schüttelte dann den Kopf, bevor sie das Gebäude umrundete und anfing, auf einen Müllcontainer zu klettern.

»Lass das, Goldie. Du brichst dir noch den Hals.«

»Damit würde ich so manchem einen großen Gefallen tun.« Kichernd schob sie eine Tonne an den Container, um sich den Aufstieg zu erleichtern.

Genau in diesem Moment hörte ich etwas Klingeln und sah mich verwirrt um. Goldie hielt ebenfalls inne und suchte in ihrer Handtasche, bevor sie ein uraltes Handy hervorzog und es mir vor die Nase hielt.

»Nokia. Die Dinger halten ewig.«

Schmerzlich dachte ich an mein Handy, das am Junggesellenabschied ins Klo geplumpst und nur durch Wiederbelebungsmaßnahmen mit dem Föhn wieder funktionstüchtig war. Dann sah ich zu, wie Goldie ins Telefon sprach. Als sie auflegte, sah sie mich begeistert an. »Die Jungs haben hier im Ortskern einen kleinen Pavillon gefunden, der sich perfekt zum Heiraten eignet.«

»Meinst du den in dem kleinen Park, die Straße runter?«

»Genau den!«

Goldie lief zurück zum Wagen und ich folgte ihr brav, weil ich froh war, dass sie nicht länger vorhatte, einen Raub zu begehen.

Fünf Minuten später erreichten wir den Park, stellten den Wagen am Straßenrand ab und liefen zu dem Pavillon. Trotz der Dunkelheit konnte ich schon von Weitem Dan sehen. Er war einfach eine imposante Erscheinung und als ich mich ihm näherte, spürte ich, wie sehr ich ihn vermisst hatte.

In dieser Woche war so vieles geschehen und wir waren von der Angestellten und ihrem Chef zu einem Paar geworden. Wohin uns das alles noch führen würde, wusste ich nicht. Doch ich wollte mehr als nur diese Woche mit ihm.

Ohne weiter auf Goldie oder George zu achten, der lässig an einem der Pfosten des Pavillons lehnte, ging ich auf Dan zu, zog ihn an mich und presste meine Lippen auf seinen Mund. Nicht eine Sekunde zögerte er, bevor er seine Arme um mich schlang und den Kuss vertiefte. Als er sich von mir löste, flüsterte ich ihm ins Ohr: »Gott sei Dank habt ihr was gefunden. Goldie wollte eben einen Blumenladen überfallen.«

Dan grinste, sah hinüber zu Granny und flüsterte zurück: »Die Frau hat Feuer, das muss man ihr lassen.«

»Wo bekommen wir jetzt Blumen her«, unterbrach uns die alte Dame und sah sich um.

»Das Hotel?«, warf Dan fragend ein.

Ich sah auf die Uhr. Wir hatten keine zwei Stunden mehr.

»Also gut. Ich würde sagen, wir fahren zurück und fragen an der Rezeption, ob sie bereit sind, ein paar Blumen abzugeben, damit wir ein Sträußchen zusammenbekommen. Hier im Park gibt es ja genug Pflanzen. Das sollte reichen. George, kannst du mit Goldie zum Supermarkt fahren und nachsehen, ob es da etwas gibt, mit dem man den Pavillon beleuchten kann? Ich sehe hier keine Steckdosen, aber vielleicht gibt es irgendetwas, das mit Batterien betrieben wird.«

George klatschte die Hände aneinander und verkündete: »Ich habe da schon eine fabelhafte Idee.«

»Sehr gut. Wir kommen zurück, sobald wir etwas organisiert haben, und helfen euch mit dem Aufbau.«

Ohne lang auf eine Antwort zu warten, nahm ich Dans Hand und führte ihn zu meinem Wagen. »Bist du mit deinem Wagen da?«

»Nein. Wir haben Georges Oldtimer genommen. Toller Wagen, sage ich dir«, schwärmte er und ich verzog das Gesicht, erinnert daran, wie ich mit Goldie zur Stadt gefahren war.

»Ich will mich noch umziehen. Wir sollten uns also etwas beeilen.«

»Schade. Ich hatte gehofft, wir haben noch etwas Zeit für uns, wenn wir im Hotel sind«, sagte Dan traurig.

Ich warf ihm einen verführerischen Blick zu. »Sobald Roger und Amanda getraut sind, verspreche ich dir eine Nacht, die du nie wieder vergessen wirst.«

Dan biss sich auf die Unterlippe, presste mich gegen meinen Wagen, den wir eben erreicht hatten, und biss mir ins Ohrläppchen.

»Ich werde dich beim Wort nehmen, Ms. Greco!«

Kapitel 25

DAN

Müde stieg ich aus Leahs Wagen, als wir endlich das Hotel erreicht hatten. Die letzten Tage hatte ich mehr erlebt als in all den Jahren zuvor. Nicht dass ich es nicht genoss, meine Zeit mit dieser atemberaubenden Frau zu verbringen. Aber mir fehlte der Schlaf und ich konnte es kaum erwarten, diese Hochzeit hinter mich zu bringen, um dann bis zum Morgen an Leahs Seite durchzuschlafen.

Natürlich nicht, ohne vorher ihr Versprechen einzufordern.

Doch jetzt hatten wir eine Mission. Fast lautlos liefen wir zum Eingang des kleinen Hotels und sahen nach, ob noch einer der anderen Gäste in der Lobby saß. Doch es war totenstill und bis auf die Nachtbeleuchtung, überwiegend dunkel.

Leah sah mich an und flüsterte: »Denkst du, sie haben die Blumen für morgen schon geliefert?«

»Wenn ja, dann haben sie diese sicherlich in einem Kühlhaus gelagert. Vielleicht sollten wir in der Küche nachsehen.« Ich nahm ihre Hand und führte sie durch den Speisesaal, der direkt an die Küche anschloss. Doch wir fanden weder Blumengestecke noch einen Brautstrauß.

Leahs Blick fiel auf das Blumengesteck auf der langen Tafel, an der wir noch vor wenigen Stunden gegessen hatte. Ihr Mund verzog sich zu einem Grinsen und bevor ich sie aufhalten konnte, fing sie an, Rosen aus dem Arrangement zu zupfen.

»Bring mir ein nasses Tuch aus der Küche«, flüsterte sie mir zu, doch ich hatte noch nicht einmal den Raum erreicht, da hörte ich Schritte vor dem Speisesaal. Mit einem Satz war ich bei Leah, zog sie mit mir unter den Tisch und hielt ihr den Mund zu, weil sie verwirrt protestieren wollte.

Da ging auch schon die große Flügeltür des Saals auf und wir vernahmen ein weibliches Kichern. Ein Mann flüsterte etwas und ich konnte sehen, wie Leahs Augen sich weiteten.

Ich begriff erst nicht, warum sie so schockiert wirkte, doch als die Frau anfing zu sprechen, erkannte ich sie. Es war Mrs. Craig, die Brautmutter, die sich nun direkt über uns auf den Tisch setzte und ihre Beine herunterbaumeln ließ. Die muskulösen Beine des Mannes, der bei ihr war, kamen zum Vorschein und pressten sich zwischen die ihren. Und es war *nicht* Mr. Craig Senior, der alles, nur nicht sportlich war.

Meine Lippen verzogen sich unweigerlich zu einem Schmunzeln, während Leah noch immer ungläubig auf die Beine der beiden starrte.

Erst als der Mann sagte: »Oh, Baby, wie lang hab ich auf diesen Moment gewartet«, stieß mir Leah in die Rippen und flüsterte: »Das ist ihr Schwager!«

Ich konnte mir ein Lachen kaum mehr verkneifen. Was war nur los mit dieser Familie? Der Sohn war ein untreues Arschloch, der scheinbar seiner Mutter nachstrebte, während der alte Mr. Craig sich aufführte wie der Hauptmann einer Militäreinheit. Dann war da noch Goldie, die man mit Worten nicht zu beschreiben vermochte.

Ein Büstenhalter landete plötzlich neben uns und Leah schüttelte ungläubig den Kopf. Sie zog mich an sich und fast lautlos sagte sie: »Wir müssen hier raus!«

Ja, das mussten wir wirklich, denn ich konnte mich kaum noch zusammenreißen. Mit einem warnenden Blick funkelte mich Leah böse an und zeigte auf die Blumen. Mein Blick fiel auf die Uhr und erschrocken stellte ich fest, dass wir nur noch eine halbe Stunde bis Mitternacht hatten.

Gerade als mein Kopf einen Plan verfasste, fiel ein Höschen zu Boden und blinzelnd stellte ich fest, dass die sonst so unnahbare Brautmutter untenrum gar nicht mehr so zugeknöpft war.

»Steck ihn rein!«, hörte ich sie stöhnen und presste mir die Hand vor den Mund. Leah dagegen presste ihr Gesicht an meinen Hals, als der Tisch über uns zu wackeln begann. Wir saßen in der Falle und waren gezwungen, das verbotene Liebesspiel der beiden mitanzuhören.

Das Stöhnen wurde immer lauter und ich fragte mich langsam, ob wir wirklich die einzigen Zeugen dieses Akts waren.

Kichernd hauchte ich Leah zu: »Alex hat wohl die Gene seiner Mutter geerbt. In diesem Fall ist es das ›*Fremd-Gen*‹.«

»Halt die Klappe. Überleg lieber mal, wie wir hier rauskommen«, knurrte mir Leah zu und schloss genervt die Augen.

»Diese moralische Flexibilität scheint in der Familie zu liegen«, haute ich noch einen raus, bevor ich Leah krabbelnd zur anderen Seite der Tafel zog. Ich wollte nicht entdeckt werden, wenn die beiden ihre Unterwäsche wieder zusammensammelten.

Gerade als wir die andere Seite erreicht hatten, hörte das Wackeln des Tisches abrupt auf und ich hörte in der Ferne Amanda kichern. *Verdammt, sie waren gerade auf dem Weg zum Parkplatz, um sich mit uns zu treffen.*

Nicht nur saßen wir jetzt in der Falle, nein, unser ganzer Plan schien in Gefahr zu sein.

»Da kommt jemand«, hörte ich Mrs. Craigs Stecher flüstern und gerade als ich dachte, sie würden das flüchtende Brautpaar erwischen, fügte er hinzu: »Schnell, unter den Tisch!«

Leah sah mich an, öffnete den Mund und bevor wir aufflogen, zog ich sie unter dem Tisch hervor. Ziemlich sicher, dass wir jetzt aufflogen, sprintete ich mit ihr zum Ausgang und vorbei an den turtelnden Fremdgehern.

Amandas Mutter starrte erschrocken unter dem Tisch hervor und sah uns hinterher. Doch Leah ließ es sich nicht nehmen, blieb stehen und mit ernstem Blick zeigte sie mit ihren Fingern auf ihre Augen, dann auf sie, als Zeichen, dass sie alles gesehen hatte.

Die Augen der Brautmutter weiteten sich und als wir aus dem Speisesaal huschten, konnte ich das böse Grinsen auf den Lippen meiner Geliebten nicht übersehen.

»Was war das denn?«, fragte ich sie belustigt.

»Ich habe der Bitch nur klargemacht, was passieren wird, wenn sie weiter auf mir herumhackt!«

»So viel Boshaftigkeit habe ich dir gar nicht zugetraut. Ich muss sagen, es macht mich echt heiß!«

»Dafür haben wir jetzt keine Zeit«, stellte Leah fest und riss mich mit sich zum Parkplatz. »Wir müssen uns beeilen, bevor sie uns alle erwischen.«

Im Sprint bewegten wir uns auf Leahs Wagen zu, wo das flüchtende Brautpaar bereits auf uns wartete. Wobei sie nicht wirklich warteten, sondern wild knutschend daneben standen, festlich gekleidet in Anzug und Brautkleid.

»Verdammt, wir hatten gar keine Zeit uns umzuziehen.« Leah stöhnte und sah an sich hinunter. Sie trug noch immer das Kleid vom Rehearsal-Dinner, während ich noch im knittrigen Anzug steckte.

»Wir können jetzt nicht zurück«, bemerkte ich, »sonst erwischen sie uns wirklich noch.«

»Hallo, ihr beiden«, begrüßte uns Amanda, als sie bemerkte, dass wir auf sie zu rannten.

»Schnell, wir müssen hier weg. Ich glaube, uns hat jemand gesehen!« Ich hetzte die drei ins Auto, ohne von unserer Begegnung mit Amandas Mutter zu berichten. Diese Hochzeit lief sowieso schon vollkommen aus dem Ruder. Da musste die Braut nicht noch erfahren, dass ihre Mutter ihren Onkel vögelte.

Amanda sah fantastisch aus. Das Kleid hatte nichts mehr von dem Ungetüm, welches es gewesen war, bevor Leah es umgeschneidert hatte.

Der riesige Tüllrock war gewichen und auch die langen Ärmel waren verschwunden. Die Braut wirkte einfach glücklich und ich freute mich ehrlich für sie. Auch Roger schien fröhlich, wenn man bedachte, dass er sich wohl für den Rest seines Lebens den Zorn seines Schwiegervaters einhandelte. Das dürfte wohl auch Granny gefallen.

Leah fuhr gemächlich die Straße in die Kleinstadt hinunter, jetzt da die Gefahr gebannt war. Dennoch hatte sie Sorgenfalten auf der Stirn. Ich konnte es ihr nicht verdenken. Man gab ihr noch immer die Schuld am Ende der Beziehung mit Alex, obwohl er derjenige war, der sie betrogen hatte. Und dann musste sie ihrer ehemaligen Schwiegermutter zuhören, wie diese munter den Bruder ihres Ehemannes vögelte. Die ganze Familie war ein Desaster. Ich hoffte inständig, dass Amanda anders war, denn Roger hatte Besseres verdient.

Endlich erreichten wir den Park und schon von Weitem konnte ich den Lichterglanz sehen, den Goldie und George für ihre Enkel vorbereitet hatten. Der Pavillon erstrahlte im Schein Hunderter Kerzen, während Fackeln den Weg dorthin säumten. Das hätte ich Mrs. Sarkasmus und Mr. Charmant gar nicht zugetraut.

»Sind das Granny und George?«, fragte Amanda plötzlich und in ihrem Tonfall konnte ich erkennen, dass es ihr nicht gefiel.

Leah blickte über die Schulter. »Sie haben uns erwischt und waren sofort Feuer und Flamme. George wird euch beide trauen.«

Im Rückspiegel konnte ich erkennen, wie überrascht Roger über die Situation war.

»Sie wollten es nicht verhindern? Goldie hätte ich zugetraut, dass sie ein Feuer legt, nur um zu verhindern, dass ich ihre Enkelin heirate.«

Ich schmunzelte und antwortete ihm: »Ich glaube, du hast beim Rehearsal-Dinner ordentlich Eindruck hinterlassen. Und dank dieser Aktion wird sie dich lieben!«

Leah parkte den Wagen am Straßenrand hinter Georges Oldtimer und stieg aus. Die Blumen, die wir im Speisesaal gestohlen hatten, fingen langsam an zu welken, doch das schien der Braut nichts auszumachen, denn sie sah verliebt zu ihrem künftigen Ehemann auf.

»Wartet«, hielt ich Leah und das Brautpaar auf. »Wer sind die Trauzeugen und wer macht Fotos?«

Alle sahen verwirrt einander an. Leah räusperte sich.

»Wir können doch die Trauzeugen sein, oder? Und du, Dan, kannst die Braut zum Altar führen, wenn George die Trauung abhält.«

Ich nickte. Das könnte hinhauen.

»Leah, dann machst du Fotos, wenn ich die Braut zum Altar … ähm Pavillon führe und ich übernehme, wenn sie vorn stehen.«

Roger und Amanda sahen uns zu, wie wir gerade ihre Hochzeit planten, und irgendwann räusperte sich der Bräutigam: »Leah, du wirst Amandas Trauzeugin und ich nehme Goldie. Tut mir leid, Dan, aber die alte Dame hat noch was bei mir gut, nach dieser Aktion.«

»Damit kann ich leben.« Ich lächelte Roger an und fügte hinzu: »Dann sollten wir jetzt aber langsam loslegen, bevor Goldie und George sich wieder hinter einem Busch zurückziehen und ihr eigenes Ding drehen.«

»Bäh«, hörte ich nur von Amanda und auch der Bräutigam verzog angewidert das Gesicht.

»Los, Roger. Wir bringen uns schon mal in Position, damit die Braut einmarschieren kann.«

Ich sah Leah hinterher, wie sie an Rogers Seite zum Pavillon lief. *Verdammt, diese Frau war so wunderschön.* Amanda schien zu bemerken, wie ich ihr verliebt hinterher sah und fragte: »Soll ich dir den Strauß gleich geben, damit ihr als Nächstes heiratet, oder willst du ihn fangen?«

»Ich brauche keinen Strauß, um diese Frau irgendwann zu ehelichen.«

Überrascht von meinen eigenen Worten, sah ich betreten zu meinen Füßen hinunter. Ich hatte erst vor wenigen Tagen meine Liebe zu dieser Frau gestanden und jetzt dachte ich schon über Heirat nach?

Ich reichte Amanda die Blumen und sah sie an. »Bist du bereit, durchzubrennen?«

»So bereit, wie noch nie.«

Am Pavillon brachten sich George und Granny in Position, während Leah ihr Handy zückte und Fotos machte. Amanda hakte sich bei mir unter und langsam schritten wir den mit Fackeln beleuchteten Weg entlang. Es sah traumhaft schön aus und ich war froh, dass wir das alles hier für Braut und Bräutigam organisieren konnten.

Als wir näher kamen, zog Goldie eine Mundharmonika hervor und fing an, *›Highway to Hell‹* zu spielen, woraufhin sie einen bösen Blick von Roger erntete.

Genervt verdrehte sie die Augen und spielte den Hochzeitseinmarsch. Überall brannten Kerzen und der Bräutigam verkniff sich ein Tränchen, als seine Braut auf ihn zukam.

Meine Augen waren jedoch auf Leah gerichtet, die mit einem Lächeln die Braut beobachtete … und genau in diesem Moment wusste ich, dass ich sehr wohl bereit war, mein ganzes restliches Leben mit dieser unglaublich tollen Frau zu verbringen.

Ich übergab die Braut ihrem künftigen Ehemann und nahm Leah das Handy ab, um ein paar Fotos zu schießen. Diese kleine geheime Hochzeit war das wohl Beste, was dem Brautpaar diese Woche widerfahren war, und ich freute mich inständig für die beiden.

George räusperte sich und wollte eben mit ein paar einleitenden Worten beginnen, als Goldie ihn unterbrach: »Hör auf mit dem Geschwafel, George. Mir drückt die Blase!«

Roger drehte sich zu ihr um und fragte: »Wie können Sie eigentlich nachts noch ruhig schlafen, mit dieser spitzen Zunge?«

Granny grinste und schlug ihm auf den Rücken. »Nackt, mein Junge. Damit mich alle mal am Arsch lecken können.«

Ich würde diese Frau wirklich vermissen!

George legte einen Zahn zu und begann sofort mit dem üblichen *»Willst du den hier Anwesenden …«*.

Ich dagegen bekam nur noch die Hälfte von all dem mit. Mein Blick schweifte über Leahs zarten Körper und ich stellte mir vor, wie sie mit mir am Altar stehen würde. *Verdammt, wie konnte ich nur ein Jahr lang so blind gewesen sein?*

Ein Jahr saß sie in meinem Vorzimmer und ich Idiot hatte sie mir aus moralischen Gründen aus dem Kopf geschlagen.

»Fotos«, flüsterte sie mir plötzlich zu und erste jetzt bemerkte ich, wie Roger sich vorlehnte und seine Braut küsste. Ich hatte die ganze Zeremonie verpasst.

Schnell schoss ich ein paar Fotos und gratulierte dem Brautpaar, als plötzlich rote und blaue Lichter den Nachthimmel erleuchteten. »Oh, verdammt. Leute, da hinten kommt die Polizei!«, rief ich auf und löste damit eine regelrechte Panik aus.

George warf den Schlüssel seines alten Jaguars zu Roger und schrie: »Flüchtet, Kinder! Wir regeln das schon.«

»Wie willst du das regeln?«, fragte Goldie mit hochgezogenen Augenbrauen. »Ich bin vorbestraft und hab Koks in der Handtasche!«

Während das Brautpaar bereits flüchtete, sahen wir anderen Granny entgeistert an, die nur mit der Schulter zuckte. »Okay, es ist nur Cannabis.«

»Lauft!«, forderte ich alle auf und während wir zu Leahs Wagen rannten und die Polizei hinter uns herrief, sah ich, wie Goldie böse grinste, eine Kerze zur Hand nahm und diese in den hölzernen Pavillon warf. Die Kerze rollte auf einen halbvertrockneten Busch zu, der sofort in Flammen aufging und sich auf das Pavillon ausbreitete.

Kichernd wie der Teufel persönlich rannte sie los, während unsere Beweismittel in Form von Kerzen und Blumen in Flammen aufgingen und die Nacht erhellten.

Mit quietschenden Reifen fuhr Leah los, während Granny ihren Flachmann aus der Tasche holte und sich ein Schlückchen genehmigte.

»Keine Sorge, ich hab keine Drogen in der Tasche. Den Joint hab ich in Georges Auto gelassen. Wobei sich das sicherlich strafmindernd auf die Brandstiftung auswirken würde, wenn ich high dabei gewesen wäre.«

So müde wie ich noch vor der heimlichen Hochzeit war, war ich danach hellwach. Kichernd stürmten wir unser Hotelzimmer und sanken lachend auf dem Bett nieder.

»Ich hatte schon lang nicht mehr solch einen Spaß.« Leah grinste mich an und kuschelte sich an mich.

»Du wirst jetzt aber nicht schlafen, oder?«, fragte ich perplex und zog sie auf mich.

»Wieso? Was hast du denn noch vor?«

Als wüsste sie nicht, was ich mit ihr anstellen wollte, sah sie mich unschuldig an, bevor sie mir einen Kuss auf die Lippen presste. Aus dem Kuss wurde feurige Leidenschaft und bevor ich mich versah, hatte sie mein Hemd aufgeknöpft und saß rittlings auf mir. Verführerisch biss sie sich auf die Unterlippe, während sie sich an mir rieb.

Meine Hände griffen in ihren Nacken und zogen sie wieder hinunter zu meinem Mund. Vorsichtig streifte ich ihr die Träger ihres Kleides von den Schultern, während ich Küsse auf ihrem Hals verteilte und ihr dabei ins Ohr hauchte: »Ich werde dich die ganze Nacht wachhalten. Und wenn ich mit dir fertig bin, wird auch der Letzte in diesem Hotel wissen, wie besonders du bist.«

Meine Finger streiften ihre Brüste und Leah keuchte auf, während ihr Becken über meinem harten Schwanz kreiste. *Verdammt, sie wusste genau, was sie da tat, und es machte mich wahnsinnig.*

Ich öffnete den Reißverschluss ihres Kleides und drehte mich, bis sie unter mir lag. Meine Augen konnten sich nicht sattsehen von dieser Frau und meine Finger kreisten sanft über ihre Oberschenkel. Meine Lippen umschlossen ihren harten Nippel, bis sie sich unter mir aufbäumte und meinen Namen stöhnte.

Heute Nacht gehörte sie mir und ich nahm mir fest vor, dass ich sie nie mehr gehen lassen würde.

Meine Finger fanden ihre feuchte Mitte und massierten ihre Perle mit quälender Ausdauer. Leah schloss die Augen, während ihr Atem immer schneller wurde.

Knabbernd wanderte mein Mund über ihren Bauch, während meine Finger sich in ihr versenkten und mein Daumen immer wieder ihre empfindlichste Stelle bearbeitete. Ihr Becken bewegte sich zum Takt meiner Berührungen und während meine Zunge meinen Daumen ablöste, spürte ich, wie sich ihre Muskeln um meine Finger zusammenzogen. Diese Frau war wie ein Vulkan, der jeden Moment explodieren konnte.

»O Gott, Dan. Hör jetzt nicht auf.« Sie stöhnte auf und griff mit ihren Fingern in mein Haar. Stürmisch dirigierte sie mich, während meine Zunge immer wieder über ihren Spalt leckte und meine Finger schneller in sie stießen.

Spätestens als Leah anfing, auf Italienisch vor sich hinzustöhnen, war es um mich geschehen. Ich intensivierte die Berührungen und spürte, wie sie anfing, unter mir zu zittern.

Stöhnend schrie sie auf, bäumte ihren Körper auf und krallte sich in meinen Schultern fest. Der süße Schmerz durchfuhr meinen Körper, doch ich hatte nicht vor, aufzuhören.

Während ein feiner Schweißfilm ihren Körper bedeckte und ihr Brustkorb sich schnell auf und ab bewegte, schob ich mich auf sie und sah ihr tief in die Augen. Ihre Beine schlangen sich um meinen Körper, während ich die Spitze meines Penis über ihrer feuchten Mitte auf und ab bewegte.

Leah zuckte zusammen, doch obwohl ihr Orgasmus gerade erst abebbte, schien sie noch nicht genug zu haben.

Ganz langsam drang ich in sie ein, ohne auch nur einmal meinen Blick von ihr abzuwenden. Ihre Hände lagen auf meinem Po und mit festem Griff zog sie mich an sich. Ihr Becken bebte unter mir, während ich mich in ihr bewegte. Meine Lippen pressten sich auf ihren sinnlichen Mund und küssten sie leidenschaftlich.

»Ich liebe dich, Leah«, flüsterte ich ihr ins Ohr, während ich tief in sie eindrang.

»Zeig mir, wie sehr du mich liebst«, stieß sie hervor und ich erhöhte das Tempo.

Sie fühlte sich so gut an, so richtig. Ich war ihr verfallen und konnte nicht genug von ihr bekommen.

Eng umschlungen bewegten wir uns aufeinander. Mein Orgasmus bahnt sich an und auch Leahs Blick veränderte sich. »Komm für mich!«, forderte ich sie auf und presste mich hart in sie, bis sie aufschrie.

Gemeinsam kamen wir zum Orgasmus und ließen unseren Gefühlen freien Lauf. Erschöpft sank ich auf ihr zusammen, während Leah noch von den Nachbeben ihres Höhepunkts zitternd unter mir lag.

»Zugabe!«, hörte ich auf einmal Goldies Stimme von draußen und lachte auf. Wir hatten die Balkontür schon wieder nicht geschlossen und wahrscheinlich jeden im Umkreis einer Meile an unserem Liebesspiel teilhaben lassen.

»Ich bin noch nicht fertig!«, rief ich zurück und erntete von Leah einen schockierten Blick.

»Guter Junge! Wenn Leah morgen noch laufen kann, hast du was falsch gemacht«, antwortete Goldie mir über den Balkon.

»Ruhe, da draußen!«, kam es auf einmal von oben. Der Brautvater war erzürnt und als ich an das Schauspiel vom Speisesaal zurückdachte, tat er mich auch irgendwie leid. Seine Frau vergnügte sich mit seinem Bruder und er musste mit anhören, wie jeder seinen Spaß in diesem Hotel hatte – außer er.

Leah fing plötzlich an zu kichern. »O Gott. Schneller! Besorg es mir heftiger!«

Überrascht sah ich sie an und verzog meinen Mund zu einem Schmunzeln. Diese Boshaftigkeit fing an, mir zu gefallen.

»Wie gefällt dir das, Leah?«, rief ich laut und konnte regelrecht vor mir sehen, wie Mr. Craigs Kopf vor Zorn rauchte.

Als Leah gerade kichernd antworten wollte, fing ich an, ihre Brüste zu küssen. Ich würde dafür sorgen, dass ihr Stöhnen echt war. Und augenblicklich schloss sie ihre Augen und genoss meine Küsse, die sich sanft über ihren Körper bewegten.

Diese Nacht würde erst enden, wenn ich alles gegeben hatte. Und im Moment war ich noch nicht einmal bei der Halbzeit angelangt.

Kapitel 26

LEAH
TAG DER HOCHZEIT

Gequält stiegen Dan und ich aus dem Aufzug. Ich hatte in der letzten Nacht vermutlich mehr Sex gehabt als in meiner ganzen Beziehung mit Alex. Meine Augenringe waren kaum mehr zu überschminken und auch Dan wirkte ziemlich mitgenommen, wenn nicht sogar ausgelaugt.

Mit schlurfenden Schritten gingen wir auf den Speisesaal zu, um unsere erschöpften Körper zu stärken und mindestens fünf Liter Kaffee in uns hineinzuschütten.

Wir grüßten ein paar bekannte Gesichter, holten unser Frühstück am Buffet und suchten uns ein stilles Plätzchen. Das war allerdings gar nicht so leicht, denn anscheinend waren am Abend vorher einige Hochzeitsgäste angereist. Erst jetzt schwante mir Böses, als die Erinnerung des letzten Abends über mich schwappte. Hatte noch gar keiner bemerkt, dass das Brautpaar gar nicht anwesend war?

Es dauerte nicht lang und der Brautvater begrüßte alle Neuankömmlinge, schwärmte von der schönen Gegend und wie sehr er sich doch auf die Hochzeit freute. Wie er wohl reagieren würde, wenn er erfuhr, dass es gar keine Hochzeit gab?

Ein Stuhl an unserem Tisch wurde geräuschvoll nach hinten gezogen und Goldie nahm grinsend darauf Platz.

»Na, ihr beiden. Ihr habt es ja ganz schön krachen lassen. Wir hatten leider keine Viagra parat, sonst hätten wir euch Jungspunden schon gezeigt, was wir noch draufhaben.«

Ich schmunzelte und griff unter dem Tisch nach Dans Hand. Wir waren letzte Nacht wirklich sehr laut gewesen, aber es war mir dermaßen egal, was die anderen davon hielten.

George nahm ebenfalls an unserem Tisch Platz und sah verliebt zu Goldie hinüber. Genau in diesem Moment hörte ich Mrs. Craig aufgeregt in den Speisesaal kommen.

»Hat jemand Amanda oder Roger gesehen?«

Mr. Craig seufzte genervt. »Die werden schon irgendwo im Hotel sein.«

»Ich hab das ganze Hotel auf den Kopf gestellt. Sie sind nirgends aufzufinden.« Mrs. Craig wirkte, als stünde sie kurz vor einem Herzinfarkt, und griff sich immer wieder in die toupierten Haare.

»Die sind schon in den Flitterwochen«, rief Goldie durch den Saal und kippte sich dabei Alkohol aus ihrem Flachmann in die Kaffeetasse.

Mr. Craig sah sie entgeistert an. »Wie meinst du das, Mutter?«

Genervt verdrehte Goldie die Augen.

»Du bist definitiv einmal zu viel auf den Kopf gefallen, mein Lieber. Begriffsstutzig hoch zwo! Ich meinte damit, dass Roger und Amanda heute Nacht bereits geheiratet haben und sich jetzt auf dem Weg in die Flitterwochen befinden.«

»Aber das kann sie doch nicht tun«, kreischte Mrs. Craig auf und fing an, unkontrolliert zu schluchzen. Die Traumhochzeit, die sie für ihre Tochter geplant hatte, die diese aber gar nicht wollte, war nun dahin.

»Natürlich kann sie. Hat sie erst gestern Nacht bewiesen.« Goldie grinste und schlürfte geräuschvoll an ihrem Kaffee.

Die Hochzeitsgesellschaft murmelte vor sich hin. Überall wurden Köpfe zusammengesteckt und getuschelt. Ich genoss es irgendwie, Teil dieses Komplotts gewesen zu sein, und auch

Dan grinste breit, als er sein Croissant in den Mund schob. Nur George schien etwas neben sich zu stehen. Anscheinend hatte er Gewissensbisse.

»Was machen wir denn nun?«, fragte Mr. Craig, ohne eine Antwort darauf zu erwarten. »Der Priester kommt doch schon um zwei Uhr und die Hochzeitstorte wurde gerade geliefert. Die Blumen … was das alles gekostet hat.«

»Scheiß auf den Priester und scheiß auf dein gottverdammtes Geld. Du hast davon mehr als genug. Deine Tochter hat glücklich geheiratet und braucht diesen ganzen Protz nicht mehr«, sagte Goldie und lehnte sich galant zurück. Mit einem Griff nahm sie ihr Gebiss aus dem Mund und pullte etwas aus den Zähnen.

»Dann heiraten wir eben!«, verkündete plötzlich George, stand auf und versuchte, vor Goldie zu knien. »Goldie, mein Engel. Ich hab dir jahrelang nachgetrauert. Jetzt, da ich dich endlich wieder habe, will ich dich nicht mehr gehen lassen. Willst du mich heiraten?«

Ich starrte George mit großen Augen an, während Dan ungläubig den Kopf schüttelte. Der ganze Saal schien gebannt auf Goldie zu sehen, die perplex ihr Gebiss in den Händen hielt und George ansah. »Biffe waf?«

Dan zeigte auf seinen Mund. »Ähm, Goldie. Deine Zähne.«

Goldie sah ihre Zähne an, dann George. »If will nift heifafen.«

»Ach, komm schon, Schatz. Haben wir nicht jahrelang darauf gewartet?« George sah sie traurig an und Goldie schnaubte.

»Du haft gewaftet. If hab nof zweimal geeifaftet.«

»Goldie, deine Zähne! Keiner kann dich verstehen.« Dan kicherte und zeigte auf das Gebiss in ihrer Hand.

Die alte Dame schob es zurück in ihren Mund. »Mich muss auch nur George verstehen, und der versteht mich auch ohne Zähne und mit vollem Mund. Nicht wahr?« Goldie warf

George einen lüsternen Blick zu, woraufhin dieser ganz rot wurde.

»Kannst du jetzt endlich ja sagen, Schatz? Ich komme sonst nicht mehr auf die Beine.« Er stöhnte auf und versuchte, von den anzüglichen Kommentaren seiner Liebsten abzulenken.

Goldie nahm gelassen noch ein Schlückchen, während Mr. Craig und seine Frau leise miteinander diskutierten. Dann legte sie den Kopf schief und sagte: »Ach, weißt du, warum eigentlich nicht. Wenn mein Sohn schon alles bezahlt, heirate ich auch gern noch ein achtes Mal.«

»Du meinst siebtes Mal«, rief Alex durch den Saal und erst jetzt sah ich ihn mit Marge, die noch immer äußerst wütend vor sich hinstarrte, in einer Ecke sitzen.

»Halt die Klappe, Alex! Der Portugiese zählte. Er starb eine Minute nach dem Ja-Wort. Vor dem Gesetz waren wir also verheiratet.«

Dan sah Goldie verwirrt an. »Ernsthaft?«

»Das war meine kürzeste und profitabelste Ehe, mein Junge. Ich bereue keine der 60 Sekunde!« Goldie grinste und sah dann George an. »Aber nicht, dass du mir dann am Traualtar von Dannen gehst. Ich hätte gern noch eine Hochzeitsnacht.«

George strahlte bis über beide Ohren. »Du hast mir einen Herzenswunsch erfüllt. Könntest du mir jetzt nur noch auf die Beine helfen?«

Dan stand lachend auf und griff dem alten Mann unter die Arme. Ächzend stand dieser auf und ließ sich wieder in seinen Sitz fallen. »Dann ist es beschlossen! Wir heiraten.«

Der vor den Kopf gestoßene Brautvater, jetzt Brautsohn, blinzelte überrascht.

»Wie bitte?«

»Sage ich doch. Begriffsstutzig«, murmelte Goldie und sah ihren Sohn genervt an. »Ich werde anstelle von Amanda heiraten. Dann hast du dein Geld nicht umsonst ausgegeben.«

Dann stand sie auf, hob ihre Kaffeetasse und rief der Hochzeitsgesellschaft zu: »Natürlich nehme ich auch gern

Ihre Hochzeitsgeschenke in Empfang«, und flüsternd fügte sie hinzu: »… damit ich sie Amanda und Roger zuschicken kann.«

Mit erhobenem Haupt standen George, Dan und ich ebenfalls auf. Überall im Saal wurde leise getuschelt und als wir uns auf den Ausgang zubewegten, sah mich Mrs. Craig mit bitterbösem Blick an. »Da steckst doch sicherlich du dahinter!«

Ihre Worte trieften vor Hass und wieder einmal war ich froh, nicht mehr Teil dieser Familie zu sein. Gelassen drehte ich mich zu meiner ehemaligen Schwiegermutter um und bemerkte: »Nein, das haben Sie schon ganz allein geschafft.«

Hörbar schnappte sie nach Luft, doch ich gab ihr dasselbe Zeichen wie noch am Vorabend, als wir sie in flagranti erwischt hatten – ein Zeichen, dass ich sie gesehen hatte. Ihre Augen weiteten sich und ich genoss den Triumph fast ein wenig zu sehr.

Kaum waren wir den Fängen der aufgebrachten Meute entkommen, sah mich Dan schmunzelnd an. »Gott, Leah. Du bist so böse. Nimm mich! Sofort! Gleich hier!«

Goldie drehte sich um, sah uns missbilligend an und zeigte mit einer Kopfbewegung auf eine Tür. »Nicht hier, ihr notgeilen Teenager. Geht da rein. Ist bequemer.«

»Aber nicht schallisoliert.« Dan grinste und spielte damit auf das Rehearsal-Dinner an, als wir alle Zeugen wurden, von Goldies und Georges Liebesspiel.

»Das liegt nur daran«, gab sie zur Antwort und griff George völlig überraschend in den Schritt.

Der arme Kerl zuckte zusammen und rief aus: »Verdammt, jetzt hab ich mir in die Hose gepinkelt.«

»Soll ich dir die Windel wechseln?«, fragte Goldie und zwinkerte George lüstern an.

Dan erstarrte neben mir und senkte seinen Kopf. Flüsternd sagte er: »Wenn ich je inkontinent werde, wirst du dann auch meine Windel wechseln?«

»Nein, dann suche ich mir einfach einen heißen Pfleger, der dir die Windel wechselt und mir …«

Doch Dan hielt mir den Mund zu und schüttelte den Kopf. »Nein! Sag nichts.«

Das neu erkorene Brautpaar verabschiedete sich von uns, während Dan und ich etwas unbeholfen in der Lobby verweilten. Natürlich würden wir zur Hochzeit bleiben, allein schon, weil wir die beiden alternden Turteltäubchen gern hatten, doch bis zur Eheschließung hatten wir noch etwas Zeit.

Ich kuschelte mich in Dans Arm und hauchte ihm zu: »Wollen wir noch einen kleinen Spaziergang machen und unten in der Stadt etwas frühstücken? Ich hab noch Hunger und nicht wirklich Lust, noch mal zurückzugehen.«

»Gern«, nuschelte Dan, während er mir einen Kuss auf die Lippen drückte. »Aber danach will ich unbedingt noch etwas schlafen, bevor die Party steigt. Du hast mich ganz schön ausgelaugt, letzte Nacht.«

»Anfänger.« Ich grinste ihm zu und nahm seine Hand, während wir dem Ausgang zusteuerten.

Gemächlich fuhren wir in Dans Toyota die Straße hinunter ins Tal. Doch schon von Weitem konnten wir die Ausmaße unserer kleinen Flucht vom Vorabend erkennen. Ein Feuerwehrauto und Polizei sperrten die Straße ab und ich konnte sehen, dass der Pavillon, in dem Amanda und Roger in der Nacht geheiratet hatten, nur noch Schutt und Asche war. Auch ein paar Bäume drumherum waren in Mitleidenschaft gezogen worden.

»Ach du Scheiße«, rief ich aus und konnte sehen, wie sich Dans Adamsapfel bewegte.

»War das die Kerze, die Goldie umgeworfen hatte?«, fragte Dan leise und wendete den Wagen. »Wir sollten vielleicht lieber den Zimmerservice in Anspruch nehmen, statt weiterzufahren. Nicht dass uns noch jemand gesehen hat und wiedererkennt.«

»Vielleicht sollten wir auch noch eine anonyme Spende für das Desaster, das wir angerichtet haben, machen«, bemerkte ich und nahm mir vor, nie wieder mit Goldie eine Nacht und Nebelaktion zu planen.

Etwa 10 Minuten später erreichten wir wieder das Hotel und bestellten an der Rezeption ein Frühstück aufs Zimmer. Doch bevor wir gehen konnten, reichte uns der Hotelmitarbeiter ein Päckchen. Ich las den Namen Lilly als Absender auf dem Paket und musste mir in Erinnerung rufen, dass es sich dabei um die Lebensgefährtin von Dans Schwester handelte und nicht um eine Bekannte für schöne Stunden.

»Das Hochzeitsgeschenk«, bemerkte Dan und sah mich mit hochgezogenen Augenbrauen an. »Sollen wir das jetzt Goldie und George schenken oder doch lieber Amanda und Roger?«

»Na, Amanda und Roger. Wir waren schließlich dabei. Goldie und George können damit vermutlich gar nichts anfangen.«

»Wir können ja Windeln …«, fing Dan an, doch ich unterbrach ihn sofort.

»Hör auf damit. Sonst bekomme ich das Bild nie wieder aus dem Kopf.« Böse starrte ich Dan an, bevor ich mich graziös umdrehte und auf den Aufzug zusteuerte.

Erst als wir auf dem Zimmer waren, fiel die Anspannung langsam von uns ab. Müde lagen wir auf dem Bett und versuchten, die Augen offenzuhalten, bis der Zimmerservice unser verspätetes Frühstück brachte.

Schweigsam stocherten wir im Rührei und aßen unseren Speck, während uns die Müdigkeit immer mehr übermannte. Doch eine Sache hielt mich weiter wach. In zwei Tagen würden Dan und ich wieder im Büro sitzen und unseren Kollegen Rede und Antwort stehen.

»Willst du eigentlich …«, fing ich an und musterte Dan, »also, wenn wir am Montag im Büro sind. Wollen wir so tun, als sei nichts geschehen, oder den anderen …«

Dan zuckte mit den Schultern. »Ich habe kein Problem damit, aller Welt zu zeigen, was für einen tollen Fang ich gemacht habe.«

»Du bist auch der Boss. Aber ich bin die Angestellte und da kommt das nicht immer gut.«

Für einen Augenblick sah mich mein Boss/Liebhaber an und seufzte. »Leah, ich glaube, keiner meiner Mitarbeiter wird dich verurteilen. Alle kennen und lieben dich im Büro. Klar, Benny wird wohl etwas eifersüchtig reagieren, weil er meinen süßen Hintern nun nicht mehr haben kann, aber er wird damit leben müssen. Außerdem ist es ja sowieso kein großes Geheimnis, dass da vorher schon sexuelle Spannungen in der Luft lagen, wenn die anderen bereits Wetten auf uns abgeschlossen haben.«

»Sexuelle Spannungen? Wann lagen denn sexuelle Spannungen in der Luft?« Verwirrt sah ich ihn an.

Mit großen Augen fasste sich Dan an die Brust und formte mit seinen Händen Brüste. »Also, dieses rote Kleid, das du immer wieder trägst, das, welches deine Möpse so verdammt aufreizend betont … Das Kleid ist Sex pur und wenn du es wieder trägst, werde ich für nichts garantieren können.«

»Also kein rotes Kleid mehr im Büro«, sagte ich leicht genervt.

»Und dieser dunkelblaue Rock mit dem Schlitz, der immer die Spitze deiner halterlosen Strümpfe …«

»Sag mal, hast du mich die ganze Zeit abgecheckt im Büro?«, unterbrach ich ihn und sah ihn fassungslos an.

»Warte … Hast du mich etwa nicht abgecheckt?« Etwas traurig schaute Dan aus der Wäsche und grinsend biss ich in meinen Bagel, ohne ein Wort zu sagen.

»Ich wusste es«, rief er aus und grinste bis über beide Ohren. »Es ist mein Knackarsch, der deine stürmische Leidenschaft in dir erweckt hat, oder?«

»Nein, es waren deine Augen.«

»Blödsinn. Ihr Frauen redet immer von Augen, dabei schaut ihr uns Kerlen immer auf den Hintern … und aufs Gemächt, wenn die Hose es zulässt. Und meine 30 Zentimeter …«

»Gott, Dan! Wirst du wohl aufhören? Wie lang willst du mir das noch vorwerfen?«

Dan zwinkerte mir zu und spitzte elegant die Lippen. »Man hat mich schon vieles genannt, aber Gott noch nie.«

Kapitel 27

Leah

Nach einem Schläfchen war es an der Zeit, sich für die Hochzeit fertigzumachen.

Ich war gespannt, ob alle Gäste geblieben waren, um mit Goldie und George zu feiern. Doch mir war klar, selbst wenn es nicht so war, es wäre Goldie schlichtweg egal.

Natürlich ließ Dan es sich nicht nehmen, mich unter der Dusche noch einmal zu vernaschen, bevor wir dann wieder vollkommen erschöpft aus dem dampfenden Badezimmer schlichen.

Insgeheim hoffte ich, dass wir ab Montag im Büro die Finger voneinander lassen konnten. Wenn wir dort genauso übereinander herfallen würden, dann kämen wir sicherlich nicht mehr zum Arbeiten.

Dan zog sich den dunklen Anzug über, und verdammt, dieser Mann war einfach ein Leckerbissen fürs Auge. Immer wieder warf ich ihm verstohlene Blicke zu, während er sich die Krawatte band und dabei seine Oberarme unter dem weißen Hemd anspannte. Er schien von all dem gar nichts mitzubekommen, sondern summte glücklich vor sich hin.

Ich selbst stand in Unterwäsche da und zog mir die halterlosen Strümpfe über, als Dan endlich zu mir hinüberblickte und schmunzelte. »Wenn du willst, helfe ich dir später wieder beim Ausziehen.«

Mein Versuch, böse dreinzublicken, scheiterte kläglich, und als meine Mundwinkel sich automatisch in die Höhe zogen, sagte ich: »Das kann ich mir denken, Mr. Miller.«

Ich nahm das grüne Kleid aus dem Schrank, das ich für diesen Tag extra gekauft hatte. Es war schulterfrei und aus feinster Seide. Es hatte mich ein Vermögen gekostet, doch das war mir meine beste Freundin wert.

Eigentlich hätte ich es letzte Nacht tragen wollen, doch da wir im Speisesaal unter dem Tisch festgesteckt hatten, war es nicht dazu gekommen.

Dan ließ mich unterdessen nicht mehr aus den Augen, beobachtete ganz genau, wie der feine Stoff über meine Hüften floss und an mir hinabglitt.

Ohne zu fragen, kam er auf mich zu und stellte sich hinter mich. Ich spürte seine warmen Finger auf der Haut und wie er mir den Reißverschluss langsam nach oben zog.

Seine Lippen senkten sich zu meinem Ohr und er flüsterte mir zu: »Dieser Schlitz in deinem Kleid wird mir heute alles abverlangen!«

Ich drehte mich zu ihm um, hob galant das Bein, das durch den hohen Schlitz vollkommen frei lag, und zog ihn zu mir hinunter. Mein Mund lag auf seinem, während seine Hand mich fest an ihn gedrückt hielt. Ich bekam einfach nicht genug von ihm.

»Vielleicht können wir ja zwischendurch die Räumlichkeiten aufsuchen, die Goldie uns gezeigt hat.« Ich zwinkerte ihm zu und löste mich aus seiner Umarmung.

Doch Dan zog mich zurück in seinen Arm und presste seine Stirn gegen meine. »Wir können auch einfach nach der Trauung verschwinden und zu mir fahren.«

»Du willst eine Goldie-Party verpassen?« Ich grinste, denn ich hatte eine solche Feierlichkeit schon miterlebt.

»Das klingt nach viel Alkohol und jeder Menge Spaß«, bemerkte Dan, »dennoch würde ich nichts lieber tun, als dich in mein Haus zu schleppen und dich die ganze Nacht an mein Bett zu fesseln.«

»Nehmen wir hier etwa dominante Züge an, Mr. Grey?«, fragte ich gespielt lasziv, mit Anspielung auf das Buch *›50 Shades of Grey‹*.

»Wer ist Mr. Grey?«, fragte Dan und ich kicherte.

»Das musst du nicht wissen.«

Eine halbe Stunde später standen wir Hand in Hand in der Lobby, die sich, mit einem Meer von Blumen, regelrecht in einen Traum in Weiß verwandelt hatte.

Schon am frühen Morgen hatten die Hotelmitarbeiter angefangen, das weiße Zelt im Garten aufzubauen und die Floristin hatte die Blumen gebracht. Inständig hoffte ich, dass sie nicht von demselben Laden waren, den Goldie versucht hatte auszurauben.

Wir liefen in den Garten hinaus, den ich bisher nur von unserem Balkon aus gesehen hatte. Stühle standen in Reih und Glied aufgestellt vor einem kleinen Altar, über dem in goldenen Lettern stand: Amanda und Roger. Scheinbar war es noch nicht zu den Hotelmitarbeitern vorgedrungen, dass es nun überraschenderweise ein neues Brautpaar gab.

Dan blieb stehen, sah sich die ganze Location an und beugte sich dann zu mir herunter. Flüsternd fragte er: »Willst du mal so heiraten, mit all dem Trubel und Prunk?«

»Oh, mit Sicherheit nicht.« Ich schüttelte energisch den Kopf. »Ich brenne mal durch, wie Amanda und Roger. Auf keinen Fall möchte ich mit einer ganzen italienischen Sippe irgendwo einfallen.«

Dan kicherte. »Stell dir mal vor, meine Hippie-Eltern treffen auf deine Eltern.«

Mit hochgezogenen Augenbrauen sah ich Dan an. »Meine Eltern sind streng katholisch. Wenn sie herausfinden, dass deine Eltern Hippies sind, dann werden sie denken, dass die beiden freie Liebe praktizieren, und schon stehst du auf ihrer Abschussliste!«

»Deine Eltern haben eine Abschussliste?«, fragte Dan mit großen Augen.

»Ich komme aus North End, mein Lieber. Die italienische Mafia ist allgegenwärtig.« Mühsam versuchte ich, ernst zu bleiben, während Dan mich schockiert anstarrte.

»Deine Eltern sind in der Mafia?« Dans Stimme war nur noch ein Flüstern und er wurde leichenblass.

»Die Pizzamafia. Sie sind erbarmungslos. Wir verarbeiten unsere Opfer zu Pizzabelag.«

»Du verarschst mich doch, oder?«

Ich brach in schallendes Gelächter aus und Dan sah mich genervt an. »Hast du echt geglaubt, ich würde für dich arbeiten, wenn meine Familie Teil der Mafia wäre? Wir sind einfache Pizzabäcker aus Boston und auch wenn wir in North End leben, haben wir nichts mit der Mafia zu tun.«

»Das wirst du mir büßen, Ms. Greco!«

»Ich kann es kaum erwarten, Mr. Miller«, gab ich charmant zur Antwort.

Langsam füllten sich die Stuhlreihen mit Hochzeitsgästen und auch wir nahmen auf der Seite der Braut Platz. Tatsächlich war der Großteil der Gesellschaft geblieben und bis ich mich versah, waren auch die Letzten eingetroffen und warteten auf das Brautpaar.

George erschien, stellte sich an den Altar und winkte uns zu. Etwas perplex sah ich Dan an, bis dieser sagte: »Ich glaube, er will, dass wir mit ihnen am Altar stehen. Dir wird wohl die Ehre zuteil, gleich ein zweites Mal Trauzeugin zu sein.«

»Na ja, als Jungfer bin ich ja raus«, merkte ich an.

»Das kann ich bezeugen«, kam zur Antwort, als er mich auf die Beine zog und wir uns dem Altar nährten.

Wir warteten, während ein Cello sanfte Töne zum Einmarsch der Braut spielte. Doch die Braut tauchte nicht auf. Verstohlen blickte Dan auf seine Armbanduhr, während der Gesichtsausdruck des Bräutigams immer besorgter wurde. Würde Goldie es wirklich wagen, ihren George sitzenzulassen?

Plötzlich kam von irgendwoher eine Stimme, die rief: »Ihr habt wohl gedacht, ich bekomme kalte Füße, ihr Luschen?«

Es war Goldie in einem … goldenen Kleid voller Pailletten, die in der Sonne wie eine Discokugel glitzerten. Sie stand an die Tür des Hotels gelehnt und nahm einen Schluck aus ihrem Flachmann. »Ich hatte vor, mit einem Fallschirm hier zu landen, aber der Idiot am Flughafen meinte, ich sei zu alt für den Scheiß. Der hat ja keine Ahnung.«

Dan kicherte und auch ich konnte mir ein Schmunzeln nicht verkneifen. George dagegen wirkte erleichtert und lächelte seine Discoku… ähm … Braut an. Doch Goldie bewegte sich keinen Millimeter. »Will mich denn keiner an den Altar führen?«

Dan schüttelte lachend den Kopf und lief den Gang zwischen den Stühlen entlang. Als er vor der Braut stand, reichte er ihr den Arm und sie harkte sich unter.

»Wenigstens ein Kerl mit Anstand unter diesem Haufen von nichtsnutzigen Schmarotzern.«

Er senkte den Kopf und flüsterte ihr grinsend etwas ins Ohr, das nur für sie bestimmt war. Doch Goldie sah ihn nur an und bemerkte: »Nein, ich bin nicht betrunken! Aber ich hab eben noch eine Tüte geraucht.«

Ich hatte keine Ahnung, ob sie das ernst meinte oder es einer ihrer Scherze war, doch es war auch vollkommen egal, denn Goldie war einfach nur Goldie. Etwas wackelig auf den Beinen schritt sie mit Dan zum Altar, wo ein Priester ungeduldig wartete. Er war erst kurz vorher informiert worden, dass das Brautpaar ersetzt worden war, und ich betete zu Gott, dass er nicht direkt Reißaus nehmen würde, wenn Goldie erst vor ihm stand.

Kaum stand Goldie vor George, fragte der Priester: »Wer übergibt diese Braut?«

Goldie sah ihn abfällig an. »Mein Junge, ich bin 86 Jahre alt. Wenn mein Vater wüsste, dass ich gerade zum neunten Mal heirate …«

Dan flüsterte: »Ich dachte, das ist deine achte Hochzeit?«

»Ich hab doch keine Ahnung mehr, wie oft ich verheiratet war. Vielleicht waren es auch zehnmal. Wer zählt da schon mit?«

Perplex starrte der Priester erst zu Goldie und dann etwas mitleidig zu George, der noch immer frisch verliebt vor sich hin grinste. Gerade als der Priester jedoch beginnen wollte, lehnte sich George vor. »Pater, ich bin jüdisch. Ist das ein Problem für Sie?«

»Mein Sohn«, sprach der Priester, wobei das Ganze etwas Merkwürdige wirkte, da George mindestens doppelt so alt war wie er, »ich bin Priester einer Freikirche. Ich traue jeden, der den Bund der Ehe vor unserem Herrn …«

»Können wir dieses sinnlose Gelaber auf später verschieben? Ich werde nicht jünger!«, keifte Goldie ihn an.

Der Priester nickte und wollte eben aus der Bibel vorlesen, als Goldie aufstöhnte.

»Kürzen Sie diesen Unsinn ab. Wollen Sie George Hemming, die hier anwesende Marigold. Bla, bla, bla. Sie wissen schon, wie das läuft.«

Er schluckte und man konnte ihm ansehen, dass er langsam selbst die Geduld mit der unmöglichen Braut verlor. Schließlich knirschte er mit den Zähnen und ging zum Wesentlichen über. »Wollen Sie, Marigold Craig Ford Schmitt … Warten Sie mal. Wie viele Namen haben Sie denn?«

»Sie sind Anfänger, oder?«, bemerkte Marigold und gab ihm eine Antwort auf seine Frage: »Marigold Elisabeth Justine Ford Craig Schmitt.«

»Wollen Sie … Sie wissen schon, den hier anwesenden George Andrew Hemming zu Ihrem Ehemann nehmen, ihn …«

»Ja, ich will. Legen Sie mal einen Zahn zu. Ich hab Hunger auf diesen heißen Greis.« Sie zwinkerte George zu, der sie anstrahlte, als wäre er der glücklichste Mensch auf Erden.

Der Priester schnaubte. »Na schön. George, wollen Sie Marigold … Sagen Sie einfach ja, sonst lyncht ihre Zukünftige mich noch.«

»Ja«, sagte George freudestrahlend und trat einen Schritt nach vorn. Er presste ihr einen Kuss auf die pinkfarbenen Lippen und dann drehte er sich zu den Hochzeitsgästen um und rief: »Masseltoff!«

Dan sprang plötzlich von dem Podest hinunter, rannte zu einem eingedeckten Tisch und nahm ein Glas und eine Serviette zur Hand, mit der er zum Brautpaar zurücklief. Eilig wickelte er das Glas ein, legte es George vor die Füße und schrie selbst »Masseltoff!«, woraufhin auch die Hochzeitsgäste einstimmten, während George das Glas zertrat. Alle jubelten, als der Priester das Brautpaar als Mr. und Mrs. George Hemming vorstellte.

Goldie hob die Hand und augenblicklich schwiegen die Hochzeitsgäste.

»Ich werde den Bräutigam jetzt erst mal entführen. Hab ihm heimlich Viagra in den Tee gekippt. Nicht dass er schon steht, bevor wir das Zimmer erreichen. Fresst uns nicht das ganze Buffet weg. Wir kommen später, um uns für Runde zwei zu stärken.«

Ein paar lachten, ein paar wirkten verstört nach dieser Aussage, ich dagegen grinste Dan an, der mich ansah, als wolle er mich ebenfalls direkt ins Zimmer entführen. Und tatsächlich kam er auf mich zu, während das Brautpaar sich seinen Weg durch die Menge bahnte. Ich hörte noch Amandas Vater, der über das Verhalten seiner Mutter nicht erfreut war, vor sich hin schimpfen, doch wenigstens hielt seine Frau die Klappe.

»Die Hochzeit ist vorbei. Wollen wir beide zurück nach Boston fahren und die Nacht in meinem Haus verbringen?«

Ich legte meine Hand auf Dans Wange und sah ihn eingehend an. »Weißt du, eigentlich ist es so ein schöner Tag und ich hab gesehen, was es zu essen gibt. Außerdem wird später getanzt und ich hab Dan Miller noch nie tanzen sehen.«

Spitzbübisch lächelte er mir zu und meinte: »Ich tanze Sie in Grund und Boden, Ms. Greco. Tanzen ist das wahrscheinlich einzige Talent, das ich besitze.«

»Oh, Mr. Miller, Sie machen mich neugierig.«

Seine Lippen pressten sich auf meine und für einen Moment vergaßen wir, dass wir noch immer am Altar vor dem Priester standen und es fast wirkte, als wären wir das heutige Brautpaar.

Nachdem sich die Hochzeitsgäste langsam zu ihren Plätzen begeben hatten, wo eigentlich der Brautvater, der jetzt plötzlich der Brautsohn war, eine Rede halten sollte, war von Braut und Bräutigam nichts mehr zu sehen. Nur gelegentlich konnte man sie über uns aus ihrem Zimmer stöhnen hören, woraufhin Mr. Craig die Band anwies, schon zum Essen Musik zu spielen. Auf seine Rede verzichtete er. Die Zornesröte stand ihm noch immer ins Gesicht geschrieben, während seine Ehefrau mir immer wieder böse zu funkelte. Das interessierte mich allerdings so gar nicht.

Doch da war noch jemand, der mir immer wieder verstohlene Blicke zuwarf, und es war keiner, von dem ich es erwartet hätte.

Alex saß neben einer Marge, die ein Gesicht wie eine Zitrone zur Schau stellte, und blinzelte immer wieder in meine Richtung. Es waren dieses Mal aber keine abfälligen Blicke, sondern wehmütige.

Ich versuchte, es zu ignorieren, fütterte Dan mit Shrimps und lachte immer wieder über seine Witze. Doch irgendwann war es mir nicht mehr möglich, seinen neugierigen Augen auszuweichen. Ich sah ihn an und seine Lippen formten sich zu einem ehrlichen Lächeln. Es war dasselbe Lächeln, das er mir geschenkt hatte, als wir frischverliebt am College zusammengekommen waren.

Verwirrt wandte ich mich von ihm ab, als Dan mich zum Tanzen aufforderte. Dankbar nahm ich an und ließ mich von meinem Boss zur Tanzfläche führen. Wir waren die Ersten, die während des Hochzeitsmahls tanzten, doch kaum fing Dan an, mich an sich zu ziehen, taten es uns einige andere Hochzeitsgäste gleich.

Eng aneinandergepresst bewegten wir uns zum Takt der Musik und obwohl ich darauf achten wollte, ob Dan wirklich so gut tanzte, wie er behauptet hatte, ließen mich seine Augen nicht los. Ich versank in ihnen wie in einem Ozean und obwohl ich die Blicke meines Ex-Freundes im Nacken spürte, vergaß ich für einen Moment, dass schon morgen diese turbulente Woche zu Ende sein würde.

Auch wenn in Sachen Hochzeit alles schiefgelaufen war, hatten Dan und ich uns unsere Gefühle eingestanden, die schon länger im Raum standen, doch die keiner gewagt hatte auszusprechen. Ich war dankbar für jede Minute dieser Woche und obwohl ich in Sorge war, wie es wohl weitergehen würde, wenn der Alltag uns wieder hatte, war ich glücklich.

Als der nächste Tanz einsetzte, wurde die Hauptspeise gebracht und wir flanierten zurück an unseren Sitzplatz. Verstohlen sah ich hinüber zu Alex, der mittlerweile allein an seinem Tisch saß und traurig auf den Fußboden starrte. Von Marge war weit und breit keine Spur.

Etwas lustlos, da ich lieber Zeit mit Dan allein verbringen wollte, führte ich die Gabel mit dem Steak an meine Lippen, als Dan sich entschuldigte und sich zur Toilette begab. Ich blieb allein zurück und sah ihm nach, als ich aus dem Augenwinkel eine Bewegung wahrnahm.

Ich wusste, dass es Alex war, der auf mich zukam, und bevor er die Chance hatte, sich neben mich zu setzen, stand ich ebenfalls auf und lief zur Tür, die zurück ins Hotel führte. Auf keinen Fall wollte ich ihm allein begegnen und mir wieder sein nerviges Gedöns antun.

Doch kaum hatte ich die Lobby erreicht, hörte ich eine Stimme hinter mir, und lief schnellen Schrittes in Richtung Speisesaal. Was ich dort wollte, war mir nicht ganz klar, doch während einer Flucht hinterfragt man nicht lang, sondern sucht das Weite.

Leider hatte ich mich mit diesem Schritt in eine Falle katapultiert, denn als ich sah, dass der einzige Weg hinaus der war, der durch die Küche führte, stand Alex schon hinter mir und räusperte sich. Ich schloss die Augen und atmete tief durch, bevor ich mich langsam umdrehte.

»Was willst du, Alex?«

Er stand da, seinen Blick auf den Boden gerichtet, und stammelte etwas vor sich hin, dass ich nicht recht verstehen konnte. Schließlich sammelte er sich, blickte mir direkt in die Augen und sagte: »Es tut mir so verdammt leid, Leah.«

Ich hob die Augenbrauen in die Höhe und fragte: »Was tut dir leid? Dass du Marge in deinem Büro gevögelt hast oder ich dich dabei erwischt habe?«

Er schüttelte den Kopf und wollte eben ansetzen, etwas zu sagen, doch ich unterbrach ihn: »Oder tut es dir leid, dass du deinen Eltern erzählt hast, dass ich es war, die dich betrogen hat? O warte, tut es dir vielleicht leid, dass du mich ganze acht Jahre ausgenutzt und meine Arbeit als deine verkauft hast?«

»Leah, hör mir zu«, forderte Alex und kam einen Schritt auf mich zu. Ich wollte ihm ausweichen, doch stieß hinter mir gegen einen Stuhl.

Schließlich stand er direkt vor mir und legte seine warme Hand auf meine Wange. Erinnerungen aus glücklichen Tagen strömten durch meinen Körper. Er war nicht immer so selbstsüchtig gewesen wie jetzt. Am Anfang war er wirklich liebenswert gewesen und hatte auf mich geachtet. Was war nur aus ihm geworden?

Sein Kopf senkte sich und für einen Moment dachte ich, er würde mich küssen. Doch er tat es nicht, sondern flüsterte stattdessen: »Ich hab dich nicht verdient. Alles hab ich falsch gemacht und dich verletzt. Ich weiß, es ist keine Entschuldigung, aber als du mich verlassen hast, bin ich vollkommen durchgedreht und wollte dich verletzen, weil ich nicht eingesehen habe, dass ich das längst getan habe. Ich will, dass du weißt, dass ich dich immer geliebt habe. Verdammt, ich liebe dich ja jetzt noch.«

Ich schüttelte den Kopf, denn das waren Geständnisse, die ich nicht hören wollte.

»Alex, tu das nicht!«

Doch er hörte nicht auf mich, sondern sprach weiter: »Kurz bevor Marge damals in mein Büro kam, habe ich … ich habe …«

Er nahm etwas aus seinem Jackett und öffnete es. Ein wunderschöner Diamantring kam zum Vorschein und funkelte mich an.

Verwirrt sah ich den Ring an, dann Alex, der sich räusperte. »Ich wollte dir einen Antrag machen. Aber an dem Morgen haben wir gestritten und du hast gesagt, dass du mich verabscheust. Ich war dermaßen wütend, dass ich dich einfach nur verletzten wollte, als Marge in meinem Büro stand. Ich hab nicht nachgedacht, als sie sich an mich ran geworfen hat, sondern einfach gedacht, es sei mein Recht. Du hast mir mit deinen Worten unglaublich wehgetan. Verdammt, ich war solch ein Idiot zu denken, dass es das Richtige wäre, mich von Marge verführen zu lassen.«

»Wenn ich dich nicht verlassen hätte, hättest du dann jedes Mal rumgevögelt, wenn wir uns gestritten hätten?« Meine Worte ließen Alex aufhorchen und er schüttelte vehement den Kopf.

»Ich hab einen Fehler gemacht, Leah. Einen riesigen Fehler. Du bist das Beste, was mir je passieren konnte, und dich zu verlieren, war schlimmer als alles, was ich in meinem Leben erlebt habe. Vergibt mir bitte.«

Ich atmete tief durch und sah ihn mitleidig an. »Weißt du, was? Ich vergebe dir. Aber jetzt lass mich endlich in Ruhe!«

Mit diesen Worten drehte ich mich um, ließ Alex stehen und lief zu einer der Toiletten.

Doch was ich da sah, ließ das Blut in meinen Adern gefrieren.

Kapitel 28

DAN

Ich lief zu einem der Badezimmer, um mich zu erleichtern. Ich hatte bereits mehr Wein und Sekt im Blut, als ich es gewohnt war, und fühlte mich leicht beschwipst. Doch das war mir egal, denn ich würde diesen letzten Tag hier in Vermont mit Leah in vollen Zügen genießen.

Schon morgen würden wir wieder zurück nach Boston fahren und dann würde uns am Montag der Alltag einholen. Dennoch freute ich mich auf die Zeit zu Hause mit ihr. Sie war etwas ganz Besonderes und zum ersten Mal in meinem Leben war ich mir einer Sache wirklich sicher: *Ich wollte sie nie mehr gehen lassen.*

Grinsend über meine gute Laune schob ich die Tür zur Herrentoilette auf, nur um direkt in einen Hotelmitarbeiter zu stolpern, der mit einem Wischmopp und mitleidigem Blick vor mir stand. »Wir haben eine Verstopfung. Bitte benutzen Sie die Damentoilette nebenan oder die Herrentoilette im ersten Stock.«

Da meine Blase drückte, entschloss ich mich für die Damentoilette, und klopfte vorsichtig an. Als ich keine Antwort erhielt, spähte ich hinein. Erst als ich mir sicher war, dass niemand da war, ging ich zu einer der Kabinen und verriegelte sie von innen. Bis zum ersten Stock hätte ich es vermutlich nicht mehr geschafft. Sekt war ein Teufelszeug für meine Blase.

Doch gerade als ich mir den Reißverschluss meiner Hose wieder hochziehen wollte, hörte ich, wie die Tür aufging und jemand eintrat. *Verdammt, sollte ich nun einfach hinausspazieren oder warten?*

Ich entschloss mich für zweiteres, doch dann hörte ich bitteres Schluchzen und wusste, dass ich wohl noch eine ganze Weile hier festsitzen würde. Geduldig harrte ich aus, doch der Eindringling wollte einfach nicht gehen. Also räusperte ich mich vorsichtig und sagte: »Bitte erschrecken Sie nicht. Die Herrentoilette ist verstopft. Darf ich rauskommen?«

»Dan? Sind das Sie?«, hörte ich Marges Stimme auf der anderen Seite der Kabine.

»Ja. Darf ich rauskommen?« Mir war die Situation äußerst unangenehm, doch was sollte ich auch sonst machen? Warten, bis sie irgendwann zu weinen aufhörte?

»Natürlich«, antwortete sie mir leise und so entriegelte ich die Tür und trat hinaus.

Entschuldigend sah ich in ihr verweintes Gesicht, während ich ans Waschbecken neben sie trat und meine Hände wusch.

Im Spiegel fiel mein Blick auf Marge. Sie war schön, ohne Frage. Etwas dünn vielleicht, doch eigentlich ganz hübsch. Ihre Augen waren gerötet von den Tränen und ich fragte mich, warum sie sich mit einem Kerl wie Alex einließ. Ich wollte nicht fragen, doch schließlich war ich kein Unmensch, weshalb ich meinen Mund öffnete und sie ansprach: »Ist alles in Ordnung?«

Sie nickte nur und versuchte sich an einem Lächeln. »Alex hat Schluss gemacht. Eigentlich sollte ich darüber froh sein, aber … aber es tut verdammt weh.«

Bitterlich begann sie zu weinen. Ich hatte das Gefühl, sie könnte eine Umarmung gebrauchen, doch wollte nicht derjenige sein, der ihr diese gab. Stattdessen fragte ich: »Soll ich Leah holen? Ich meine, sie und Alex …«

»Auf keinen Fall!«, rief Marge aus. »Ihretwegen hat er mich ja verlassen.«

Ich hob überrascht meine Augenbrauen. »Wie meinen Sie das?«

Sie schüttelte verzweifelt den Kopf, wobei sich ihr Ohrring löste und unter den Waschtisch fiel. Ich wollte mich bücken, doch sie sagte: »Ich sehe ihn schon.«

Direkt vor mir ging sie in dem engen Raum in die Hocke, hob den vergoldeten Ohrring mit den kleinen glitzernden Steinchen vom Boden auf und wollte eben aufstehen, als sich ihr Haar im Reißverschluss meiner Hose verfing.

»Aua«, schrie sie schmerzhaft auf und ging vor mir auf die Knie.

»Wie haben Sie das denn geschafft?«, fragte ich und versuchte, die Haarsträhne irgendwie zu lösen.

»Nicht, Dan, das tut weh«, jammerte sie und positionierte sich vor mich, um selbst zu sehen, wie sie sich aus dieser misslichen Lage befreien konnte.

»Sie müssen …«, fing ich an und trat einen Schritt zurück, woraufhin sie meine Oberschenkel umklammerte und aufstöhnte.

»Oh, Dan …«

»Was zum Teufel«, hörte ich plötzlich Leahs Stimme hinter mir und sah im Spiegel, dass sie gerade durch die Tür kam. Verwirrt blickte ich hinunter auf Marges Kopf, der an meinem Hosenstall zerrte und dabei eindeutige Bewegungen machte. Ihre Hände lagen noch immer auf meinen Schenkeln und stöhnend brachte sie hervor: »Leah, könnten Sie mir hier mal helfen?«

Doch Leah drehte sich bereits um und stürmte zur Tür hinaus. Ich wollte hinterher, doch riss dabei Marge mit mir, die vornüberfiel und mich mitriss. Wir landeten beide auf dem Boden des Badezimmers und ich zerrte verzweifelt an ihrem Kopf. Leah durfte auf keinen Fall denken, dass ich sie hier mit Marge betrog. Auch wenn es eindeutig so ausgesehen haben musste.

Nachdem ich Marges Haar aber einfach nicht lösen konnte, wurde ich langsam wütend und riss regelrecht ganze Büschel aus, während Marge flehte, ihre Frisur nicht zu ruinieren. Doch das war mir egal, denn die einzige Frau, die für mich zählte, war eben hinausgestürmt.

Ich rannte durch die Lobby und knallte dabei direkt in Alex, der mich verwirrt ansah. Langsam schweifte sein Blick über meinen Körper und hinunter zum Reißverschluss meiner Hose, in dem noch immer ein Büschel von Marges Haaren hing. Die Worte von Marge – dass Alex wegen Leah mit ihr schlussgemacht hatte – gingen mir wieder durch den Kopf. Er blinzelte und bevor ich wusste, was ich sagte, keifte ich ihn an: »Egal, was sie vorhaben, lassen sie die Finger von meiner Frau.«

An seinem schuldbewussten Blick konnte ich sehen, dass er tatsächlich etwas geplant hatte. Betreten sah er hinunter auf seine Füße und flüsterte: »Ich hab sie längst verloren.«

Genau in diesem Moment sah ich sie durch die große Glasfront des Hotels. Leahs Wagen schoss die Straße hinunter und hinterließ eine regelrechte Staubwolke. Ich ignorierte Alex und rannte hinaus, doch es war bereits zu spät. Eilig griff ich nach meinem Handy und wählte ihre Nummer, wurde aber sofort weggedrückt.

Zu meinem Bedauern hatte ich nicht einmal meine Autoschlüssel bei mir. Ich rannte zu den Aufzügen, drückte den Knopf und als dieser sich nicht augenblicklich öffnete, hastete ich zu den Treppen und nahm immer zwei Stufen auf einmal, nur um dann festzustellen, dass ich meine Schlüsselkarte im Zimmer gelassen hatte. Leah hatte ihre mitgenommen und ich stand vor verschlossenen Türen.

Verzweifelt lehnte ich mich mit dem Kopf gegen die Tür, als ich erkannte, dass es zu spät war.

Kapitel 29

DAN

Ich fuhr noch am selben Abend ab. Da Leah ohne ihr Gepäck davongelaufen war, musste ich das Zimmer allein räumen, was mich mit dem Verlust der Schlüsselkarte fast drei Stunden kostete.

Schließlich war es schon dunkel, als ich endlich im Wagen saß und die sieben Stunden zurück nach Massachusetts losfuhr. Zu meinem Bedauern setzte ein Starkregen ein und aus den sieben Stunden wurden zehn.

Sonntagvormittag hatte ich schließlich mein Büro erreicht. Statt nach Haus zu fahren, wollte ich zuerst zu Leah und da ich nie bei ihr war, galt es zuerst, ihre Adresse in Erfahrung zu bringen.

Gehetzt und noch immer mit der Kleidung des Vortages, suchte ich nach den Personalakten, die sich irgendwo in Margrets Schreibtisch befanden. Zu meinem Bedauern hielt Margret nicht viel von Computern und führte noch immer alle Personalakten in Papierform. Und diese lagen eingeschlossen in ihrem Schreibtisch.

Mir blieb also nichts anderes übrig, als bis zum nächsten Tag zu warten.

Bedrückt und vollkommen übermüdet fuhr ich zu meinem Haus, das sich etwa eine halbe Stunde von Boston entfernt befand. Doch obwohl ich die ganze Nacht im Auto gesessen hatte und kaum mehr die Augen offen halten konnte, kreisten all meine Gedanken um Leah und ließen mich nicht einschlafen.

Irgendwann gab ich auf, bestellte mir eine Pizza und rief Benny an. Wenn es jemanden gab, der vielleicht wissen konnte, wo Leah wohnte, dann war es er.

Schon nach dem ersten Läuten nahm er ab und statt einer freundlichen Begrüßung hörte ich ein Knurren in der Leitung. Erst dachte ich, es handelte sich dabei um einen Hund, doch als er mit seiner Schimpftirade begann, wusste ich, dass mein Mitarbeiter mich tatsächlich gerade angeknurrt hatte.

»Was haben Sie angestellt, Mr. Miller? Wissen Sie eigentlich, was Leah in der Vergangenheit mitmachen musste und dann …«

»Jetzt halt mal die Luft an, Benny!«, befahl ich, doch er hörte mir gar nicht zu.

»Und dann noch Marge, dieses billige Flittchen. Haben Sie denn keinen Anstand?«

»Es ist nichts passiert!«, rief ich mit strenger Stimme ins Telefon. Mal davon abgesehen, dass ich es nicht duldete, dass mein Mitarbeiter so mit mir sprach, ich hatte auch nichts Falsches getan.

»Ein Blowjob ist nicht ›*NICHTS PASSIERT*‹!«, schrie er so laut, dass mir für einen Moment die Ohren klingelten.

»DA GAB ES KEINEN BLOWJOB!«, rief ich genervt zurück. »Sie hat sich gebückt und ist mit ihren Haaren an meinem Schritt hängen geblieben!«

Ich hörte ein abfälliges Lachen in der Leitung. »Diesen Blödsinn können Sie jemanden anderen weismachen!«

Und dann legte er auf und ich stand da, nicht fähig mich zu bewegen. Ich versuchte erneut, ihn anzurufen, doch er drückte mich einfach weg.

Schöne Scheiße!

Ohne Appetit, doch mit grummelnden Magen, schob ich mir ein Stück Pizza in den Mund, während ich das Internet nach Leah Greco durchforstete. Ich fand, zu meinem Bedauern, einige Bilder, auf denen sie im Schatten von Alex fotografiert wurde. Es wirkte fast so, als hätte man sie absichtlich in den Hintergrund gedrängt, um den großen Alexander Craig allein zu erwischen.

Auf keinem der Fotos wirkte sie wirklich glücklich. Doch außer ein paar Fotos fand ich nichts zu ihrem Namen. Keine Adresse, keine Daten, nichts. Die Tatsache, dass ich nun bis zum Morgen warten musste, machte mich fertig.

Ich duschte kalt, verräumte die Reste der Pizza und packte meine Koffer aus. Doch jedes Kleidungsstück roch nach ihrem frischen Parfum. Es war fast, als hätte ich eine Zitronenplantage im Schlafzimmer. Und verdammt, ich vermisste sie so sehr.

Irgendwann gab ich es auf, warf die Koffer aus meinem Schlafzimmer und ertränkte mich in einer Flasche Wein.

Erst als der Wecker klingelte, stellte ich fest, dass ich eingeschlafen und es bereits Montagmorgen war.

Mein Kopf dröhnte. Alles drehte sich und ich bereute, dass ich überhaupt zum Wein gegriffen hatte. Nicht, dass ich nicht gern einmal ein Gläschen trank, aber eine ganze Flasche war einfach zu viel gewesen.

Ich schleppte mich zum Badezimmer, duschte und rasierte mich, damit ich wenigstens menschlich aussah, wenn ich mich schon nicht so fühlte. Eilig stieg ich in meine Jeans und knöpfte mir das Hemd zu. Auf dem Weg nach draußen griff ich nach meiner Thermoskanne mit Kaffee und meinem Laptop und fuhr zum Büro.

Dass ich kurz davor war, mir in die Hose zu scheißen, weil ich so nervös war, wäre untertrieben gewesen. Ich fürchtete mich davor, auf Leah zu treffen, weil ich nicht wusste, ob sie mir Glauben schenken würde.

Nach dem Telefonat mit Benny war ich mir sicher, dass sie mich häuten und danach zerstückelt im Charles River versenken würde. Italienisches Temperament war nicht zu unterschätzen.

Ich war der Erste im Büro und während ich noch an meiner Thermoskanne nuckelte, warf ich auch die Kaffeemaschine für meine Mitarbeiter an.

Unterwegs hatte ich rote Rosen besorgt und sie auf Leahs Schreibtisch gestellt. Doch gerade, als ich mich von ihrem Platz abwenden wollte, bemerkte ich, dass einige Gegenstände fehlten. Ihre lustige Tasse stand nicht mehr neben ihrem Laptop und auch das Foto, das sie mit ihren Großeltern zeigte, war verschwunden.

Verwirrt ging ich in mein Büro und sah den Briefumschlag auf meinem Tisch liegen. Alles in mir verkrampfte sich, als ich Leahs Handschrift erkannte, die mit großen schwungvollen Buchstaben *›Dan‹* draufgeschrieben hatte.

Ich wusste bereits, was sich darin befand, noch bevor ich ihn öffnete. Vielleicht sollte ich ihn einfach in den Papierkorb werfen und so tun, als hätte ich ihn nie bekommen. Schrödingers Katze kam mir in den Sinn. Wenn ich den Umschlag nicht öffnete, würde ich nie erfahren, was sich darin befand.

Doch das war dumm und deshalb öffnete ich ihn trotzdem. Wie vermutet, war es ihre Kündigung, die sie formell abgetippt hatte. Ich sank auf meinem Stuhl nieder und schloss die Augen. Wie konnte ein so dummes Missgeschick nur alles ruinieren?

Ein Räuspern riss mich aus meinen Gedanken und ich öffnete die Augen. Benny stand vor mir und funkelte mich wütend an. »Sie haben Glück, dass ich diesen Job liebe, sonst hätte ich es Leah gleichgetan!«

»Verdammt, Benny. Es ist nichts passiert!«, stieß ich müde aus und senkte mein Gesicht in meine Handflächen.

»Wie wollen Sie dann erklären, dass Leah Sie in der Damentoilette gefunden hat? War es ein Versehen, dass sie da direkt in Marge gestolpert sind?«

Ich sah ihn an und seufzte. »Die Herrentoilette war verstopft. Auf der Damentoilette war niemand und drum bin ich dort aufs Klo gegangen.«

Ungläubig sah mich Benny an und schüttelte den Kopf. »Lassen Sie sich was Besseres einfallen!«

»Als ich aus der Kabine gehen wollte, ist Marge weinend ins Badezimmer gestürmt. Was sollte ich denn tun? Sie ist einfach nicht mehr gegangen, darum hab ich mich bemerkbar gemacht. Und so dämlich es klingt, sie hat sich wirklich nach ihrem Ohrring gebückt und ist mit ihren Haaren in meinem Reißverschluss hängen geblieben. Genau in dem Moment kam Leah rein.«

»Sie sind selten dämlich, Mr. Miller! Das glaubt Ihnen doch sowieso niemand.«

Dann drehte er sich um und wollte schon gehen, als ich realisierte, dass auf der Kündigung Leahs Adresse stand. Ich sprang auf und presste mich an Benny vorbei.

»Wo wollen Sie denn hin?«, fragte er perplex.

»Ich fahre zu Leah!«

»Die ist bei Ihren Eltern. Sparen Sie sich die Mühe.«

Ich blieb stehen, drehte mich zu ihm um und grinste. »Danke für den Tipp.«

Ich sprang auf ihn zu, drückte ihm ein Küsschen auf die Wange und ging zum Ausgang.

»Warten Sie, Miller. Das ist keine gute Idee!«

Als ich meinen Wagen erreichte, hörte ich noch immer Benny hinter mir: »Tun Sie das nicht, Mr. Miller!«

»Du kannst mich nicht aufhalten, Benny!«

»Ich vielleicht nicht, aber Leahs Familie sicherlich!« Er hechelte, als er neben mir zum Stehen kam. Gerade in dem Moment kam Margret, die auf dem Weg ins Büro war, auf uns zu.

»Was ist denn hier los? Planen wir einen Ausflug oder so etwas?«, fragte sie verwirrt und sah erst mich, dann Benny an.

»Miller hat es sich mit Leah versaut und denkt, er kann einfach zu ihren Eltern fahren.« Benny sah mich abwertend an und bevor ich mich versah, stand auch Margret neben mir am Wagen und zeigte auf die Tür.

»Na los, Boss. Dann helfe ich Ihnen dabei. Wäre doch schade, wenn Sie beide schon nach so kurzer Zeit wieder … Sie wissen schon.«

Benny stöhnte auf. »Das tust du doch nur, weil du dagegen gewettet hast!«

Perplex sah ich meine Mitarbeiter an. »Woher wisst ihr eigentlich von Leah und mir? Und wie viele Wetten diesbezüglich laufen da eigentlich?«

Meine erste Frage ignorierend, schaute Margret nachdenklich drein. »Also eine, wann Sie beiden endlich zusammenkommen. Da hat übrigens keiner dagegen gestimmt. Und dann ist da noch die Wette, ob sie sich schon innerhalb der ersten drei Monate trennen. Benny hat übrigens für *›Ja‹* gewettet.«

»Halt die Klappe, Margret!«, keifte Benny sie an.

»Was noch?«, fragte ich, als ich den Wagen öffnete und zusah, wie Benny auf dem Beifahrersitz Platz nahm und Marge hinter mir.

»Na ja, es gibt die Wette, wann es Nachwuchs gibt, und eine, wann die Hochzeitsglocken läuten. Außerdem hat Benny noch eine Wette am Laufen, wie lang es dauert, bis sie beide … also im Büro …«

»Vögeln! Das ist es, was sie sagen will«, stieß Benny genervt aus.

»Ihr seid alle verrückt. Wisst ihr das?«, fragte ich abfällig und sah mich um. »Was tut ihr eigentlich in meinem Auto?«

»Na, wir kommen mit«, gab Benny zur Antwort. »Ich lasse mir doch nicht entgehen, wie sie von Leahs Brüdern zerquetscht werden.«

»Ich leiste ihnen Beistand, Mr. Miller«, kam es von Margret auf der Rücksitzbank.

Ich schüttelte den Kopf und sagte: »Nein, ihr beide steigt aus. Ich schaffe das auch ganz allein.«

»Ach ja, Miller? Und wo ist das Restaurant von Leahs Familie?« Benny grinste böse und schnallte sich an.

»Na schön. Aber hör auf, mich Miller zu nennen. Entweder Mr. Miller oder Dan!«

Benny lehnte sich zurück. »Gut, Dan. Dann fahr mal nach North End.«

Ich ließ mich von Benny durch den dichten Bostoner Verkehr leiten. Warum er mir half, war mir ein Rätsel, dachte er ja immer noch, ich hätte Leah betrogen. Margret dagegen versucht mir Mut zu machen, wobei ich nicht ganz sicher war, ob sie das nicht nur deswegen tat, weil sie sonst eine ihrer vielen Wetten verlieren würde.

Als wir North End erreichten, war ich mehr als dankbar für meinen Kleinwagen. Die engen Gassen ließen kaum Möglichkeiten zum Parken zu und ich war viel zu geizig, die teuren Parkhäuser zu bezahlen.

Wir hielten vor einer kleinen italienischen Bäckerei an, weil Benny meinte, den Rest könnten wir auch zu Fuß gehen. Als wir durch die Straßen liefen, wurde mir auch bewusst, warum. Vor der kleinen Pizzeria mit dem schönen Namen ›*Little Italy*‹, gab es keinerlei Parkplätze.

Benny zeigte auf das Lokal und grinste. »Dann mal los, du Held. Rein mit dir.« Er zückte das Handy und fing an zu filmen.

Perplex sah ich ihn an und fragte: »Was tust du da?«

»Ich will nur für die Ewigkeit festhalten, wie dich Leahs Brüder zu Hackfleisch verarbeiten.«

Margret schluckte und hielt mich am Arm fest. »Wollen Sie eingeäschert werden oder eine normale Erdbestattung?«

Verwirrt schüttelte ich den Kopf. »Wie bitte?«

Statt weiter darauf einzugehen, lief ich mit zügigen Schritten, die mehr Courage ausstrahlte, als ich wirklich besaß, auf das Restaurant zu, aus dem es bereits köstlich nach Pizza duftete. Noch einmal atmete ich tief durch, bevor ich die Tür aufschob und eintrat.

Da stand sie: *meine Leah*!

Sie war mir mit dem Rücken zugewandt und deckte Tische ein. Ich nahm all meinen Mut zusammen und trat auf sie zu. »Leah, du musst mich anhören. Ich weiß, was du gesehen hast, war wirklich … Es war nicht, was du denkst, was es war. Es war ganz anders und ich will einfach nur, dass du weißt, wie sehr ich dich liebe.«

Leah drehte sich langsam zu mir um und zu meiner Überraschung war es gar nicht sie, sondern ihre Mutter.

Benny kicherte hinter mir und sagte: »Guten Morgen, Mrs. Greco.«

»Oh, guten Morgen, Mrs. Greco. Ich bin Dan Miller und …«

»… und Sie lieben meine Tochter«, sagte die bildhübsche Frau mit einem starken italienischen Akzent. Leah war ihr wirklich wie aus dem Gesicht geschnitten.

»Ja, das tue ich.« Ich lächelte und bevor ich mich versah, musterte sie mich von oben bis unten.

»Haben Sie schon gefrühstückt? Leah ist mit ihrem Vater einkaufen, aber Sie sehen aus, als könnten Sie eine Stärkung gebrauchen.«

Ich wollte gerade verneinen, als Benny mir in die Rippen stieß. »Man sagt nie *Nein* zu einer italienischen Mama!«

Grinsend sah er Mrs. Greco an und antwortete für mich: »Natürlich ist er hungrig!«

Ohne mit der Wimper zu zucken, nahm sie meine Hand und führte mich an einen Tisch, an dem sie auch Margret und Benny anwies, Platz zu nehmen.

Es war gerade einmal halb elf Uhr morgens und eigentlich wäre mir ein Kaffee lieber gewesen. Doch als die Mutter der

Frau, in die ich mich unsterblich verliebt hatte, anfing, Essen aufzutischen, knurrte mir augenblicklich der Magen.

Allerlei Leckereien, von Antipasti bis hin zu verschiedenen Pasta- und Fischgerichten, brachte sie aus der Küche. Benny fing sogleich an zu essen und auch Margret ließ sich nicht zweimal bitten.

»Essen Sie, mein Junge. Leah ist eine starke Frau, die einen starken Mann an ihrer Seite braucht. Ein paar Pfunde mehr könnten Ihnen nicht schaden.«

Ich nickte, obwohl ich keine Ahnung hatte, was Ms. Greco mit *»ein paar Pfund mehr«* meinte. Ich hatte eine recht sportliche Figur und war damit eigentlich recht zufrieden.

Ich war gerade dabei, meinen zweiten Teller zu beladen, als Benny plötzlich Margret anstieß und aufstand. Margret tat es ihm gleich und ohne ein Wort zu sagen, verschwanden die beiden vom Tisch.

Doch ich war nicht lang allein, denn ganz plötzlich setzten sich drei junge Männer zu mir an den Tisch, die ich von Leahs Fotos kannte. Es waren ihre Brüder und innerlich machte ich Benny einen Kopf kürzer, weil er mich hier ganz allein mit ihnen ließ.

Kapitel 30

DAN

Zwei der Brüder platzierten sich links und rechts von mir und ließen mir gerade genug Platz zum Atmen. Der andere nahm mir gegenüber Platz und musterte mich mit einem Gesichtsausdruck, der mir das Blut in den Adern gefrieren ließ.

Verdammt, er hatte wirklich riesige Hände.

Ich wollte aufstehen, doch einer der Brüder drückte mich zurück in meinen Stuhl und fragte: »Wohin so schnell?«

»Ich wollte nur eben auf die Toilette«, antwortete ich kleinlaut.

»Dann kommen wir mit«, sagte der Kerl mir gegenüber.

»Ach, macht euch keine Mühe. Ich kann ihn auch allein halten«, sagte ich todesmutig und erschrak regelrecht, als der Bruder rechts von mir ein Fleischermesser in die Tischplatte versenkte.

Meine Augen weiteten sich, doch noch bevor ich darauf reagieren konnte, schnellte der Kopf des Messerkünstlers nach vorn. Hinter ihm stand Mrs. Greco und hatte ihm ordentlich einen Schlag auf den Hinterkopf verpasst, während sie auf Italienisch schimpfte.

Er nahm ängstlich das Messer aus der Tischplatte und reichte es ihr, während sie immer wieder auf das Loch zeigte, das er damit hineingebohrt hatte. Vielleicht waren die Kerle doch nicht so stark, wie sie aussahen, wenn sie sich von so einer zierlichen Frau wie Mrs. Greco zurechtweisen ließen.

Doch dann erinnerte ich mich wieder an Leah und ihr Temperament. Italienische Frauen waren nicht von dieser Welt.

»Wer bist du?«, fragte schließlich einer der Brüder, als die Mutter zurück in Küche ging.

»Ich bin Dan, der Freund eurer Schwester.« Ich wusste nicht recht, ob ich damit mein Todesurteil unterschrieben hatte, doch ich war mir sicher, dass es besser war, ehrlich zu sein.

Der Bruder mir gegenüber schnaubte. »Hey, Marco, hat dieser Clown gerade wirklich gesagt, er sei der Freund unserer kleinen Schwester?«

Marco, der Bruder links von mir nickte. »Ja, ich glaube, das hat er gesagt.«

Rechts von mir räusperte sich der dritte Bruder und als er den Mund öffnete und mit einem kleinen Sprachfehler fragte: »Wa-wa-wa-warte mal. Le-le-le-le-Leah ha-ha-ha-hat einen Fr-fr-fr- …«

»Gott, bist du ein Idiot, Domenico. Was denkst du, warum sie gestern wieder hierher zurückkam?«, fragte der Bruder mir gegenüber.

Marco legte plötzlich seine riesige Pranke auf meine Schulter und drückte zu.

»Meine Schwester war sehr traurig, als sie gestern hier ankam. Du weißt nicht zufällig, warum?«

Ich versuchte mich an einem Grinsen. »Vielleicht, weil AC Mailand gestern Abend verloren hat?«

»Ma-a-a-a-ailand hat wa wa was?« Domenico sah mich mit großen Augen an.

»Ja, die haben doch gestern zwei zu null verloren. Hast du das Spiel gar nicht gesehen?« Ich hatte es tatsächlich auch nicht gesehen, doch da ich ein großer Fußballfan war, hatte ich die Ergebnisse heute Morgen beim Kaffee noch gecheckt.

»Verdammt, dann hab ich meine Wette verloren«, murmelte Marco geknickt und wandte sich seinem anderen Bruder zu. »Hast du auch auf Mailand gesetzt, Francesco?«

Francesco sah mich an. »Weißt du auch, wie Juventus gespielt hat?«

Ich nickte und sah meine Chance in dem Interesse der drei Brüder. Wenn sie mich sowieso umbrachten, dann konnte ich mit meinem Wissen über Fußball vielleicht wenigstens einen schnellen schmerzlosen Tod erwirken.

»Sie haben gegen Rom unentschieden gespielt.«

»Spielst du auch?«, fragte Marco und musterte mich neugierig.

»Auf dem College hab ich gespielt. Doch ich war der wohl schlechteste Torwart, den die Uni je gesehen hat.«

Domenico grinste: »I-i-i-i-ich wa-wa-wa-war auch Torwart-t-t-t-t.«

Ich war gerade sicher, dass ich doch mit dem Leben davonkommen würde, als Francesco fragte: »Schön und gut, aber du hast noch immer nicht erklärt, was du mit unserer Schwester gemacht hast!«

Ich öffnete den Mund, ohne zu wissen, was ich eigentlich sagen wollte, als Mrs. Greco hinter mir auftauchte und Pizza auf den Tisch stellte.

»Lasst den Jungen endlich essen!«, keifte sie ihre drei Söhne an, die sich alle entschuldigten und warteten, bis sie wieder in der Küche verschwunden war.

»Iss!«, forderte Marco auf und beobachtete, wie ich mir ein Stück Pizza nahm.

Mir war der Appetit schlagartig vergangen, doch wagte es nicht, mich gegen die drei aufzubäumen. Francesco lehnte sich zurück und stellte dabei seinen Bizeps zur Schau. Er trug nur ein Muskelshirt und wirkte damit wie ein Bodybuilder, der viel zu viel Anabolika intus hatte.

»Cooles Shirt«, bemerkte ich, um die Stimmung, die gerade am Hochkochen war, etwas zu lockern.

Er sah an sich hinunter und fast schon lächelte er. »Beabsichtigst du, mich gerade abzulenken?«

»Funktioniert es denn?«, fragte ich und biss mir sogleich auf die Zunge.

»Also, ich mag ihn. Er versteht wenigstens was von Fußball, was man von ihrem Ex nicht behaupten kann«, sagte Marco plötzlich und Domenico nickte.

»Meinst du Alex, diesen Idioten?«, fragte ich Marco und nickte. »Der Typ ist wirklich nicht von dieser Welt.«

»D-d-d-d-d-der hä-hä-häääää-hält sich fü-fü-für wa-wa-wa-was bes-s-s-s-sseres!«, pflichtete Domenico mir bei.

»Du kennst Alex?«, fragte Francesco und sah mich überrascht an.

»Leider ja.«

»Weißt du zufällig, wo er wohnt? Dem würde ich zu gern mal einen Besuch abstatten.« Marco ballte seine Hand zu einer Faust und knurrte regelrecht auf.

»Nein. Aber ich habe ihm schon die Fresse poliert, insofern …«

»Du hast was?«, Francesco sah mich mit einer Spur Bewunderung an.

Ich nickte, während mir Domenico ordentlich auf den Rücken schlug, sodass mir das Stück Pizza aus der Hand fiel.

»Da-da-das ha-ha-ha-hast du gut g-g-g-g-g-gemacht!«

»Dieser Kerl ist einfach nur schmierig und ein Großkotz«, bemerkte ich und alle drei Brüder nicken zustimmend.

»Wie konnte sie es nur so lang mit diesem Kerl aushalten?«, fragte Marco und ich stimmte sofort ein.

»Acht Jahre. Kannst du das glauben?«

Langsam entspannte sich die Situation und ich dachte schon, ich würde überleben, als ich hinter mir die Stimme hörte, die ich so sehr vermisst hatte. Doch leider klang sie so gar nicht fröhlich.

»Was tust du denn hier?«

Langsam drehte ich mich und sah Leah in der Tür stehen, neben ihr ein älterer Mann, der genauso aussah, wie ich mir einen italienischen Pizzabäcker immer vorgestellt hatte. Etwas rund, riesiger Schnurrbart und scharfe Augen, die mich skeptisch musterten.

Ich stand auf und mit mir die drei Brüder. Leah wirkte so traurig und man konnte ihr ansehen, dass sie geweint hatte. Am liebsten hätte ich sie in den Arm genommen und an mich gedrückt, doch ich wusste, dass sie mir dafür wahrscheinlich in die Eier treten würde.

»Leah, ich muss mit dir reden.«

»Ich will nicht mit dir reden!«, keifte sie mich an und wollte schon kehrtmachen, doch ihr Vater selbst hielt sie zurück und sagte etwas auf Italienisch. Dann kam er auf mich zu, streckte mir die Hand hin und sagte: »Ich bin Andrea Greco. Sie müssen Dan sein.«

Ich nickte und schüttelte die Hand. »Ja, Sir. Es ist nett, sie kennenzulernen.«

Seine Hand drückte zu und zu meiner Überraschung hatte der Mann ziemlich viel Kraft in seinen Pranken.

Dann zog er mich näher und flüsterte mit scharfer Stimme: »Ich weiß nicht, was da zwischen Ihnen und meiner Tochter läuft, aber wenn Sie ihr wehtun, werde ich ihre Hoden mit heißem Wasser übergießen und schälen wie eine Tomate. Ich werde sie bei lebendigem Leib kastrieren und ihren Leichnam im Charles River versenken. Haben wir uns verstanden?«

Mit großen Augen sah ich den taffen Italiener an und nickte. Er ging zur Küche, wo seine Frau am Türrahmen gelehnt stand und ihren Ehemann böse anfunkelte.

Kaum war er durch die Tür gegangen, gab sie ihm einen Klaps auf den Hinterkopf, wie sie es schon bei ihrem Sohn getan hatte, und schimpfte dabei auf Italienisch.

Marco stand plötzlich hinter mir und sagte: »Viel Glück, Dan. Du wirst es brauchen. Wenn sie sich in dir festbeißt, schrei laut um Hilfe.«

Ich achtete nicht weiter auf ihn, sondern trat einen Schritt auf Leah zu, die sofort einen zurückging.

»Leah, bitte! Ich halte es keine Sekunde länger ohne dich aus. Was du gesehen hast, war sicherlich nicht das, wonach es aussah.«

»Ist das nicht die Ausrede, die jeder Betrüger von sich gibt, wenn er was zu verheimlichen hat?«

Leah hatte recht und dennoch musste ich sie irgendwie davon überzeugen, dass ich es ernst meinte.

»Warum sollte ich denn bitte in einer Damentoilette … und dann noch mit dieser Marge …« Ich verzog das Gesicht, um ihr zu zeigen, dass sie so gar nicht mein Typ war.

»Sie hat vor dir gekniet!«

»Ihre Haare hatten sich in meinem Reißverschluss verfangen, als sie ihren Ohrring aufheben wollte!« Ich lief auf Leah zu, und bevor sie mir entwischen konnte, hielt ich sie fest. »Die Herrentoilette war verstopft. Ich dachte, ich sei allein, doch dann kam Marge rein und hat geweint. Ich hab mich kurz mit ihr unterhalten und dann ist ihr Ohrring …«

»Das ist die dämlichste Geschichte, die ich je gehört habe!« Leah sah mich böse an und schüttelte den Kopf. »Wie, bitte, können sich Haare in einem Reißverschluss verhaken?«

»Ich hab die Hose zu Hause. Willst du sie sehen?«, fragte ich nun ungeduldig. »Ich hab ihr sogar die Haare ausgerissen, um sie loszumachen.«

»Das hätte ich gern gesehen.« Benny kicherte hinter uns. Er hatte das ganze Spektakel wohl aus angemessener Entfernung verfolgt.

»Halt die Klappe, Benny!«, sagten Leah und ich gleichzeitig und warfen ihm böse Blicke zu.

Ich sah Leah wieder an und nahm ihr Gesicht in meine Hände. Zu meiner Überraschung wich sie dieses Mal nicht zurück.

»Wieso sollte ich mit dieser Marge … ich meine … ernsthaft? Hältst du so wenig von mir? Und warum in einer öffentlichen Damentoilette, wenn das Hotel genug andere Orte bereithält für eben solche Dinge? Warum hätte ich das überhaupt riskieren sollen?«

An Leahs Augen konnte ich erkennen, dass sie ebenfalls darüber nachdachte. Ich legte meine Stirn an ihre und sagte mit fester Stimme: »Leah, ich will dich nicht verlieren! Du bist das wohl Beste, was mir je passiert ist. Verdammt, ich hab sogar darüber nachgedacht, ob es schon zu früh ist, über das Heiraten nachzudenken.«

»Du hast was?«, fragte sie und ihr Blick wurde unlesbar.

»Ich will morgens aufwachen und in dein Gesicht sehen. Abends zu dir nach Hause kommen und dich im Arm halten. Ich will, dass unsere Kinder in unserem Garten spielen und unsere Enkelkinder uns besuchen. Ich will an deiner Seite sein, wenn du dein erstes graues Haar entdeckst und du meine Falten zählst.« Flüsternd fügte ich noch hinzu: »Ich will in vielen Jahren mit deinen Hängebrüsten spielen, während du mir meinen faltigen Arsch versohlst.«

»Hängebrüste? Sag mal, hast du sie noch alle?« Leah sah mich entrüstet an.

»Die Schwerkraft wird irgendwann zuschlagen und während meine Hoden später einmal zwischen meinen Knien hängen werden, werden deine Brüste deinen Bauchnabel erreicht haben. Liebes, wir können die Zeit nicht aufhalten. Aber wir können sie miteinander zu den besten Jahren unseres Lebens machen.«

»Mit Sicherheit nicht!«, sagte Leah und ich schluckte. War das ein Nein? Doch dann sah sie mich mutig an. »Deine Hoden können hängen, wo sie wollen, aber meine Brüste werden niemals meinen Bauchnabel erreichen!«

»Ich werde sie festhalten, dann werden sie niemals irgendwo anders hängen als in meinen Händen.« Ich lächelte und hoffte, dass sie trotz meiner dämlichen Sprüche die Ernsthaftigkeit meiner Worte erkannte.

»Darf ich dann deine Hoden in meinen Händen halten, damit sie hoffentlich niemals tiefer hängen?«, fragte Leah lieblich und verzog ihre Lippen zu einem süßen Schmollmund.

»Du darfst mit meinen Hoden machen, was du willst, Süße. Aber bitte bleib an meiner Seite!«

Ohne Vorwarnung zog mich Leah zu sich hinunter und presste ihre Lippen auf meinen Mund. Hinter mir hörte ich Murmeln, doch das war mir egal. Alles, was zählte, war die Frau in meinem Arm, die ich nie wieder gehen lassen würde.

Als sich ihre Lippen von mir lösten, sah sie mich verliebt an und sagte: »Dan Miller, Sie sind ein unverbesserlicher Idiot und hätte ich nicht eben Marge getroffen, die mir genau dasselbe erzählt hat, hätte ich dir sicher nicht geglaubt. Aber ich liebe dich und …«

»Warte mal. Du hast eben Marge getroffen und lässt mich erst zu Kreuze kriechen, bevor du mir gestehst, dass du bereits weißt, was wirklich geschehen ist?«

Ungläubig sah ich sie an, während sie mich hinterlistig angrinste.

»Das war nur ein Vorgeschmack darauf, was dich erwartet, wenn du je mit meinen Gefühlen spielst!«

»Ich wurde eben von deinen Brüdern in die Zange genommen. Hast du auch nur einen Moment daran gedacht, dass das genug Demonstration deiner Macht war?«

Sie sah hinter mich, und überlegte. »Du hast meine Brüder mit deinem Charme längst eingewickelt. Und jetzt küss mich, *Boss*!«

»Das lasse ich mir nicht zweimal sagen!«, gab ich ihr zur Antwort, bevor ich sie an mich zog und küsste, als hinge mein Leben davon ab.

Kapitel 31

LEAH
SIEBEN MONATE DANACH

Müde lag ich auf der Liege und starrte an die Decke. Ich hasste es, auf dem Rücken zu liegen, da ich dann jedes Mal Sodbrennen bekam. Meine Füße waren angeschwollen und außer Flipflops konnte ich keine Schuhe mehr tragen.

Wer hätte gedacht, dass ich mich jetzt schon wie ein Walross fühlen würde, das sich kaum mehr bücken konnte.

Ich war müde, da ich seit Wochen kaum mehr richtig schlafen konnte. Fast wäre ich eingedöst, wenn Dan sich nicht neben mir geräuspert hätte. »Was hältst du von Luisa, wenn es ein Mädchen wird?«

»Ist es nicht noch etwas früh, sich über den Namen Gedanken zu machen?«, fragte ich genervt.

Dan zog die Augenbraue hoch. »Es ist nie zu früh!«

Grummelnd tat ich meinen Unmut kund: »Die Vorschläge werden immer schrecklicher.«

»Luisa ist wunderschön!«, sagte Dan beleidigt und scrollte weiter durch sein Handy. »Lia? Lucy?«

»Ich bin doch kein Pferd, Dan. Der Name unserer Tochter muss nicht mit demselben Buchstaben beginnen, wie mein Name. Was, wenn es ein Junge wird?«

»Dann nennen wir ihn Lucas oder Brody.«

Genervt drehte ich mich auf die Seite. Dass wir nun so schnell ein Baby erwarteten, hätte keiner von uns noch vor sieben Monaten, als wir uns in Vermont nähergekommen waren, geglaubt. Doch kaum waren wir zurück in Massachusetts, zogen wir auch schon innerhalb weniger Wochen in Dans Haus zusammen und prompt und überraschend war ich schwanger geworden.

Und genau da lag unser Problem, denn bisher hatte ich es nicht über mich gebracht, meiner streng katholischen Familie zu erzählen, dass ich schwanger und unverheiratet war.

Doch um ehrlich zu sein, scheute ich eine Heirat, da dies zur Folge hätte, dass meine Familie Dans kennenlernen würde. Und was soll ich sagen, unsere Familien waren unterschiedlicher als Tag und Nacht.

Jetzt war ich in der 18. Woche schwanger und konnte es schon kaum mehr leugnen. Die Besuche bei meinen Eltern verschob ich Woche für Woche, weil ich Angst hatte, mit der Wahrheit herauszurücken. Denn trotz Baby war an Heiraten im Moment nicht zu denken. Schließlich wollte ich kein Kleid sprengen oder mit angeschwollenen Beinen zum Traualtar watscheln. Selbst in meinem Gesicht lagerten gefühlte 20 Liter Wasser. Ich fühlte mich schrecklich!

Dan dagegen konnte die Finger nicht von mir lassen. Wenn er nicht gerade davon schwärmte, wie sexy ich mit dem, jetzt schon riesigen Bauch aussah, oder mich davon zu überzeugen versuchte, dass der Urwald zwischen meinen Beinen, den ich nicht mehr rasieren konnte, weil ich ihn schlichtweg nicht mehr sah, gar nicht schlimm war, dann fummelte er die ganze Zeit an mir herum.

Nicht, dass ich etwas dagegen hatte. Ich war äußerst erregt, seit ich schwanger war, und wäre am liebsten stündlich über Dan hergefallen. Doch leider hielt mich die Morgenübelkeit, die sich nicht an die Tageszeit ihres Namens hielt, ordentlich auf Trab.

Wenn ich nicht gerade Unmengen Essen in mich hineinstopfte, kotzte ich stundenlang vor mich hin. Sollte Dan je wieder auf die Idee kommen, dass ich noch solch eine

Schwangerschaft mitmachen würde, würde ich ihn eigenhändig kastrieren. Da konnte er sich noch so viele Kinder wünschen.

»Matilda ist auch schön.«

»Nur über meine Leiche!«, frotzelte ich und sah ungeduldig auf die Uhr. »Wo bleibt sie nur? Der Termin sollte schon vor einer halben Stunde beginnen.«

»Sie ist sicher gleich hier, Schatz«, versuchte Dan mich zu beruhigen und drückte mir einen Kuss auf die Stirn. »Da drüben hängt ein Model eines Uterus. Wir können die Geburt ja gleich mal üben.«

Schockiert sah ich ihn an. »Ich will einen Kaiserschnitt. Ich presse doch kein Baby aus meiner Mumu!«

Ich hatte Angst vor der Geburt. Da will ich ganz ehrlich sein. Die Vorstellung, dass ein ganzes Baby in meinem Bauch herumschwamm, war schon so unwirklich. Ein ganzes Baby dagegen auf die Welt zu bringen, machte mir Albträume.

»Baby, egal was du willst, ich bin an deiner Seite.« Dan lächelte und ich war dankbar, dass er nicht noch einen seiner Sprüche hinterher legte.

Gerade als ich mich in seinen wunderschönen Augen verlor, klopfte es an die Tür und meine Ärztin trat herein.

»Hallo, Leah. Dan?« Sie schüttelte uns die Hand und bereitete das Ultraschallgerät vor. »Wie geht es Ihnen, Leah? Noch immer Probleme mit den Wassereinlagerungen?«

»Piksen Sie mich. Mit Sicherheit überflute ich ihre Praxis.« Ich sah sie wehleidig an, während Dan neben mir kicherte. Er wusste ja nicht, wie es sich anfühlte, neben einem Baby auch noch Unmengen an Wasser in sich zu haben.

»Jetzt sehen wir uns das Würmchen einfach mal an. Vielleicht können wir ja das Geschlecht erkennen.«

Ich spürte, wie Dan neben mir unruhig wurde. »Können Sie das Geschlecht vielleicht auf einen Zettel schreiben?«

»O nein!«, protestierte ich.

Vor einer Woche hatte Amanda angerufen und verkündet, dass sie eine Baby-Shower für uns plante. Da ich aber genau wusste, dass es vollkommen ausufern würde, hatte ich ihr verboten, diese zu organisieren. Doch Dan hielt die Idee für ganz fabelhaft und wie es aussah, hatten die beiden hinter meinem Rücken bereits geplant.

Böse funkelte ich ihn an. »Was heckst du aus?«

Unschuldig sah er mich an. »Gar nichts. Ich weiß nicht, was du meinst.«

Gerade als ich zu einer Schimpftirade ansetzen wollte, verteilte die Ärztin das kalte Gel auf meinem Bauch und ich schrak zusammen. Ich konzentrierte mich auf den Bildschirm des Ultraschallgeräts, doch vorher warf ich Dan noch einen warnenden Blick zu.

»Dann sehen wir uns mal an, was das Kleine uns heute zeigt.«

Die Ärztin bewegte das Gerät auf meinem Bauch herum und ich erkannte kleine Füßchen sowie den Herzschlag des Babys. Genau diese Momente waren es, in denen ich für einen Moment die Begleiterscheinungen meiner Schwangerschaft vergaß. Es war ein kleines Wunder. *Unser* kleines Wunder!

Ich warf Dan einen Blick zu, der wie gebannt auf den Bildschirm starrte. Fast hatte ich das Gefühl, dass er Tränen in den Augen hatte. Er war bisher bei jeder der drei Untersuchungen dabei gewesen und ich war ihm wirklich dankbar dafür. Doch plötzlich veränderte sich sein Gesichtsausdruck: »War das gerade …?«

Ich sah verwirrt auf den Bildschirm, konnte aber auf den ersten Blick nicht erkennen, was seine Aufmerksamkeit so erregt hatte.

Doch auch die Ärztin starrte verwirrt auf den Bildschirm und dann sah auch ich es. Ein zweiter Herzschlag war zu sehen … nein … ein zweiter und dritter?

Ende

Danksagung

Ich bin nicht gut in solchen Dingen. Wie soll man mit wenigen Worten seine Dankbarkeit zum Ausdruck bringen, die man den Menschen gegenüber hegt, die einen unterstützen und helfen?

Meiner Meinung nach ist das absolut unmöglich. Allein, wenn ich daran denke, wie viele Projekte ich mit dir, Lana, geplant habe, wie viele Cover du für mich gemacht hast und wie oft du ein offenes Ohr für mein Gejammer hattest.

Nie könnte ich in Worte fassen, wie dankbar ich für deine Unterstützung bin, denn viele Bücher sind nur deinetwegen entstanden. Deine Cover haben mir oft den nötigen Kick gegeben, um ein Buch wirklich zu schreiben. Durch dich habe ich durchgehalten, obwohl ich so oft schon aufgeben wollte. Und ich weiß eines: auch wenn ich nicht weiß, wie ich dir mit Worten danken soll, so bin ich doch immer für dich da und ich hoffe, wir erleben noch sehr viele Buchprojekte zusammen. Danke an dieser Stelle auch an dich, Julia, dass du mich mit deinem Lektorat und Korrektorat auf die richtige Bahn gebracht hat. Ich habe bei der Überarbeitung viele Male herzhaft lachen müssen, über die lustigen Kommentare, die du mir hinterlassen hast, und ich habe sehr viel Neues gelernt.

Und wenn wir schon beim Danke sagen sind, dann muss ich an dieser Stelle auch mal ein dickes Dankeschön an alle Wattpad-Leser aussprechen, die das Buch über Monate gehypt und angefeuert haben. Ihr wolltet mehr, ihr bekommt mehr. Euretwegen wird aus einer lustigen Idee beim Staubsaugen eine ganze Reihe ... und wer weiß, vielleicht bekommt unsere Granny ja auch irgendwann ihr eigenes Buch, wenn ihr sie alle so gern mögt.

Über die Autorin

„Irgendwann schreibe ich ein Buch!"

Mit diesen Worten legte die bayrische Autorin Tanja Nickel schon in ihrer Kindheit den Grundstein ihrer Karriere. Aus den dystopischen Kurzgeschichten von damals wurden romantische Bücher, manchmal dramatisch, manchmal humorvoll. Gelegentlich eskaliert die Mutter zweier Kinder und erschafft düstere Thriller. Ihr Fokus jedoch liegt darauf, für die Leser etwas zum Träumen und Lachen zu erschaffen.

Wenn Tanja Nickel nicht schreibt, übersetzt sie freiberuflich Bücher, oder tobt sich, mit einer Häkelnadel bewaffnet, an einem Knäuel Garn aus. Aus dem Ziel von damals wurde ein neues:

„Irgendwann lande ich einen Bestseller!"

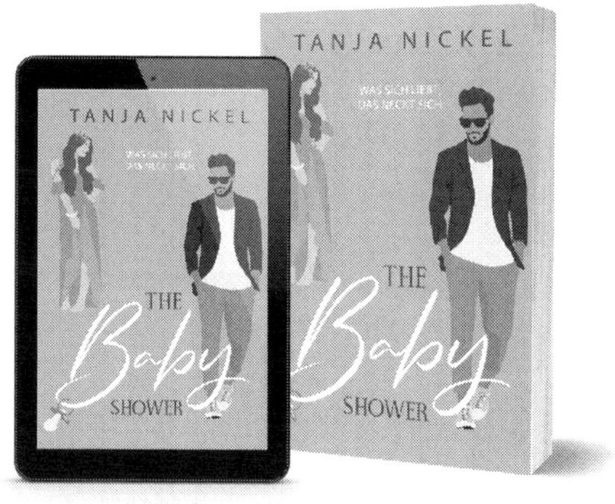

BAND 2 DER SAVE-THE-DATE-REIHE

Unverhofft kommt oft!

Da hat sich Marco ja ganz schön was eingebrockt. Eben freut er sich noch über das dreifache Mutterglück seiner Schwester Leah, da wird ihm schon die Aufgabe aufgedrängt, die Baby Shower auszurichten. Doch gerade, als er dachte, es könne nicht schlimmer kommen, taucht die nervige India auf und mischt sich mit ihren völlig differenzierten Vorstellungen in das Geschehen ein. Zwei Welten prallen aufeinander, die unterschiedlicher nicht sein könnten.

Doch zwischen der durchgeknallten Granny Goldie, hölzernen Lustspendern und nackten Hippies im Garten, drehen auch Indias und Marcos Gefühle völlig durch und während sie gezwungen sind zusammenzuarbeiten, entsteht eine Anziehung, mit der keiner gerechnet hat. Aus Frust wird Lust und am Ende steht nur eine Frage im Raum: Ziehen sich Gegensätze wirklich an?

Sommer 2023

Printed in Poland
by Amazon Fulfillment
Poland Sp. z o.o., Wrocław

23467959R00165